0.25秒的静止

陈继明 著

湖南文艺出版社

图书在版编目（CIP）数据

0.25秒的静止 / 陈继明著. -- 长沙 : 湖南文艺出版社, 2022.3

ISBN 978-7-5726-0488-1

Ⅰ. ①0… Ⅱ. ①陈… Ⅲ. ①长篇小说—中国—当代 Ⅳ. ①I247.5

中国版本图书馆CIP数据核字(2021)第250229号

0.25秒的静止

0.25 MIAO DE JINGZHI

作　　者：陈继明
出 版 人：曾赛丰
责任编辑：杨晓澜　欧阳臻莹
责任校对：胡伟英
封面设计：肖睿子
内文排版：钟灿霞

出版发行：湖南文艺出版社
（长沙市雨花区东二环一段508号 邮编：410014）
网　　址：http//www.hnwy.net
印　　刷：长沙鸿和印务有限公司
经　　销：湖南省新华书店
开　　本：710mm × 1000mm 1/16
印　　张：21.5
字　　数：270千字
版　　次：2022年3月第1版
印　　次：2022年3月第1次印刷
书　　号：ISBN 978-7-5726-0488-1
定　　价：48.00元

安南

和很多人一样，安南教授也有一些无关紧要的小怪癖，比如，晾衣服要搭配颜色，穿过的衣服少于三种颜色就先不洗，等几天再说；蹲厕所必须翻几页漫画书，不是任何漫画书，是有点萌的那种，所谓萌系漫画；每天都会早起跑步，但主要目的并不是健身，而是记录日出时间，把日出时间记在一个迷你本本上，精确到秒。

3月1日　06：46：09

3月2日　06：45：18

3月3日　06：42：16

今天是3月3日，过去的几天，日出时间每天都比前一天提前50秒左右，极为均匀。可是，从3月2日到3月3日，一夜之间突然提前了3分2秒。安南以为一定是自己的手表出问题了，父亲戴过半辈子的一块机械表，自己又接着戴，有时的确会忽快忽慢。安南接着跑步，拐过一个秀丽的小海湾，看见不远处围着一堆人，一看就知道，一伙大学生在拍作业。宛城这座漂亮的海滨城市高校云集，并且多半设有电影专业，随时能碰到经费不足、出不了远门的小剧组，只好退而求其次，勉强让所有的故事都发生在这座著名的海滨城市。不少市民都认识反光幕、枪形麦克风、三脚架、小滑轨这类东西。海边的每一处风景都像是刚刚辞别了一场家喻户晓的罗曼史，每一只海鸥的羽毛上都残留着几丝文艺气息。

浅薄，令人作呕！身为哲学教授的安南在心里说，正如哲学骂了电影。打算反身离开的时候，安南看见高挑的女演员拉着红色拉杆箱，正向镜头这边走来。再烂俗的片子里都不缺少一个赏心悦目的女主角，这也是尽人皆知的常识。安南迎着女主角走过去，尽可能不出声，心跳渐渐加速，几乎喘不过气来。因为那女子双腿修长，一身象牙白的衣裤被海风轻轻吹拂，平静中的飘逸令周围的一切变得宁静柔和又冷寂。一个挎着吉他的男子随后也从远处走来，两人显然要在此处见上最后一面，来一场不难猜想的告别戏，然后各奔东西。两人面对面说了些什么后，男生就退后坐在一块石头上开始弹吉他，而且边弹边唱。女生还是面海而立，表情渐趋伤感。那伤感虽然做作，也还算迷人，甚至正是因为做作才迷人。

唱了几句，男生竟然忘词了。

男生回头说："对不起，又忘了。"

导演火气很大："你脑子进水了？第几遍了？"

男生说："好奇怪，总是忘总是忘！"

安南急忙跑过去，问外围一个戴眼镜的女孩："请问现在几点了？"

那女孩随便扫一眼手表，说："7 点。"

安南问："请问，是 7 点整吗？"

女孩干脆把手表亮给安南，让他自己看。

安南看到了含着浓浓香气的时间，并说了出来："7 点 3 分 20 秒。"

女孩问："要发射导弹吗？"

安南做了个鬼脸，说："不，发射别的！"

女孩轻声问："要帮忙吗？"

安南粲然一笑，转身走了，边走边看自己的时间，和女孩只差了四五秒，那么，可以肯定，毫无疑问，今天的日出比昨天提前了3分钟。这是绝无仅有的情况。他立即打车回到家里，再直奔卧室，找到手机，拨通好朋友马伦的电话。

“马伦兄早上好。”

“我知道你要问什么。”

“你说，我要问什么？”

“你不是每天记录日出时间吗？”

“是呀，今天的日出比昨天提前了整整3分钟，什么原因？”

“一言难尽，来山上细说。”

“要不要约上凌千里、关广文他们呀？”

“那还是约上吧，可能是最后一面了。”

“最后一面？什么意思？有那么严重吗？”

“见了面细说。”

马伦

早在10天前，马伦就发现太阳系出状况了，他的角动量监测仪破天荒发出警报，代表冥王星的那盏灯一边频频闪动，一边发出刺耳尖叫。假如角动量监测仪没出错，那么，这绝不是一个好兆头，它至少表明60亿千米之外的冥王星出现了角动量异常。马伦当时就做出明确推断：一颗不明天体从巨蟹座方向闯入太阳系，目前正在冥王星、海王星一带秘密活动，善者不来，来者不善。不幸的是，接下来的几天，海王星、天王星等行星的角动量真的都出现了明显变化，而且有迹可循、十分有规律。马伦认为只有一种可能：一颗运行轨道诡秘的不明天体，进入太阳系之后，径直向太阳系的纵深地带、向我们的地球这边飞过来了。连日来，马伦的大量测算也一再证明了这一点。昨天，那颗名叫爱神星的袖珍小行星同样出现了角动量偏差，角动量减少的数值和马伦预先算出的数值完全一致。

是一颗大陨石吗？

马伦首先排除了这种可能。

不是陨石又是什么？

马伦认为，黑矮星的可能性最大。所有的恒星最终都会死亡，最大的恒星死亡之后会变成黑洞，最小的恒星死亡之后会变成中子星，中等体积的恒星（太阳这么大的恒星）死亡后则会变成黑矮星。黑矮星是一颗坚硬的黑色晶体，不发射任何已知电波，既不发光，也不反光，没人能亲眼看见它，再先进的望远镜也看不见。宇宙间飘荡着为数甚多的黑矮星，它们不属于任何星系，没有稳定的运行轨迹，完全像无家可归的流浪汉，流落到哪儿算哪儿。而眼下，这个贸然闯入太阳系的家伙却是以标准的抛物线轨道运行的。

黑矮星大概在一个抛物线轨道上以每秒 200 千米的速度运行，七天时间将飞越 1.21 亿千米（0.81 个天文单位）；另一侧，地球以每秒 30 千米的速度在自己的椭圆轨道上运行，相同时间将飞越 1800 万千米（0.12 个天文单位）。不出意外，算上今天，七天后，两颗本该老死不相往来的星体将有一次致命相遇，凶多吉少！

$$\Delta s=Af(\Delta t)$$

这道只有马伦自己才明白的公式中，Δs 是地球和黑矮星之间的直线距离，Δt 是当前时间与倒计时的 0 点时刻之间的时差，A 是一个常量，当 Δt 的取值使 Δs 等于 0 时，最要命的结果就有可能真的出现。黑矮星的硬度和质量都远远超过地球，它和地球相撞，恰如一颗一吨重的铁球砸向一颗乒乓球，虽然它的体积比地球小很多。

这个结论令马伦十分难过，他叼着烟斗走出院子，刚好看见圆滚滚的太阳正从宽阔的海面上一跃而出，悲美、陌生，却又不知何处和往日不同。马伦急忙低头看手表，正如他几天前就猜到的，日出时间明显提前，提前 3 分钟。他想，3 分钟，粗心人是发现不了的，但是，安南兄一定发现了。果然，一刻钟之后安南的电话就打来了。

小重山距离市区 20 多千米，海拔 220 米，周围是连绵不绝的海边山地，山上除了树还是树，除了花还是花，四季如春，没有任何光污染。当初给自己的私人天文台选址的时候，马伦一眼就看中了这儿。钱的事情不用他操心，他的亲哥哥马雷是这座城市数一数二的房地产商，最不缺的就是钱。马雷早就答应，给这个不务正业的弟弟买一座小山，建一座全世界最好的小型天文台，购齐全世界一流的观测器材。马雷之所以拖了好几年才兑现诺言，是因为学数学的马伦却迷上了天文学，眼里只有宇宙没有生活，一提起结婚生子就翻白眼。马雷更愿意建一座豪华的海滨别墅赠给马伦，再花钱给他娶一个漂亮女人。几年后，大家发现马伦此人实在没救了，他真的只对宇宙、星空和数字感兴趣。与其天天听他唠叨宇宙奇观和数字奥秘，不如把他打发走，让他自己待着去，亲友们只需隔几天打个电话问问，知道他还活着就好。

天文台是马伦亲自规划建成的，处处以实用和简朴为准则，没乱花马雷的钱。整个天文台不过是一座建在山尖上的带院子的三层小楼，造价最多是海滨别墅的一半。面积不足300平方米，一层是会客室和办公室，二层是书房兼卧室，三层是观测室兼大阳台。观测室里主要有三样家当：角动量监测仪、射电望远镜、光学望远镜。房顶是白色圆顶，可以用按钮随时打开或关闭。圆顶如果在晚上打开，整个宇宙就像一个大大的贵妃梨，静悄悄地安卧在天文台之上，肥厚的一面倚在圆圆的碗口上，尖瘦的一面指向高空，重心稳定，姿态优雅。为什么像一个贵妃梨而不是苹果呢？原因是马伦曾经用一篇长长的论文论证过，宇宙的形状恰如一个成熟的贵妃梨，浑圆有致，风月无边。当时，马伦还是一名中学数学老师，当他写完题为《论宇宙的结构和形状》的论文后，曾专门去了趟京城，找一位名叫金若愚的天体物理学家交流，却被对方驳得体无完肤。灰溜溜回来后，马伦毫无保留地把他和天体物理学家吵架的经过讲给同事们听，别人不敢笑出声，他自己却总是笑得热泪盈眶。那之后同事们就开始议论，马伦这小子可能真是神经病。现在还多了个理由，本该羞死的事情却绘声绘色讲给大家听，难道还不是神经病吗？很多时候，连学生也喊他神经病。到后来，全世界似乎只有马伦的爸爸妈妈相信儿子是正常的。“马伦是神经病”的最大证据还不是“梨形宇宙”，而是他早在上高中的时候就亲手研制的那台仪器——角动量监测仪，一台专门监测太阳系各大星体角动量变化的仪器。但太阳系的各大星体需要一个中学生关心吗？太阳系的各大行星有可能出现角动量异常吗？马伦万万没有想到，这台绝无仅有的仪器在证明它自身的存在价值之前，先证明了别的——证明它的发明者神经有问题。

马伦点上他的紫檀烟斗，盯着那盏名叫冥王星的小灯，陷入少有的安静和孩子气的冷傲之中。不，不告诉任何人，决不！他首先想。

不过他立即告诉了穆穆。

穆穆说：“老师，它终于闪了。”

马伦问：“是呀，它终于闪了，我还是神经病吗？”

穆穆说：“老师，当年我错了！”

马伦问：“你错在哪儿？”

穆穆说：“当年我不应该公开你写给我的情书。”

马伦说：“我不怪你。”

穆穆说：“你不怪我，我心里更难受。”

马伦说：“当时你还年轻。”

马伦回过头，认真地凝视着身后的穆穆，想起的却是另一个人：穆少梅。她远不是一个美人，个子不高，身材偏胖，肤色偏黑，声音柔美，说每句话都自带回音，眼神十分特殊，看人的时候会在一瞬间里变得又忧伤又乏力，就像服了慢性毒药，药性恰在看人的那一刻开始发作。当年，在那所偏僻的县城中学，教了三年书的数学老师马伦正是被刚毕业来任教的化学老师穆少梅的这种眼神击垮的。他给她写了第一封情书，她没回音，他接着又写了第二封、第三封，她竟然把三封情书都贴在了校门口的围墙上，全校师生都看见了，甚至半个县城的人都看见了。就像那次从京城回来，笑呵呵地向人们描述被金若愚老先生嘲笑的过程，这一次，他看了校门口的三封信也笑了，笑得洋洋洒洒，英雄气十足，而且并没有急着把信撕下来。马老师是一个神经病的证据越来越足，校长找他谈话，告诉他，不能不停他的课了。这之后，他便凑足了他是一个神经病患者的所有证据——他事先准备好半袋子面粉，打扮成一包炸药的样子，重新找到校长，要求校长恢复自己的课。校长不答应，他指着炸药包模样的东西，问校长："这是炸药，你信不信？"校长似乎一时又犯迷糊了，说不清马伦是不是疯了，或者疯到了什么程度。校长慢慢地站起来准备溜走，马伦跨前一步，挡住校长，把他拉回炸药包旁边，再问："这是炸药，能把这座楼炸个底朝天，你信不信？"校长急忙回答："我信！我信！"校长吓破胆的样子先把马伦惹笑了，笑够了之后，马伦潇洒地抖开"炸药包"，把校长染白了，把自己也染白了。从白色烟雾中大笑着扬长而去，是马伦留给那个县城和那所学校最后的背影。

"当年我真是神经病！"马伦把穆穆搂过来。

"你不是，大家才是！"穆穆说。

马伦掉下一大滴眼泪，落在穆穆的额头上。

穆穆问："老师你为什么哭了？"

马伦放开穆穆，站起来，去摁圆顶的开关。白色圆顶稍稍一抖，再朝两侧徐徐落下，两个人好像站在一个圆柱上，在缓缓升高。现在，两个人的头顶已经没有任何遮掩，纯粹是宽敞晴朗一望无际的蓝色星空，是卧在碗沿上的梨形宇宙。

马伦问："我的角动量监测仪终于派上用场了，你说这是好事还是坏事？"穆穆说："当然是好事，它证明你不是神经病呀。"马伦拍拍穆穆的脸，说："傻瓜，马伦是不是神经病已经不重要了。"穆穆问："为什么？"马伦说："说了你也听不懂。"穆穆又问："为什么呢？"马伦说："你忘了，你的思维是我特别编制的，你只懂得两样事情——一样是和马伦调情，一样是扮演穆少梅，里里外外都是她，穆少梅。"

“我能不能不做穆少梅？”

“不做穆少梅？你想做谁？”

“做我自己呀。”

“你知道你自己是谁吗？”

“我自己是谁，这还用知道吗？”

“你自己是谁，你想想看，现在就想，好好想想。”

“好吧，我想想我自己是谁。”穆穆真的在想，眨巴着眼睛时，两个光滑的眼球微微变暗。那种表情最多是困惑，距离悲伤还很远。马伦一时没耐心和穆穆费口舌了，因为他终究明白，穆穆就是穆穆，和穆少梅没一点关系，至少，穆穆的眼神和穆少梅没任何相似之处。眼神是最难复制的，再伟大、再精细的技术也难以复制一个人的眼神，尤其是穆少梅那样的眼神。眼神不同，其他所有地方一模一样，也是白搭。刚才的一个瞬间，很清晰很清晰的一个瞬间，马伦发现，自己不愿意再看见一个假的穆少梅了，就好像刚刚才有了识别真假的能力。所以他指着楼梯，很不客气地对穆穆说：“你下去，我想一个人待一会儿。”

穆穆一慌，急忙下楼去了。

马伦觉得自己还算克制，还算客气，心里其实窝着一股子更大的无名之火。他推开门，来到大而圆的阳台上，看见三只海鸥正从头顶掠过，几乎擦着了他的脸，它们扑向大海，每一只海鸥的眼神都一清二楚，漂亮但狡黠，令人心悸。他站在阳台边上，扶着栏杆，先看看天，再低头看海。那条环海的高速公路近来变得繁忙起来了，不过密密麻麻的汽车总是保持着君子风范，车距适当，极少摁喇叭，让马伦总是忽略了它的存在。

马伦盯着车流，做出冷酷判断：

今天是星期五，最早明天——星期六，最迟后天——星期天，路上的车辆会大大减少。地球上的电磁波会被黑矮星的强大引力吸收并转化。

电磁波受到干扰，甚至完全消失，程序就打不开，所有受程序控制的设备都会失灵，手机会死机。

转眼就到了星期天。

从星期五到星期天，连续三天，日出都比前一天提前接近 3 分钟，或者不足 3 分钟，或者超过 3 分钟。日落也比前一天提前差不多 3 分钟。除此以外，倒是没发现更多异常。如果仅仅是这样——日长缩短几分钟，那就好办了。但是，他坚信，灭顶之灾不可避免。这样的结论是用最严格的计算得出的，他没办法不坚信。

安南和那伙朋友直到周日下午 3 点才上了山。这帮家伙屁股够沉的，他想。“米亚，来人了。”他喊。米亚欢叫着迎下去。他竖起耳朵，听见了好几辆汽车爬坡的声音。这让他有些不安，又极为兴奋。不安和兴奋其实是同一个原因，他们将嘻嘻哈哈、大喊大叫，夺走他一向珍爱的孤独，同时又会大大缓解最近这几天他对孤独的严重不适。他跑过去，对着镜子快速理了理头发，发现自己好几天没刮脸了，黑软的满脸胡让他看上去更像一个狂人，往好里说，更像一个艺术家，实际上他自己更愿意显得谦逊一些、清秀一些。朋友们更喜欢他的满脸胡，他自己则认为，朴素白净的面目更接近真实的自己，看不见的那个自己。

来人已经在门外了。

他打开院门，迎了出去。

梅云指着小芒说：“我外甥女小芒，刚从北方来。”

马伦看一眼小芒，说：“你好！”

小芒说：“马伦叔叔好！”

大家刚走进楼内，安南就急着问：“前天、昨天和今天，连续三天日出时间都提前了 3 分钟，马伦兄快说说，你这儿有什么发现？”

马伦说：“大家先坐，先坐。”

“天哪，这是什么？”苏唯唯指着电脑显示屏。

几颗脑袋齐齐地凑向那个模拟图。

马伦站在旁边一声不吭。

凌千里很快看懂了模拟图，问："老大，有那么糟吗？"

马伦小声问："你看懂了？"

凌千里说："快说快说，别卖关子了。"

马伦坐回沙发上，神情半是严肃半是呆滞。

一伙人围在马伦前面，等他说话。

马伦终于开口了："你们先要向我保证，绝对保密，百分之百保密。"

梅云带头说："我保证！"

小芒赶紧也说："我也保证！"

在场的人，包括公安局副局长关广文，全都表示"绝对保密"。

马伦站起来，却还是不开口。

安南砸了马伦一拳，说："快说呀！"

马伦并不觉得疼，说："不过我也不忍心告诉你们，怕你们受不了。"

梅云说："那好吧，我们走！"

梅云拉上小芒真的要走。

马伦并不急，拧着脖子看向窗外。

凌千里说："老家伙快说吧，其实我已经看懂了。"

安南说："我也基本看懂了。"

马伦鼻子轻轻一哼，根本不相信他们看懂了，回头说："这个秘密，最多就我们七个人知道，绝对不能说出去，不然会引起巨大恐慌。"

大家的神色仍旧平淡。

马伦走向电脑，指着模拟图说："这是地球，这是黑矮星，两颗星球一明一暗，从不同方向飞向同一定点，五天后将同时抵达！"

凌千里问："五天后？"

马伦说："对，算上今天，五天后将同时抵达。"

安南问："'同时抵达'是什么意思？"

马伦说："谁也躲不开谁。"

安南问："你的意思是，会相撞吗？"

马伦闭紧嘴唇，不再说话。

"开玩笑吧？"苏唯唯的声音很大。

马伦扫了一眼苏唯唯，说："我也希望我在开玩笑。"

关广文问："黑矮星是什么玩意儿？"

马伦指着模拟图说："恒星的末日有三种，体积最大的成为黑洞，体积最小的成为中子星，体积中等的成为黑矮星。黑矮星是质量很高的黑色晶体，它本身不发光、不反光、不发射任何已知电波，不属于任何星系，像流浪汉一样飘来飘去……很不幸，12 天前，一颗黑矮星从摩羯座方向闯入太阳系，正以每秒 200 千米的速度飞向地球。"

"你观测到了吗？"苏唯唯问。

"黑矮星是任何望远镜都看不见的。"马伦答。

"那么你的依据呢？"关广文问。

马伦心里突然一横，决心把一切毫无保留地说出来，就在一摞乱糟糟的资料中抽出一张 A4 白纸，用铅笔快速写出一道物理学公式：

$$P=mvl$$

显然，没人能看懂这个公式。

马伦说："黑矮星虽然不发光、不射电，再先进的望远镜也看不见，但是，别忘了，它有质量、有引力，所以，它的到来绝不会悄无声息，附近的其他星球绝不会没有感觉，至少，它们的角动量会发生不同程度的变化。你们看，这个公式，就是一个物体围绕一个定点旋转时，角动量的计算公式，P 是旋转体的角动量，m 是它的质量，v 是它的速度，l

是该物体和定点之间的距离。一个物体在围绕一个定点做旋转运动时遵循角动量守恒定律，没有外力作用，它的角动量不会发生任何变化。反之，角动量就很难继续守恒。”

马伦发现大家差不多听明白了，不过有人肯定只是假装听懂了而已，有人大概根本不知道“角动量”是什么，又不好意思问。

马伦很难不说下去了：“早在12天前，我的角动量监测仪就发现，冥王星的角动量有了变化，接下来我一边计算，一边等着看海王星、天王星、土星的情况。糟糕的是，它们的角动量无一例外都变了，而且非常有规律，和我的计算高度一致。可以百分之百地肯定，黑矮星进入太阳系之后的一段时间里，是以标准的抛物线轨道运行的。如果它继续以目前的速度和轨道运行，五天之后肯定和地球正面相撞！今天是第一天。”

“人类难道就没办法吗？”小芒的声音很小，带着一丝童音。马伦半笑着对小芒摇摇头，小芒又问：“‘正面相撞’是什么意思？”马伦扫视一眼大家才说：“黑矮星质量极高，这一颗黑矮星的质量和引力应该超过地球，但体积肯定比地球小很多，可能和一个格陵兰岛差不多，它和地球正面相撞，就像一个大铁锤砸向一只小虱子。”

小芒看着马伦，眼泪汪汪，另几个人则相反，一概是满面冰霜。不知为什么，大家尽管有完全一样的悲伤，却讨厌看见有人哭，见不得有人流眼泪。梅云拉了拉小芒的手，目光凶狠地示意她别哭了，小芒赶紧抹一把眼泪，忍住不哭。

天色快速地暗了下来，已经是洪水般来势汹汹的架势。马伦摁下开关，突然闪现的灼灼光亮，也变得十分苍白而妖幻，令大家心生惊愕。

“我先走了。”苏唯唯说走就走了。

剩下的人相互看看，不知道该怎么办。

梅云也开始用手背擦着眼睛，安南悄悄摸出纸巾，递给她。

凌千里一直是有很多话要说的样子，此刻终于开口了：“说实话，今天早晨我也看到了一点不好的征兆。凌晨4点，我出来跑步，发现上弦月的西半角模糊不清，有些奇怪，再仔细看，白羊座的某个位置，也就是古人所说的娄宿，不同寻常，红彤彤的，亮极了，亮度比往日增加了几倍，血一样的红色光晕直逼上弦月的西半角。”

“什么征兆？”马伦问。

“荧惑犯月于娄宿，大凶之相！”凌千里说。

“这么说来，千里兄你也相信地球有麻烦了？”安南问。

“可能是大麻烦！”凌千里说。

关广文问凌千里，也问马伦：“没意外吗？”

大家把目光重新投向马伦。

马伦说：“我当然希望有意外！”

大家从马伦的眼神里看到了完全相反的意思：

很难，很难有意外，没有意外！

关广文说：“马大师好像希望地球毁灭。”

马伦立即说：“没有没有，我也不是大师。”

关广文说：“有个常识，越是百分之百肯定的事，越有可能出错。”

马伦低声说：“那就等着看。”

苏唯唯

苏唯唯匆忙回到市区，从双簧管老师那儿接回儿子小永，然后回到海滨别墅，似乎打算从此不再出门，只等那个大麻烦到来。其实苏唯唯比任何人更相信马伦和他的角动量监测仪，她和马伦的关系不一般，每隔十天半月总会单独见上一面，喝酒、聊天、亲热，在一起泡整整一天时间，玩得够够的，然后再分开。不见面的时候就像不存在那个人，一个电话都不会打。她有好几个这样的男人，准确地说，四个，四个男人没一个差的。她和他们相处的方式如出一辙，那就是看上去她并不是那么需要他们，她很少主动联系其中的任何一位。但是，四个男人一样爱她，一样出手大方。这栋海滨别墅就是其中一个主动赠送的。

小永，这个五岁大的儿子到底是谁的呢？

说来话长，还得从头讲起。

苏唯唯参加高考的那一年，高考和从前已经大为不同了，招生比例逐年降低，直到低于考生人数的30%。原因很简单，人类已经进步到不需要太多人工作了。大部分工作岗位交给绝不会出差错、可以乱真的智能人就可以。说穿了，高考只剩下一个作用，选出那些真正的聪明人，由他们负责政治、外交、金融、教育、医疗等方面的顶层设计，处理那些非人力不能完成的复杂事务，包括管理、维修和改进为数众多的智能人。也可以换一个说法，高考的作用只剩一条，选出70%的欠聪明的人，允许他们不奉献、不工作、不做任何事情，却可以每月领到一份薪金，只需要认认真真填写《落榜生登记表》就可以，民间戏称为“傻瓜登记表”。由于数量庞大，而且已经实行多年，所以一般人并不觉得有失体面，总会大大方方领表填表，开开心心享受这份福利。也有人不愿如此，仍旧会开夜车，像祖先们一样刻苦学习、奋发图强，为了考进一所名牌大学而艰苦努力，尤其是那些偏远地区、小地方的考生。苏唯唯就是其中一个。她从一座小县城顺利考进一所知名的外交大学，毕业后被派往南美的阿根廷担任三等秘书，干了不到一年就离职回国了。阿根廷最南端有一个城市叫乌斯怀亚，那里有美洲大陆南面的最后一个灯塔，被称为“世界尽头”，再往南就是南极。她想，既然已经到过世界尽头了，那就可以回到“近的地方”了。回国之后选择在离老家不远不近的宛城生活，租了一间面海的房子住了下来。观望了一个半月，终于想明白了自己想要什么，可以怎样生活。

她决定做一个“自由的女人”。所谓“自由的女人”，含义并不复杂。她认真考虑过，自己是否真的需要一个男人白头到老，是否真的需要婚姻，甚至是否需要一份工作。答案是明确的：不，不需要。什么都没有自由好，但是，自由是容易丢失的，自由一般需要主动争取。所以她打算设计一种机制，用一个机制确保自由的实现。

她在纸上列出如下要点：

1. 把自己拴在某种生活方式上。2. 泰然面对自己的自由散漫习性。3. 征服自我，克服自身弱点，过聪明的生活。4. 一个完全值得爱的人是不存在的，同时和三到四个男人保持关系，对三四个人忠诚。男人必须聪明而优秀，绝不依附其中任何一个。5. 可以生个孩子，但单独抚养，最好不知道生父是谁，连我自己都不知道。6. 一切源于对自己的信心，对聪明的信心。7. 如果想做点事，可以去炒炒股。8. 人们总以为自己忠贞不贰，其实却总是滥爱如狗。9. 爱一个人的某一面，就够了。10. 四个男人，各爱一面，最好的那一面。11. 以四个为上限。如有减员，可以补齐。12. 规则确保了国际象棋般的复杂与丰富。13. 别碰男人的软肋，别招惹他们，别让一个男人有机会变得小气。14. 而我，甘愿做一个小女人。15. 我的小小的不足挂齿的自由。16. 我的小小的精确设计出的自由。17. 为了自由，必须使出浑身解数。自由不会不请自来。18. 谦恭的野性。无耻的天使。19. 懒人是微妙的，但她并无恶意。20. 多诚实才算诚实。21. 远和近。22. 工艺品。超级。23. 关于《圣经》，我记住了一句话：与其欲火攻心，不如嫁娶为妙。因为这句话，我肯定自己永远做不了基督徒。《邓肯传》是我的"圣经"，邓肯说爱可以是一种消遣。我要邓肯式的爱情，无恐惧、无责任、使人心灵振奋的爱情。24. 不喜欢美国男人。因为霸权而拥有的优渥生活，让他们一个比一个肤浅而自得。假如必须和老外谈一场恋爱，就选择法国人。25. 梨形恋爱。26. 主动失败不行吗？让别人去追求轰轰烈烈。

整整一页纸，歪歪斜斜写满了字。

纸上有格子，字却不在格子里。某些字很小，某些字很大。有很潦草的字，又有很工整的字。密密麻麻的字，初看气喘吁吁，细看又平静自然。有些字句的意思很直白，有些却意味不明，接近谜语，谜底也不一定在她自己心里。她发现有些话即便是自己对自己，也不能直说明说。另一张纸上则是一幅毕加索风格的铅笔画，她从小就有绘画天赋，或者说，有线条天赋，可以用线条轻松表达最难表达的东西，可以让线条变得风流倜傥。草草几笔，一个女人，一个纯粹的线的女人就出现了。或卧或躺，或坐或立，是同一个女人的无数种姿态。没有男人，因而空气里没有匪气，空气干净纯美，空气像一种稀有的优质产品。真正的主角是画面里的空白部分——正是空气，非同寻常的空气，从内心流淌出来的空气，干净的空气，女人气十足的空气。她是空气的精灵，空气是她的精灵。分不清她是空气，还是空气是她。

不过两张纸当时就被她撕碎了。她记忆力极好，凡是认真动过脑筋的事情就很难忘记。哪怕只看过一遍，常常也忘不了，有如刀刻。她精通三门外语——英语、德语、西班牙语；她还会说四种方言——东北话、湖南话、粤语、闽南语。事实证明，一个姿色过得去的女人，用好自己的聪明，就真的所向披靡、无所不能。而苏唯唯的姿色中等偏上，聪明却接近满分。两者合而为一，相互陶冶，使姿色有所提升，聪明有所下降。

这样的女人很难不是尤物。

总之，没超过半年时间，苏唯唯就有了四个男人——都是最出色、最自负的男人。有些有钱，有些不见得有钱。一个是工笔画家，画卖得很好，一幅画能抵半套房子；一个是商人，和南美洲有频繁的贸易往来，熟悉她待过大半年的那个国家；一个是老外，法国人，在一所大学短期任教，半年来一次，一次至少待够半年；一个是自封的天文学家，认为宇宙的形状像一个性感的贵妃梨，还发明了一台奇怪的仪器，在观测太阳系各大星体的角动量发生变化之前先证明了他本人是一个神经病。在每个男人那儿她都有不同的名字，不光名字不同，籍贯、出生地、父母兄弟、兴趣爱好，样样不同，甚至不同名字下的穿衣打扮、一颦一笑也不同，加起来刚好是大学里的四个舍友。苏唯唯，则是当时的她自己，她把这个待遇给了天文学家。和天文学家在一起，她就是那个来自小县城、从小就聪明懒惰的苏唯唯。这样做并非因为有遮掩和撒谎的必要，而是因为好玩、有趣、浪漫，还有难度。或者说，她在用这种方式调情，和四个男人，和整个世界，也和自己。再说她实在不想浪费自己的聪明，她相信自己足以驾驭自己这架复杂的机器。自信到连自信这个词都用不着，这是从小就养成的习惯，课文看一两遍就会背，写作文向来不发愁，做数学题只需听一小半的课，高考数学只丢了两分，还清楚那两分是哪两个填空题马虎了。文科理科、主课副课一样好，优秀到没人跟她竞争，甚至没人嫉妒。

又过了半年，她想当妈妈了。

这个愿望，在她上高中的时候就已经有了，而且她从来没有把它和婚姻联系在一起。现在，她觉得到时候了，和其中的任何一个男人生个孩子。但是，她又不想打破平衡，不想厚此薄彼，对不起另外三个。后来她突然之间闪出一个念头：和她的初恋生个孩子。她的初恋是她的大学同学，年轻、帅气，在美国大使馆当三等秘书。于是她立即飞往美国，没和四人中的任何一个打招呼。当她重新出现在大家面前时已经是一个妈妈。

“我去美国生娃了！”她身上的确有了一些新气息，神态腼腆，声音疲惫，是半夜频繁起床照顾孩子留下的痕迹，更是一个哺乳期的女人该有的味道。

“我的吧？”四个男人都这样问，用语言或者用眼神。她呢，只是一笑，然后说：“对不起，我不想让孩子知道爸爸是谁。”语气相当诚恳，不容置疑。这就是她聪明的地方，轻巧地把“孩子是谁的”这个问题，置换成另一个问题。

他们的一致反应是，多好呀，真是太好了，和一个漂亮又懂事的单身女人有了一个儿子，而对方还不希望父亲承担责任，何乐而不为呢？他们甚至毫无例外地被深深感动了，有人还为此垂下了热泪。总之，四个男人都不怀疑小永是自己的儿子，小永一律喊他们“叔叔”。在她听来，“叔叔”好像比“爸爸”更直接地表达了父亲的意思。接下来的几年，不出所料，四个男人竞赛一样给她和“儿子”花钱，花了钱仍觉得有愧于她。

转眼小永满五岁了。小永的脱俗、聪明、帅气，是预料中的模样，已经是一个小万人迷，很多小姑娘都大声嚷嚷，长大要嫁给小永。

苏唯唯让他学双簧管，其他孩子学小提琴、钢琴或吉他、笛子什么的，她觉得儿子应该学一种别致又高贵的乐器，首选便是双簧管。

“妈妈，你终于来了！”小永说。

“怎么啦？”苏唯唯问。

“今天心里总是慌慌的，学不进去。”小永说。

“小伙伴们怎么样？”

“大家好像都有问题，腰来腿不来的。”

“现在你想做什么？”

“现在呀，可以说真话吗？”

“最好说真话。”

“现在呀，最想说脏话，痛痛快快骂双簧管老师！”

“为什么？”

“他老是偷偷看你，贼眉鼠眼的！他还喜欢问东问西。”

“问什么啦？”

“算了，不想说了！”

苏唯唯把小永紧紧搂进怀里，她当然能猜到，双簧管老师肯定问过儿子，怎么没见你爸爸来接你啊、你爸爸是干什么的，诸如此类。这个瞬间她刚好抬起头，看见天一眨眼就黑了。繁星密布，和平时并没有明显不同，但是，整个世界好安静，听不到一丝风声，院子里的树和小区里的树连成一片，全地球好像只有一种生命：树，大树小树，粗的树细的树，近的树远的树。都是屏息宁神向上求饶的样子，好像已经被时间遗弃，干巴巴、直愣愣，只是向上的直线、单一的直线。没错，此刻所有的树都不过是线，垂直的线，尽可能拉紧，尽可能向上。没有一棵树是弯曲的，每一条直线都在表达同一个意思——惊恐。

“儿子，晚饭想吃什么？”她自己都听得出来，自己的声音里充满恐惧，和那些树一模一样。儿子立即问：“妈妈你怎么了？”她问儿子：“我怎么了？”儿子说：“你刚才的声音不像你的声音，怪吓人的。”她把儿子抱得更紧，全身在发抖。

恰在这一瞬间突然停电了。

里里外外、上上下下一律黑了，黑透了。

“不好了，停电了！”小永喊。

苏唯唯打开手机，打算用手机临时照明，但手机也瞬间死机。

“快看你手机。”苏唯唯说。

小永在黑暗中找到手机，也一样，黑屏，死机。

“怎么回事？”小永在尖叫。

苏唯唯摸黑找到一个小手电，打亮，回来了。

“儿子快看几点了？”她问。

小永就着手电光看表，说：“表也停了，停在7点29分，一动不动。”

她说：“可是我的表还在走。”

小永把自己的电子表取下来，甩来甩去，还是不走。

“对了，你的是电子表，我的是机械表。”

“有什么不同？”

“停电、手机死机、电子表失灵，应该是同一个原因。”

苏唯唯再一次看看自己的手表，的确，在走，但是，她发现小罗盘的指针摆动异常，她故意把身体转来转去，发现指针可以指向任意方向。

“指南针也乱了。”她把手表递给小永，让小永自己看。

“我怕！”小永全身发抖。

她把小永紧紧抱在怀里。

这时外面有了大量的嘈杂声，除了人的喊叫，更有门窗被猛烈敲打的声音，杂物从楼上接连砸向地面的声音。别墅的背后是几十栋连排的高楼，可以肯定，高楼里的电梯停运了，所有的电梯里一定困满了人，甚至已出事故。

苏唯唯急忙跑出去，从里面锁好院门，正准备转身回屋里时，天地间骤然一亮，亮得惊人，超过了白昼，灼热的强光令她额头发烫。

光源是一个火球，如同一个小太阳，圆乎乎的。火球的四周喷射着旺旺的橘红色火苗。火球先是停在高处的，此刻从半空中突然垂直落下，坠入两栋高楼之间的空隙里，先是撞在南边那栋楼的石墙上，被坚硬的棱角轻松撞瘪，弹开后立即还原为圆形，紧接着又撞在了对面的楼上，还是被撞瘪了，再一次恢复为饱满的圆球后，快速升高，在高出楼群七八米的空间又静止下来，像先前那样悬在那儿一动不动，好像在寻找下一个目标。随即，火球顺着刚才的路线再度俯冲下去，中途拐了弯，撞开一个很大的飘窗后隐身不见了。大飘窗的玻璃并没有发出丝毫破碎的声音，但是，大窗户转眼变成一个黑窟窿，冒出大片浓烟。

苏唯唯跑回屋内，找不到小永。

“儿子，儿子！”她喊。

小永的哭腔在床底下：“妈妈，我在这儿……”

苏唯唯深深地弯下腰，借着黄黄的手电光，看见了好几双亮亮的小目光，除了儿子小永的，还有小狗肥肥的、小猫呆呆的、小仓鼠布丁的。

“是不是地震了，妈妈？”

“不是，应该不是地震。”

“不是地震是什么？”

“先出来，出来吧，宝贝们。”

小永最先钻了出来，小猫小狗也都跟出来了。

苏唯唯左手搂住儿子，右手搂住猫和狗。

外面重新亮起来了。是巨大燃烧才有的那种亮光。拉上窗帘后，屋内仍然亮闪闪的。

这时有人在使劲捶打院门。

她跑向院门，问："谁呀？"

是马伦的声音："我，马伦。"

她打开门，看见的却是一个形容枯槁的陌生人，推着一辆老式自行车，浑身黑乎乎，衣服残破，显然是从火海里逃出来的样子。

"对不起，我不请自来。"

她紧紧地抱住他，立即哭了起来。

他小声问："小永呢？"

她只是抱紧他，全身发抖，就像猫和狗在她怀里发抖。

小永的声音传来："妈妈，谁来了？"

马伦回答："我，马伦叔叔。"

小永说："我就知道是你。"

进屋之后，马伦抱起小永，用力亲他的脸蛋。

小永问："你怎么一身烟味？"

马伦放下小永，说："到处都是火，楼着火了，车着火了。"

"没消防车吗？"

"火灾太多，消防车不够用了。"

"到底出什么事了？"

"我估计所有依赖程序控制的机器和设备都失灵了。"

苏唯唯问："电磁波的原因？"

马伦说："肯定是，电磁波被黑矮星吸收了。"

小永问："被什么吸收了？"

马伦说："被一个姓黑的家伙。"

小永问："姓黑的家伙？是一个人吗？"

马伦又弯下腰亲了亲小永。

苏唯唯问："刚才有一个火球状的东西，钻进一个大飘窗里不见了。"

马伦说："不是火球，是球形闪电。大气层被外来的带电粒子电离，会出现各种极光，球形闪电是其中一种。”

“一切都像你预料的？”

“不，比我预料的晚了整整一天。”

“这说明你有可能出错？”

“当然有可能。”

“那么五天之后……”

“五天之后最好平安无事。”

“五天后怎么啦？”小永问。

“无论如何注意安全，我得回小重山！”马伦说。

小永喊：“叔叔你别走。”

苏唯唯也说：“还是留下吧！”

马伦说：“那个姓黑的家伙，我不能不天天盯着。”

小永说：“我们也去小重山吧！”

苏唯唯用哀求的眼神看着马伦，说：“我们也去吧？”

马伦心里一软，说：“好的。”

要走的时候，苏唯唯却想起了那几个小家伙，小猫、小狗和仓鼠，实在不忍心丢下它们，带在路上肯定不安全，最终还是决定留下不走了。

临别时，当着小永的面，他们第一次无所顾忌地紧紧拥抱在一起。她抚摸他的后背，她发现，自己尽可能地想要伸长右手的五指，似乎五指是可以延伸的，而任何两点之间的距离都比原来更长了。这种体会传进心里同样用了很长时间。

她最后瞥了他一眼，关上院门。

她觉得，连一瞥的时间都明显变长了。她朝屋内走去时，发觉自己呼吸困难，有马上就喘不过气的危险。因为，每一次呼吸都变长了，一次呼吸和另一次呼吸之间，有太长的延迟，活着真的只剩下“一口气”了。所谓活着，被毫不客气地简化为呼吸，一呼，一吸。随时可能终止，不再有下一次。你还活着，只是因为一口气还在。一口气还在，你才算是一个活人，如此而已。她甚至希望这样的呼吸马上断掉，免得不停地担心，下一口气会不会断掉。可惜的是，她没办法和他交换这种感受了。她知道他还在门外，他没走，他等她恳求他留下来，可是她不可能叫他回来。她深信，她和他已经永远分开了，他们永远没机会讨论任何感受了。死亡已经在发生，不用等到五天之后。

凌千里

凌千里比关广文小三四岁，却是关广文的师父。凌千里曾经拿过两次全国搏击冠军，目前在宛城经营着一家搏击馆，名气很大，教了一批又一批学生，关广文是他的关门弟子。凌千里还教了关广文一些绝招，比如天象八卦什么的。在凌千里的引荐下，关广文也认识了马伦。两人从小重山下来后，没有回家，直接去了搏击馆。

搏击馆在市区的黄金位置，是一所宽敞的老宅院。四周都是争奇斗艳的高楼，唯独这座院子一下子矮了下来，半是园林，半是瓦房。

一进院门就能看见对面院墙上有一个陌生的图案，叫象限仪，是在马伦的帮助下制作的。它的结构很简单，由一个预先嵌在墙内的轴和一根四米长的杆子组成。杆子的一端固定在轴上，另一端伸向遥远的天际，可以上下移动，在墙面上画出四分之一的圆周，圆周上标有地平高度的精确刻度。于是，任意一个时刻，某一星体在当地子午面上的地平高度和天顶距，就一目了然了。象限仪是古希腊人发明的，如今已经没什么实际意义了。凌千里偶尔还会用用它，更多的时候纯粹是装饰。凌千里还有一样宝贝，叫凌氏星盘。这种星盘最早也是古希腊天文学家发明的，当时人们用它测定时间，演示当地可见恒星的周日视运动。不过，这种星盘有一个很明显的缺陷，当地天顶的天赤道纬度被固定死了，所以只能在某一个特定的地理纬度上使用。凌千里琢磨再三，加以改造，让它可以随处使用。他把天顶纬度由固定不变改为可以自由转换，将黄道圈的标注和盘沿的时圈标示得更加精确，于是星盘就成了凌氏星盘，几乎有点像石英钟了。他还特别制作了一批袖珍型的凌氏星盘，作为礼物赠送给友人。能否得到凌千里的袖珍星盘，是检验是否被他视作挚友的一个重要标志。

“师父你那么相信马伦吗？”

“我是你的师父，马伦是我的师父，不能不信呀。”

“一个无法观测的东西，可信吗？”

凌千里用右手比画着说：“昨天凌晨和今天凌晨我早起跑步的时候，发现室女座 α 的地平高度也变了，比平时略高了这么一点点。”

关广文问：“说明了什么？”

凌千里说：“说明我和马伦不谋而合啊，地球的转速加快了。连续两三天，日出提前了 3 分钟。从 50 秒到 3 分钟，太大的变化啊。”

“理论上如何解释？”

“黑矮星肯定有引力，而且引力不小，它的引力加上太阳的引力，是不是就会让地球的自转速度加快？地球的转速快了，日出和日落就提前，日长自然就会缩短，一天就不足 24 小时。不出意外，明天的日出和日落还会提前 3 分钟左右。”

“日长缩短几分钟，有啥大不了的！”

“有啥大不了的？可不能这么说。你忘了马伦刚才怎么说的？五天后，黑矮星和地球将会正面相撞，像一个大铁锤砸向一只小虱子。”

“无论如何我持怀疑态度。”

“你是堂堂公安局局长，你可以怀疑。”

关广文正要接话，停电了。看架势，绝不是小范围停电。

几秒钟的停顿之后是可怕的哭泣和喊叫。

“你看，说来就来了！”

关广文打着火机。凌千里不客气地吹灭了火，说："静一下吧。"

"师父你听外面！"

忽然有刺眼的白光从窗外射入。旋即是大片的火光，罩住了整个院子。

"快走啊，师父。"关广文强行拉走了凌千里。

果然，院子两侧各有一栋楼起火了，火源在10层以下，高处的大部分楼层只好成为大烟囱，把浓烟导向高空，地面的烟也在急切地升高。

关广文的警车打不着火。

凌千里说："喂，别理它了。"

附近刚好是地铁站，大批人流正从隧道口里拥挤出来，全都是幸运脱险的样子。人们肯定以为遇到了恐怖袭击或者近似的人为灾难，一踏上地面就急着开始庆幸。大部分人其实还来不及惊恐，没人发表任何议论，成功逃生就已经非常了不起，只有那些不懂事的孩子在号啕大哭。一个苍老的黑人牧师丢了一只鞋，衣领歪扭，在相对安全的地方站定后，在胸前直画十字，嘴里念念有词。一个头发很长、穿运动衫的青年流浪汉，完全被外面的情景惊呆了，一动不动地看着几栋楼房在争相燃烧，有人影从高处跌下来，在火光中再三画出狂热的曲线，像是对地球引力的致敬。后来，那位流浪汉找了个地方蹲下来，变得格外安静，准备久久地看下去。不出所料，又有人接二连三地跳下来，各有各的姿态——脸朝下的，仰面向上的，翻滚着的，手脚挥舞的……还有两个人，是同时从相邻的两个窗户里跳出来的，两人体重相等，所以降落的速度完全一致，互不相让，让流浪汉想起拉锁的两条边儿。后来怎么样？他们是如何坠地摔死的？他却没任何印象。因为他总是看到一半就急于抬头去看新跳下来的。关广文同时点着两根中华烟，把其中一根递给了流浪汉。流浪汉接过去，连头都不抬一下。

"师父快回家吧！"

"你呢？"

“我得回单位。”

凌千里转身先走了，关广文让目光久久跟随着凌千里的背影，有诀别的意味。但关广文看见的却是另一番情景：一颗橘红色火球从他身后飘过来，朝前方的人群斜斜地滚了过去，在黑压压的人头顶上显得弹性很好，一弹一弹滚了好一会儿后飘向别处，不知去向。瞬间之后人群里满是头发烧焦的味道，甚至有熟肉的味道。不少人被烧伤了，纷纷倒下之后又形成了严重的踩踏。凌千里的高大背影转瞬也消失了。奇怪的是，这一切发生在极短极短的一个时间点里，看上去却是零零散散，像一个正在徐徐破碎的漫长梦境。

“师父，师父……”关广文根本钻不进人群中去。他想起自己有枪，顺手摸出枪，朝空中连开两枪。枪声反而令人群拥挤得更厉害。

“我在这儿。”

凌千里捂着太阳穴从人堆里艰难地挤了出来。

“师父没事吧？”

“别忘了我一拳可是250公斤。”

“你头上有血！”

凌千里拿下手，看见满手是血。

“哎哟，我有点头晕。”凌千里扶住一棵树。

借着火光，关广文看清凌千里的一半头发没了，右脑门血汪汪的。

“师父，快去医院。”

“不要紧，先止血。”

关广文先脱下外套，再脱下白色衬衣，快速把衬衣撕成条，缠紧凌千里的额头。这个过程中凌千里竟然完全没有喊疼，只是昏过去了。

关广文背起凌千里，抄近路朝最近的一家小医院跑去，好在凌千里的体重似乎大大减轻，不是75公斤，而是45公斤甚至更少。

医院里已是人满为患，整个医院不得不临时变成烧伤科。所有大夫都在处理烧伤，里里外外全都是刚刚烧伤的人。烧伤的类型只有一种：火烧伤。创面的特征十分相似：干干净净，没有残余物质，伤口或苍白或焦黄，多数呈焦煳状，有些已经炭化。烧伤部位遍及人体的所有器官，头部、面部、臀部、胸部、腿部……有一个病人，还活着，还能走路，五官却没了，面部和骷髅无异。一个孩子，鼻子以下没肉了，待发育的小牙床完全露在外面，涎水直流。另一个孩子，只是鼻子被烧掉了，脸上其余部位完好无损。一个女人唯独少掉了一只乳房。所有病人都显得安静，疼痛的样子和受伤的程度远不匹配。大部分病人有一模一样的表情：目瞪口呆。有些病人陷入休克，有些昏迷不醒，有些胡话连篇，更多的病人恍恍惚惚，这类症状远多于疼痛难忍。烛光似乎是此刻最合适的照明方式，幽暗、低沉、绝望。用蜡烛照明而非用电，仿佛不是迫不得已，而是一个灾难片的灯光师服从导演意志的结果。

可能是关广文的一身制服起了作用，一个年纪较大的女医生主动过来察看凌千里的情况，之后也只是做了一点最简单的医疗帮助。

“不算严重。”女医生说。

“昏迷不醒，还不严重？”关广文问。

女医生指指身后的大片病人，说：“看他们，都这样。”

“为什么没人喊叫？都不疼吗？”

“你掐一下自己，看疼不疼。”

关广文用右手掐自己左臂上的皮肤，真的不疼；再掐，还是不疼。

“做手术都不用麻醉了。”

“为什么？”

“所有人的痛感大大降低。”

“痛感降低？”

“对，痛感，医学上又叫痛阈，如果不是先天性的痛阈较低，那就是病，一般是由神经系统紊乱导致的，今天的情况肯定是后者。”

“大范围的？”

“几乎是所有人。”

“以前有过这样的情况吗？”

“没有，绝对没有。”

关广文重新看看四周的病人。

女医生又说：“另外，范围越大的创伤和群体性创伤，伤员的痛阈也会明显降低，伤员的身体里会自动释放出止痛药，内源性止痛药。”

“内源性止痛药？”

“内源性，这可能更是一个心理学问题，大范围创伤、群体性创伤，比如车祸、地震、海啸、火山爆发，伤员数量越大，越是群体性事件，个体的痛感就越低。这种情况下，身体自己会释放一种止痛药——内源性止痛药。”

关广文的制服吸引了更多的人，大家纷纷围了过来。

“警察，到底出什么事了？”

“是不是美国人扔下的新式炸弹？会拐弯，能折返跑……”

“好可怕，满天飞弹滚来滚去。”

“不是美国人扔的，只能是外星人扔的。”

“肯定是外星人扔的。”

人们把关广文团团围住，相信他了解内情。

关广文大声说：“还没接到政府的任何通知，但是，我可以肯定，不是炸弹，不是任何炸弹，不是美国人的炸弹，也不是外星人的炸弹。”

“百分之百是炸弹。”

“我敢肯定是外星人扔下的，百分之百。”

“别乱说，负点责任！”关广文喊。

远处有人回嘴：“不乱说可以，你快给老百姓一个说法呀。”

此时，身旁的凌千里哼哼了起来。

“我要回家！”凌千里的发音含混不清，很像孩子。

“快啊，我要回家。”还是那种语气。

女医生看着关广文说：“今天的病人都是这样的语气。”

关广文问：“哪样的语气？”

女医生说：“你看呀，都像孩子。”

关广文看一眼附近的病人，吓了一跳，满眼都是小动物们才有的那种神情，无助、顺从、脆弱、干净，任何情况下都不会悲观厌世，绝不担心天会塌下来，就算天塌下来，有高个子撑着，就像四五岁的孩子深信爸爸妈妈能做到一切。

关广文背起凌千里离开医院，一出门就跑，一路小跑，跑了几步，感觉很恶心，但又吐不出来。虽然背着一个人，但脚步轻盈，并不太累。

天竟然晴了，上弦月胖乎乎的，颜色和平常迥然不同，如同抹了一层灰色泥浆，泥浆滑滑的，还在往下流淌。月亮下方的海面很不平静，潮汐凶狠地扑打着海岸，比满月的时候还厉害。偶尔传来狗叫声，空洞、疲软、恐惧，和人处在相同的状态。虽然看不见一只狗，却能听出，所有的狗一律抬头，冲着月亮在叫。繁星密布，东边较为稀疏，西边十分稠密，有些是瀑布一样的流体，令人想起先前的那些神秘火球。极高的灰色云影横冲直撞，薄雾从地面上疾速上升，能感觉到所有的粒子都不带电，因而云影才散漫无依，四处飘荡。天和地笼罩在巨大的魔力中，又蕴藏着更加惊人的故事。眼前的每样东西都在泄露天机，但没几个人看得懂。路上全是抛了锚的自动驾驶车辆，货车、客车、公交车、私家车，各种牌子的汽车在同一时刻熄了火，仍然保持着现代车流的美感，发狠一般沉浸在原有的秩序里。唯独后视镜还活着，其中的景物随时都在来回变幻。约有 10% 的车辆已经烧成简陋的空壳。人行道上，处处都有烧焦的尸体，能看出有些是智能人。被焚毁之后，外翻的人工脏器暴露了他们的身份。

前方遇到小型泥石流，土方不多不少，刚刚够用，刚好堵死了山体和大海之间的狭窄通道，目前没人抢修，说明社会管理体系已陷入瘫痪。

关广文想起一个朋友家在附近，打算先把师父临时安顿在朋友家，拐进一条小巷，看见一个穿花纹睡衣的白发老者裹着毯子缩在墙角。

“老人家，回家吧。”

“不敢，不敢留在家里。”

“为什么？”

“我隔壁的一家人，五六口人全都烧死了。”

“现在没事了，回去吧。”

“不敢不敢。”

关广文继续往前走，又碰见一个微胖的少妇，一手抱着一只宠物猫，一手抱着很小的孩子，宠物猫偶尔软软地叫一声，孩子则悄无声息。

“回家去吧，家里安全。”

“请问，到底发生了什么事？”

“是自然灾害，和台风、地震一样，现在没事了。”

“听说外星人来了！”

“听我的，不是，绝对不是。”

“你们肯定有内部消息，透露一下嘛！”

“快带孩子回家去吧。”

“真的是自然灾害？不是外星人来了？”

“真的，真是自然灾害！”

那女人显然更愿意相信外星人或者哪国人扔了炸弹。

关广文冲她怀中的孩子笑了笑。

孩子指着小猫的眼睛说：“猫猫，猫猫……”

关广文看看小猫，再问小孩：“猫猫？猫猫怎么了？”

孩子还是说：“猫猫，猫猫……”

关广文

关广文回到局里时已是后半夜。

他的上司张局长刚刚参加完宛城市长连夜召集的会议，回来正在给全局干部传达会议精神。关广文从后门悄悄进来，满脸是血，浑身也是血，所有目光齐齐看向他，都是亲人般的关切和同情，每张脸上都写着同一句话：“嗯嗯，这个人还活着！”

关广文走过去，坐在局长旁边的空位上。

局长重新开始讲话，语速很慢：

“好在有线电话还能使用，国家在第一时间下达了电话通知，要求各地全力组织救灾防灾工作，把搜救伤员、抢救伤员放在首位，最大限度地减少人员伤亡。至于这场灾难，已经查明，不是地区性停电，是全球范围的停电，以前没有过这种类型的停电。最奇怪的是，停电的同时，手机死机，电脑死机，飞机、汽车和地铁，所有依赖程序的机器通通陷入瘫痪，只剩下一些老式的机械设备还能用。这说明，停电绝对不是孤立事件，问题可能相当复杂，需要进一步调查。那个燃烧弹，我们姑且称之为燃烧弹，到底是啥玩意儿，一时也没有定论。有人说，不是燃烧弹，是一种球形闪电。市政府请来的一个科学家说，球形闪电很少见，但历史上的确出现过，《圣经》的说法是，那是上帝提在手上的灯笼。咱们国家，很早以前的一个雷雨天，一颗球形闪电突然钻进吉林市气象站的一间办公室，在屋内转了几圈后又飞走了，最后，落进了松花江。又有一次，一个晚上，一条火龙飞到江苏滨海东坎镇村民杨某的屋顶上，突然化为一颗圆圆的大火球，蹿进屋内，马上又飞走，造成一人死亡、多人重伤。总之，今晚出现的火球，不是任何形式的炸弹，只是球形闪电。市政府紧急组织人力对空气质量做了化验分析，没发现任何化学成分，也没发现任何有毒气体，可以肯定，我们没受到外来攻击。”

听张局长讲话的时候，关广文心里不能不闪出马伦的话：“这是地球，这是黑矮星，两颗星球一明一暗，从不同方向飞向同一定点，五天之后将同时抵达！”马伦的话，让关广文显得比在座的所有人都心中有数，甚至让他比大家多了些高高在上的感觉。他在默默观察大家，他发现同事们的专注力和理解力大大降低，就像听一个人在说呓语。5、4、3、2……关广文在心里数数，发现经不住数，一眨眼就数没了，抬头看墙上的石英钟，三根指针一动不动，时间静止在“7点29分18秒”的位置上。再看自己的手表，时针、分针和秒针都在走，而且行走有力，比平时更具活力，眼下是凌晨4点20分15秒。

“没几天可活了！”他对自己说，他真的看见了另一个自己。那个自己只有十四五岁，初中生的样子，穿着校服，向下的刘海掩去了大半个脑门。

这时，张局长请他发言。他不知道自己该说什么，但还是说了，只是他发现自己也和局长一样，有些上气不接下气，结结巴巴：

“真的对不起，我来晚了。到现在，我还不知道家里是什么情况，出事前，我和几个朋友在一起，有人被火球烧伤了，不省人事，我只好背着上医院。

“我完全同意张局长刚才的讲话，张局长的讲话，中心思想就是一条，用科学的态度处理这场突如其来的灾难，首先，应该尽快让老百姓知道，这是一次自然灾害，就像地震、台风、海啸、洪水等，绝不是战争，绝不是外来攻击。

“刚才在街上并没有碰见任何打砸抢事件，所有人都软绵绵的，满医院的烧伤、摔伤、砸伤病人都不知道喊疼，个个像精神病人。”

听到这儿，同事们都直了直腰，特意打起精神。

“开饭了！”有人在门外喊。

关广文看看窗外的夜色，有些发愣。

张局长说：“我安排的，很多人还饿着肚子。”

关广文说：“好啊，我也饿了。”

会议室在十楼，机关饭堂在二楼。一堆人挤挤碰碰走进楼梯，脚步声像一群看不见的绵羊，从高高的山坡上一拥而下。最前面的一个人打着手电，手电光从四面不规则的白墙上反射回来，让每一张脸都忽大忽小、忽明忽暗。走路时两只脚明显踩不实，所以有人扶着外侧的墙，有人扶着内侧的楼梯，有人相互搀扶。楼梯拐弯的地方有人不小心跪在地上，后面的人就纷纷撞在一起，男男女女的喊叫声令很多人联想到地狱。

到了饭堂，刚刚走进雾气腾腾的饭味和菜香中，有人就捂着嘴急忙退出去，再也不愿进去。大部分人像往常那样端着盘子排着队，静静地等着选菜，不过，每个人都需要分一部分注意力让自己尽可能站稳，站踏实，不摔倒，或者不飘起来。最早开始吃饭的那些人都有相似的吃相，有点像草食动物在吃东西，嘴巴硬邦邦的。一个人刚吃了两口，突然大喊：“天哪天哪，怎么有老鼠的味道？”很多人也跟着喊：“是呀是呀，的确是老鼠的味道。”“老鼠”二字彻底败坏了人们的胃口，很多人立即放下筷子，闭紧嘴巴，几乎要吐。一位戴眼镜的老者当场吐了出来，喷得四处都是，还把嘴里的一颗很值钱的假牙也吐掉了，随后又急着在呕吐物里找来找去。不一会儿，饭堂里只剩下了四五个人，包括关广文和张局长。关广文显得十分冷静，越是混乱局面，越是镇定自若，这倒是长期干公安养成的习惯。

梅云

梅云开着一家心理服务中心。她原本是骨科大夫，在医院做了几年骨科手术后，又回到当初上本科的城市读了心理学硕士，之后一鼓作气又读了博，回来后就开了这家心理服务中心。叫心理服务中心，而不叫常见的心理咨询中心或更时髦的名字，已经显示了她的一部分追求：务实、平等、亲和，不高高在上，不以心理医师自居。

梅云的心理服务中心在宛城西区一个名叫东丽半岛的小半岛上，租金不贵，还很幽静，符合她对心理服务中心的预期。半岛的一大半，最挨近海的那部分，约有10亩地的尖角，还包括尖角靠后的一座树木丛生的小山，都被她租下来了。

她的心理服务中心有些绝招。会议室里挂着两条醒目的标语，一条是“艺术起源于劳动”，另一条是“愉快的劳动已经是艺术”。因为大部分工作被高度仿真的智能人替代了，为数众多的欠聪明者不用上班就能领到一份不菲的福利。而这些人，因为不知道如何消磨时光而过得很不开心，他们需要劳动，需要在劳动中体验愉悦，享受生命。梅云的创意其实不复杂，无非是请他们来，让他们干干活。真正的创意是干活的方式，比如解剖子宫、解剖前列腺、制作曲别针、擦洗垃圾车、切割旧机器、缝制衣服、打毛衣、制蜡，等等。

除了肉身的医生，还有智能人医生。那些绝对羞于说出口的事情，说给智能人听则不会有任何心理负担，智能人是最出色的倾听者，同时能够及时提出一些虽然普通但很准确的疑问，给出一些建议，往往用不着肉身的医生出面病已经好了。

还借用测谎器治病，一方面利用测谎器的强制性让一些人被迫讲出真相，讲出没任何人知道的秘密，甚至讲出罪恶行为。真的讲出来后，一个人可能会得到解脱，放下心结。一次测谎不通过，接着再来，两次、三次，有时逼得一个人一看见测谎器就心理崩溃、大哭大叫。心理崩溃、大哭大叫，其实是走向健康的前奏。另一方面，一些人面对测谎器继续说谎，争取不让测谎器发现，让心变成石头，让心理承受能力变得像魔鬼。一次不行两次，两次不行三次，直到能够战胜测谎器，这样的结果也好，也算是治愈了。

更绝的是，会定期开办挨骂训练营，一部人用最脏的话骂另一部分人，只许忍受，不许还嘴；然后换个个儿，挨过骂的人变成骂人的人。还顺带着训练如何忍受套话、假话、脏话，不仅能听，还要能说。顺利结业后，一个人就能够忍受任何屈辱，听得进任何套话、假话、脏话。事实上，很多人离开训练营之后，嘴马上就干净多了。

还给病人办各种有趣的学习班，比如请马伦讲宇宙为什么是一个贵妃梨，请安南讲如何用哲学思维投资、炒股，请凌千里讲星座和天象……

还会让病人和病人之间相互帮助，一部分病人教另一部分病人如何适应孤独，或者反过来，一部分人教另一部分人如何与人友好相处。

总之，梅云的心理服务中心的确是一个“服务中心”，非常非常受欢迎，10亩地已经不够用了，近来正在和岛主商量租下整个小岛。

和很多女人相反，梅云是那种喜欢把女人气略略收起来的女人，或者说，她的女人气含有一定的豪爽劲儿，男人味儿。先说说她的衣饰打扮，她一向不喜欢穿裙子，甚至不喜欢穿花衣服，就是说，她不喜欢穿过于女人气的衣服，不过，她也不喜欢穿男性化的衣服，包括中性化的衣服。所以在相当长的一段时间里，她都不知道有哪个牌子的衣服是适合自己穿的。后来干脆自己亲手缝制，慢慢摸索出属于个人的一整套穿衣风格，总结起来，有如下特点：较宽松，偏休闲；有兜的上衣，连帽的上衣，略略收腰的上衣；工装裤，裤袋很深的短裤，阔腿裤；军绿色，香槟色，黑色，紫色，小格子……不过，要说梅云到底多有女人气，安南教授更有发言权。梅云的丈夫高雷雷在监狱。多年前的一个周末，他和一伙朋友踢足球。踢右后卫的他漏了人，对方前锋过掉他，形成单刀，他只好来了个粗鲁的技术犯规，从身后把对方铲倒，两人同时摔在草坪上。站起来后，两人就开始拳脚相向，还没等同伴们围过来拉架，对方前锋已经一命呜呼。高雷雷都不知道是哪一拳改变了自己的人生轨迹，一个好好的大学老师，从此却要坐 10 年牢。目前已经是第七个年头了。安南呢，当时刚好是另一名后卫，清楚地看见了高雷雷用哪一拳要了那位前锋的命。安南和梅云正是在处理那次事故的过程中认识的。安南身为离高雷雷最近的一个队友，做证的时候，尽可能偏袒高雷雷。事后梅云请客感谢安南，两人就开始有了交往，进而有了关系。安南想不到，一个看上去偏冷偏硬的女人，在床上却完全相反，不仅柔，还媚，而且不是做作的柔媚，是自然流露出来的滋味，她自己似乎并不清楚。一个硬壳里包裹着一颗至柔的心，这种印象上的反差也是魅力的来源之一。反正，安南觉得自己真是有福，尝过这样一种女人，没白活。就这样，两人每隔十天半月见一次面，有时甚至更久一些。见面的时候足够热烈，谁都不掩饰这种迷恋，做爱即爱，不多不少，完全相等。如果说，活着是一件美差，这就是一个有力证明。分手后的前三天想起来会心跳加速，接下来的几天也会渐渐淡忘。

由梅云引荐，安南认识了马伦。

5 日下午，从小重山上下来，安南说：“我请你们去吃饭。”梅云说：“这种时候，哪有心情吃饭？”安南说：“那就吃个散伙饭吧。”小芒说：

“你们别那么消极，我坚信黑矮星和地球不会撞在一起。”梅云和安南都不理小芒，把她的话当孩子气看待，小芒又说，“2013 年的某一天，一个直径 50 米的大陨石，爆炸威力相当于 20 颗原子弹，落在俄罗斯车里雅宾斯克州附近的一个大湖里，造成上千人受伤。如果落在车里雅宾斯克州市区，足以摧毁整个城市。可是，为什么就偏偏落在湖里了？”梅云知道小芒刚刚成为基督徒，所以问她：“你认为是上帝把陨石推了一把？”小芒毫不掩饰地点点头说：“当然，百分之百！”安南说：“人家小芒那么有信心，我们就相信她吧。”梅云说：“好的，相信小芒吧。”

三个人来到海边的一家大排档，吃店主自己打捞上来的海鲜。一张已经收起的大网悬空在海面上，巨浪涌起时会把大网完全淹没。

“看这海浪！”安南说。

梅云问小芒：“上帝是不是对自己的创造物感到嫉妒了？”

安南也看向小芒，等她回答。

小芒说：“小姨，上帝不会有嫉妒心的。”

梅云只是看着小芒，面无表情。

安南说：“可是，在《圣经》里，上帝经常会发怒。”

小芒是新手，还嫩，没话可说了。

梅云说：“我们家小芒受洗刚两个月。”

小芒眨眨眼睛，说：“反正我相信地球不会出事的，绝对不会。”

安南问：“刚才你为什么哭了？”

小芒说：“刚才我忘记我是一个基督徒了。”

看得出，小芒是实话实说。

这样的话令梅云和安南更加轻视，两个不信教的人心里有一个相似的想法：那不过是宗教乐观主义，根本不算数的。一堆浪花突然偷偷摸摸斜喷了过来，砸在桌前。蛇形的浪花渐次从餐馆的前沿落下，食客们的尖叫也弯弯曲曲的。

“你太粗心了。”安南说。

“我？我怎么了？”梅云问。

“连续三个早晨，日出提前了3分钟，竟然没发现。”

“我宁可死，也不早起。”

小芒替梅云说话：“我家人都喜欢睡懒觉，跟我姥姥学的。”

安南问：“你也是？”

小芒自嘲地拉拉脸，再点点头。

菜陆续上齐了，烤得焦黄的小黄鱼，蒸得鲜嫩的海鲈，白灼的大虾，这片海域最盛产的裹了一层蛋黄的蚝，在平时是最能刺激食欲的，此刻，三个人却迟迟不动筷子。安南先夹了一条小黄鱼给小芒，说：“亲爱的基督徒，快吃吧。”梅云不等安南劝自己，先夹了一只大虾。很明显，三个人都没有食欲，心里厌厌的，拒绝食物下肚。三个人的内心感受其实很一致，都很难做到将马伦的疯狂预测抛诸脑后。表面上可以装作镇定，但是，胃和喉咙却不买账。恶心的感觉也和以往不同，颗粒很细，遍布于身体的角角落落，呼吸里、眼神里、头发梢里，处处都有。再说，每个人的舌头也发飘，会不由自主地直往上飘。

实在吃不下去，剩了一大半。梅云和小芒早就想走，安南却不挪窝，想等到日落之后。他想亲自作陪，让梅云看清日落提前了。她看见了，他才心安。太阳终于要落山了。安南给梅云指了指手表，梅云根本不看表，故意拗着他。安南说：“看见了吧，日落也提前了。”梅云冷着脸，还是不理他。安南掏出小本子，把日落时间记下来。

小芒问：“如果只是日长缩短呢？”

安南说：“恐怕没那么简单。”

小芒说：“安教授好像盼事情再大一点。”

梅云说：“是呀，安教授！”

“如果真有事情，那就最好大一点。”安南对着黑暗中的海浪说。

小芒的嗓音有些失控，问："为什么？"

安南看一眼小芒，说："小灾小难，人类根本记不住。"

梅云对小芒说："人家是哲学教授。"

这句话好像激怒了安南，他说："在死亡面前，哲学是狗屁！"

小芒大喊："你们不要死呀死的！"

安南盯着小芒，两只眼睛渐渐变得有些可怕。

梅云问："接下来你打算做什么？"

安南的声调很吓人，说："还能怎么样，静静等死呗。"

小芒大声喊："求你们别说了！"

梅云和安南真的闭紧嘴唇，不再说话。

之后，三个人就分手了。

梅云看看安南，想要一个最后的拥抱，又忍住了。她心里拒绝接受"最后"二字。她想和他再见面，至少再见一次。她相信没问题。

"再见！"安南说。

梅云和小芒没有回答。

安南故意做出决绝状，先走了。

梅云和小芒的车一开始不远不近地跟在安南的车后面，后来就拐向另一个方向。一路上，左边始终是宽敞的海面，夜色中的波浪看上去十分黏稠，像大面积的水银，汽车与这样的大海持续擦肩而过时，显得十分轻逸，路面只要给一个合适的坡度，汽车就会轻轻荡起，有几次眼看就要冲进大海。小芒说："小姨，听个音乐吧。"梅云听得出，小芒很紧张。梅云随手找到一张班得瑞的光盘，塞进碟槽，很快，班得瑞特有的低音缓缓响了起来，让车内的气氛一下子变得可以忍受了。即将离开市区的时候，班得瑞的音乐突然没了，同时，汽车内部靠前的某个部位明显有一个瞬间断线的动作。仪表盘里的蓝光消失了，里程表、速度计一并黑掉的同时，车外的世界也完全黑了，近处和远处都黑了，大面积的黑，慷慨极了的黑，几乎要把五脏六腑吸出去。汽车借着惯性自动滑行了几十秒后，和前面的一辆车追了尾，不知道前面是什么样的车。“手机也死机了！”小芒低声说，似乎不敢大声说话。梅云坐着不动，并没看自己的手机，不是不想看，而是如同在梦中，手脚做不了任何动作。好像马伦所说的“五天之后”已经提前来了，死亡既成事实，只是被稍稍延缓了。“小姨，快看你手机。”小芒的声音在发抖。梅云闭上眼睛，坐着不动，显得异常安静。小芒侧身抱紧梅云，哀哀地哭起来。

车外开始有很多尖叫声和喊骂声：

“×，又是停电！”

“他妈的，怎么回事！”

“我 ×，让不让人活了！”

这样的喝骂声倒是有意外的效果，让车内的梅云和小芒没那么紧张了，两人下了车，似乎显得比所有人都大无畏，毅然决然地弃车而去。

小芒

小芒这次从北方来到南方，是听了爸爸妈妈的话，特意来跟着小姨“学做人，学做事”的。小芒当然听懂了父母的话外音，那就是，她不会做人，也不会做事。小姨又是心理医生，所以，“学做人，学做事”差不多又是“找小姨去看看病”的意思。是呀，她有病，她的病人人知道，那就是对什么都没兴趣，对学习更没兴趣，考进一所人人羡慕的重点大学，上了一年就退学了。回到家，整天宅在家里不出门，拒绝去领《落榜生登记表》。这次来南方，原本只是想出来透透气，谁料仅仅来了三天就遇到了这样的大麻烦。

和梅云弃车逃离市区，徒步回到郊外的东丽半岛时，看到服务中心的房屋完好无损，医生和病人大部分都静悄悄地坐在会议室的烛光里，默默无语。小芒的表弟苏铁哀伤地说：“妈妈，你说怎么办嘛，停电断网，手机死机……”梅云说：“是啊，路上的很多汽车都抛锚了，整个市区变成了一片火海。”小芒叫不出名字的一个病人问：“梅院长，为什么电子表不走了，机械表还在走？”梅云说：“这个，还是让我们苏铁回答吧。”

苏铁先问了一句：“马伦叔叔怎么说的？”

梅云说：“我想听苏铁怎么说。”

苏铁鼓起勇气说：“电子表不走了，机械表还在走；手机用不成了，有线电话还能用；自动驾驶的汽车跑不了了，老式汽车肯定没问题。根据常识推断，原因只有一个，电磁波消失了。大伙肯定听说过，地球上有几个地方，比如百慕大三角，到了那里，收音机、无线对讲机、电子表、卫星遥感系统等，会部分失灵或完全失去作用。科学家们研究发现，那种地方的电磁波，横波是正常的，纵波消失了，不传播任何信号，信号被说不清的东西屏蔽了。所以，我的推断是，电磁波出问题了，除此之外，没有第二种可能。”

梅云问：“接下来会怎么样？”

苏铁说：“茫茫太空，太复杂了，天知道会怎么样！”

名叫阿龙的男孩问：“是人为的吧？”

苏铁答：“非常有可能，听说人工屏蔽电磁波，小菜一碟。”

阿龙问：“会是什么人呢？”

苏铁故作老成，说：“外星人、地球人都有可能。”

阿龙立即说：“我认为是外星人。”

苏铁笑了笑，问：“为什么是外星人？”

阿龙说：“我是瞎猜的。”

烛光下，人们开始嚷嚷起来。小芒看见会议室里点了四五根蜡烛，问：“小姨，咱们的蜡烛还多吗？”梅云看着小芒，不明白她的意思。小芒说：“如果还多，能不能拿出去送给需要的人？”梅云说：“好呀，基督徒。”苏铁说：“我担心咱们自己不够用，每个房间都要领蜡烛的。”梅云说：“大家闲着无聊，不如去赶制蜡烛吧。”

一听说要干活，大家还算有兴趣。

梅云说：“小芒带着苏铁和阿龙去给邻居送蜡烛，其余人留下干活。”

苏铁和阿龙很高兴这样的安排。

库房里有各种蜡烛，红的白的，粗的细的，普通的带香味的，三个人把三轮车装满后，由阿龙在前面骑着，小芒和苏铁跟在后面，沿海边的半圆形小路前往半岛外面。天已经晴了，灰白色的弯月就像刚刚出生，第一次出现在天空和地面之间，所以迷路了，不知道该去往哪里，光线过于充足，含着显而易见的重量，几乎能把人压倒。

这样的月亮让小芒不能不想起马伦的话：五天之后，黑矮星将和地球正面相撞，地球凶多吉少。三个人里面只有她知道那个秘密，这种感觉很特别。她明白自己向来不是一个善于保密的人，不过这个秘密她相信自己一定不会说出去。

苏铁说："但愿明天还停电。"小芒问："苏铁，为什么？"苏铁说："接着停电就不用去上学了。"小芒说："恭喜你，明天肯定不会来电的。"苏铁问："你怎么知道？"小芒说："我是基督徒，我帮你祈祷，主啊，为了苏铁，明天接着停电吧！"苏铁说："姐姐真好。"阿龙快快回一下头，说："那你最好先祈祷马上来电吧。"小芒说："你嘴甜一点儿，我试试。"阿龙喊着说："亲爱的小芒姐姐，请你祈祷，马上来电吧！"小芒说："好，我开始了。"小芒真的在祈祷了，双手合十，指尖抵在下巴上。苏铁说："喂，你到底是佛教徒还是基督徒？"小芒急忙松开手，说："忘了忘了，我受洗才两个月。"苏铁哈哈大笑，笑声飘得很高，传得很远。

阿龙也笑了，但三轮车突然拐了弯，差点把小芒和苏铁甩下去。苏铁喊："阿龙，要死啊你。"阿龙抬头看看天，说："现在这么好的月亮，真让人颓废。"小芒也看一眼月亮，心跳怦怦。苏铁问小芒："姐姐你肯定不知道，阿龙得了啥病。"小芒说："我知道，一来就听说了。"阿龙说："没办法，我家可能有颓废基因。"苏铁说："扯，没听说有颓废基因的。"阿龙说："有，有，真的有。"

小芒说："阿龙，听说一个人每隔五年就会变成另一个人。因为，我们身上的细胞每隔五年就会换成新的，所以你等上五年再说吧。"阿龙说："五年太远，五天可以。"小芒说："那就五天，等上五天再说吧。"阿龙说："好，看你的面子，我等上五天。"小芒说："一言为定！"

阿龙又看了一眼月亮，回身和小芒快快击了掌：“一言为定！”阿龙和小芒的声音飘出去很远，几乎有了回音。这时他们已经离开了半岛。

他们的正前方是雾蒙蒙的群山，海拔一两百米的海滨群山。山和岛之间是一条南北向的公路，公路西边的山谷里藏着一个村子，此处完全看不见。村里有庙，庙旁边有一眼很旺的泉水，是一流的矿泉水，很多人从市区专门开车来买水，很便宜。服务中心也是每隔几天就会开车来买一趟水，苏铁和阿龙都反复来过。只是从来没有蹬着三轮车来过。进村子先要上一道一千米左右的S状山坡，蹬着三轮车爬坡并不轻松。苏铁和小芒下了车，一左一右在用力推搡。奇怪的是，当两人在后面推搡时，阿龙几乎可以偷懒不出力了。进村后，他们发现村里好安静，家家户户的门窗都敞开着，黑灯瞎火，不见人影。三个人受到莫名感染，不敢大声说话，只用眼神交流，每人抱起一箱蜡烛，分头去挨家挨户发放。每家三根，放在门口。

小芒来到第三排的时候看见对面走来一个人，一眼就能认出是一个一丝不挂的老太太，乳房明显耷拉，腰很弯，应该有80岁了。她走过来的样子显得很自然，丝毫没有羞涩感，仿佛她一向都是如此，她并不知道自己没穿衣服。

老人看见小芒，愣了一下。

小芒举起手中的蜡烛说：“奶奶……”

老人说：“看见了，谢谢！”

小芒小声问：“奶奶您这是？”

老人指指西边的大月亮，再指指小芒的身后。小芒抬头看看月亮，再回头看看自己身后。老人悄声说：“你把衣服脱了，跟我来。”小芒很听话，立即脱去身上所有的衣服，包括鞋和袜子，随手扔在旁边。老人又指指她的胸罩和十字架的项链。小芒立即明白了，把胸罩和项链也摘下，扔在一旁。小芒跟在老人身后，朝北侧走去。

“姐姐！”传来苏铁的声音。

老人向小芒摇头，不让她吱声。一老一少走了有五六百米，就看见一个大草坪上站着几十个女人，像在洗月光澡。月亮就在那儿，斜斜的，在往下泼水。小芒和奶奶跟在人群后面，举起了双手。小芒发觉，举起双手时，双手差不多成了翅膀，让身体略略离开了软乎乎的草坪，几乎要飞起来，借着这种欲飞不飞的感觉，身体自作主张地左右摆动，自然而然，毫无拘束。海风从东侧吹过来，脸和乳房的同一侧有被冷风抽打的感觉，但真的很舒服。身体第一次完全暴露在雾气、海风和月光中，空虚又充实，不用担心发生任何不好的事情。五天之后，黑矮星将和地球正面相撞，马伦的这句话从小芒的脑海里轻轻掠过，全无分量，像一个老旧的传说。人群围着草地的边缘转过来转过去，月亮始终在人群前面，像一个领路人。不远处的海浪声轰隆轰隆，没人觉得有什么了不起。

后来月亮又带她们回到村里。村里还是空无一人，苏铁和阿龙也不知去向。白光光的女人们开始围着自己的村子转圈，还是一边舞蹈一边行走，经过村庄南侧的时候，听到了低沉极了的诵经声，随后就看见那儿有一座寺庙，拱形的山门里烟雾缭绕，跪了一院子人。原来男人们都在那儿，连绵持久的诵经声是罪孽深重苦苦求饶的味道。

月亮又把队伍带上了公路。

女人们沿着公路，朝城市的方向走去。

小芒毫不犹豫地跟了过去。

梅云

睡好觉，是梅云生命中的头等大事。谁干扰了她睡觉，她就要跟谁玩命，哪怕是儿子苏铁。每晚1点准时睡觉，睡够八小时，上午9点准时起床，不少睡一分钟，也不多睡一分钟，从来不午休，这是多年来雷打不动的习惯。

她也从来不失眠，想不起曾经出于任何一个原因失眠过，一挨枕头就能睡着。入睡的瞬间，整个世界就像一个大大的吊床，轻轻松松就睡过去了。有时她会想，死亡有什么可怕的？死亡不就是睡着吗？每天睡着一次，等于是一次“小死”。死亡不过是最后一次睡着，真正不可接受的，不是死亡，而是死了之后的样子，那么丑陋，那么不出于自愿，却像一件艺术品，摆在透明的棺材里，供人们观赏。决不那样！她无数次对自己说。不那样，又能怎样？她很认真地琢磨过。她能想到的唯一办法是：当大限将至，就预留一些时间，早早告别亲人，远离熟人圈子，去一个无人知晓的山洞里读读书、写写日记，静悄悄地过完最后几年，秘密地死去。但是，又不能保证能吃得了那份苦，更无法保证能受得了那份孤独。

“五天之后……”

马伦的那句话，与其说令她恐惧，不如说令她麻木。一个明显的事实是，当所有人一同死，就没人当看客了，不必担心死后的丑样子被人观赏或吓着别人。从来没想过这种可能：所有人一同死。当所有人一同死，死不再是某一个有名有姓的人的死，死变成了坏空气和脏水一样的东西。空气里有雾霾，没办法，还得呼吸；水脏了，没有更好的，还得喝。死被稀释了，死在喷嚏里，在哈欠里，在呆乏的眼神里，在干枯的头发里，在发紫的嘴唇里。死是世界，死就不存在。任何一个灾难，当它大到人人有份时，效果显而易见，它反而如同没有，甚至会成为被敬重、被仰视的东西。总之，当它足够大时，它就一定变得不大了。

“五天之后，那就来吧！”身体里冒出这么一句话，破罐子破摔，反而变得没事了。不过，这次她真的失眠了。她吹灭蜡烛，完全找不到以前那种放心入睡的体会。放心入睡的前提是信任，信任宇宙的秩序，信任这个星球这个世界，把整个世界视作一个大大的吊床，无论它是四维还是六维，无论某一维里藏着佛，还是魔，还是鬼。

不再有信任，只好失眠。

连我梅云都失眠，今夜肯定无人入睡！她默默地想。睡着真的成了最难的事情！身为心理医生的梅云这才真正理解了，失眠的人为什么更容易自杀。很简单，自杀有时是一个及时的方便的安慰。人有时候急需一点点及时又方便的安慰，但是，深更半夜，一个孤独中的失眠者最难得到的就是安慰。别人都睡得香香甜甜，你不可能叫醒任何一个人，索求一点安慰，哪怕是最亲的亲人。这时候想起死，死就变得不再可怕。死往往还是一种惩罚，对这个世界，对亲人，对敌人，对不可战胜的某一种逻辑，是微妙的惩罚。

一切都是轻的，身体是轻的，心跳是轻的……想起狱中的高雷雷，高雷雷是轻的，想起安南，安南是轻的……地球是轻的，黑矮星是轻的……信是轻的，不信是轻的……心理学是轻的，哲学是轻的……每一样东西都在轻轻飘浮。想起什么，什么就在飘浮中、游动中。一生中认识的所有人，包括某些只见过一面两面的人、没名没姓的人，都排成队，等着从她眼前一一飘过。有一个在小学三年级就死掉的同班同学，名叫高跃，聪明绝顶，数学全班第一，游泳时淹死了。她肯定这是她第一次想起他。她还略略记起，她多少喜欢过他。她又记起什么时候的几句歌词。应该和某个人有关，不是高雷雷，不是安南，不是死掉的小学同学，是谁却想不起来，无论如何都想不起来。又看见一个人，一个男人，高而瘦，少半颗门牙，穿一身笔挺的西装，打着领带，却穿着一双白色的跑鞋。也许是10年前偶然见到的一个情景，此刻突然想起来了，清楚极了，连阳光照在他身上的样子都一清二楚。甚至记起了小学毕业那天，母亲穿着一件淡黄色的长裙。连一个失联十几年的朋友的电话号码都从记忆里蹦出来了。某些记忆很活跃，自己会冷不丁冒出来，清晰得如同早晨刚刚发生；某些记忆却失踪了，隔着一层纸，但无法抵达纸的背面。如果一直躺下去，再花点工夫，也许能想起来。但是，她不想这样躺下去了，她记起天亮后还要去参加一个好朋友的遗体告别仪式。她突然下决心，无论如何都不能缺席。她点着蜡烛，下了床。她发现自己掉了一大把头发。黑黑的头发掉下来，一摇一摆飘向高处，速度越来越快，相互追赶，最后被天花板吸住了。越高的地方空气中的杂物越多，天花板上沾满了灰尘，还沾着一张白色的草稿纸，有字的一面朝下，是她睡觉前写下的未来几天不能不做的事情：

参加黄靓靓的葬礼

和安南再见一面

去一趟监狱

交瑜伽班欠费

她来到楼外，看见满地落叶，各种形状的落叶。月光落在每一片树叶上，让它们像上帝撒下的传单。她捡起一片大叶紫薇的红色叶子，看了看又丢下了。她又去院子里走了一圈，发现四周的空间比原来开阔了许多。原因是，多半的树都掉光了叶子，尤其是那些大叶子的树，有些树只剩下一小半叶子，只有竹子的叶子还完好无缺，在风里簌簌作响。医生们呢？病人们呢？怎么一个人都没有？梅云来到楼后面，看见人们全都静静地坐在草地上，两两相对，在相互按丰隆穴。这是她教给大家的一个小方法，在心情不好、孤独难耐时，找到丰隆穴，用食指摁一摁，立竿见影，心里会猛地一亮，全身就跟着放松了。

“顶用吗？”她问。

“不顶用。”是苏铁的声音。

“小芒呢？”她问。

“小芒失踪了。”阿龙抢先说。

苏铁对面的阿龙举起小芒的一堆衣服，一一亮给梅云看。

苏铁说：“只找见了小芒的衣服，没找见人。”

阿龙说：“好像飞到月亮上去了。”

梅云说：“天亮再去找。”

“天亮我还去上学吗？”苏铁问。

梅云想了想，说：“还是去看看吧，如果停课再回来。”

“我怎么去？”苏铁又问。

梅云说：“骑自行车。”

苏铁很不情愿，但不说话。

阿龙说：“我可以送苏铁去上学。”

梅云说：“阿龙，你的摩托车借我用一下。”

阿龙闷声说：“好的。”

梅云问大家：“谁身上有现金？”大部分人都摇了头，梅云接着说，“我要参加一个同学的葬礼，需要一点现金。”大家还是摇头。苏铁问：“妈妈，我把压岁钱给你，能不能不让我去上学？”梅云说：“儿子，学还得上。”

苏铁说："那好吧。"

吃过早饭后，梅云换上那套平常很少穿的黑西装，打上白色的真丝领带，又亲手做了一个白信封，把苏铁的900元新票子装进去，再加上1元的零钱。一个奇数加1，是这一带丧事出礼的传统，为何是奇数不得而知，尾数1则表达了"依依不舍"的意思。在选择较多的"900+1"还是较少的"700+1"的时候，丝毫没有犹豫，选择多的。之后在信封上写上一行字："亲爱的靓靓，一路走好！"然后署上了自己的名字。

随后就骑着阿龙的摩托车赶往市区的殡仪馆。幸亏还有摩托车，这种烧汽油的摩托车一直没有被淘汰，是因为发烧友更喜欢手脚并用的感觉，假如用不着踩油门、松油门，闻不到一点汽油味，骑摩托车就没多大意思了。梅云也曾喜欢过摩托车，那时候的她，喜欢行走，喜欢和一伙男孩子玩，的确是一个假小子的模样。如今的她，其实依稀还有当年的一些影子。看见阿龙的摩托车，心里痒痒，已经骑过好几次了，每次都嫌它上坡的时候吭哧吭哧的，今天却大为不同，利索极了，稍微给点油就往前蹿，上坡路几乎察觉不到减速。不过，今天的路况实在不怎么样，路上除了昨晚抛锚的大小汽车，还有横七竖八的树枝、厚厚的落叶。落叶一见风就会大幅度地翻滚起来，遮住前行的视线。近海的路边更有从海里跳上来的鱼，有些已经死了，有些张大嘴直喘气，有些拼尽全力在上下摔打自己。据说海里的鱼习惯生活在海水的压力之下，离开海水，压力突然减轻，内脏就会自行爆炸。海鸟飞得比平常高，叫声软弱无力，和人的情况相似。上百只海燕蹲在一块超大的礁石上，挤来挤去，有拒绝飞翔的架势。

进入市区没多久，便看到一家医院门口，很多人等着献血，队伍弯弯曲曲，从大街上一直延伸进一条小巷。所有的人都是一夜未眠的样子，男女老少、衣着好坏都没有了任何差别，在意外降临的巨大灾祸面前，没有谁不是卑贱的。从来没见过这样的情景，梅云不得不踩着地停下来，因为，第一眼看见时，眼泪已经遮严了目光。

殡仪馆离这家医院不远，这个向来热闹的地方，今天却十分安静，听不到哀乐，看不见人流。梅云沿着坡度很长的台阶走上去，随后又上了几层更陡的台阶，看见了正对面并排的三个悼念大厅里都有丧事，都一样清冷，死者家属之外，吊唁者稀少。她缓慢走过去，三方面的人都显出极其欣喜的样子。中间那家的两个人过来从两侧牵住她，显得非常感动。她问："是黄靓靓家的吗？"他们不回答，只是拉着她走向中间的大厅。她进去了，没看见一个熟人，感觉不对，再看对面墙上的遗像，是一个中年男子。她急忙退了出来，在门口又被刚才那两个人挡住了。她说："对不起，我走错了。"人家不出声，把她重新推进大厅，一左一右堵在门口。她很想发火，却发不出来，实际上她心里已经妥协了，她想，那就将错就错吧，反正人人都没有几天可活了。她退回去，坐在靠墙的一把椅子上。斜对面有一个小乐队，正在演奏《奇异恩典》。在忏悔气息浓厚的音乐声中，她渐渐想起，黄靓靓之所以和自己是最好的朋友，最主要的原因是，两个人是同年同月同日生。有一次，黄靓靓开玩笑说："小心我偷走你的银行卡哟。"那之后，她还真的多了个心眼，修改了银行卡的密码，新的密码和生日没一毛钱关系。她第一次因此而惭愧，所以她必须给黄靓靓道个歉。恰好又有新的吊唁者来了，那两个守在门口的人前去迎接，她就急忙起身跑出去。她凭直觉拐进右边那一家，进去一看，没错，黄靓靓的大幅遗像非常醒目。黄靓靓始终未婚，无儿无女，梅云不认识她的任何一位亲人。她把白色信封从裤兜里摸出来，给了一个可能是黄靓靓姐姐或妹妹的人。那人问她的名字。她不愿讲出自己的名字，生硬地说："信封上有。"梅云看见了不远处的透明棺材，但她不敢过去看黄靓靓一眼。她居然分不清那里面躺着的是黄靓靓还是自己。再说，黄靓靓是一个大美人，比那张精心挑选出来的遗像还漂亮，梅云实在不敢看见她此刻躺在棺材里的样子。她是癌症，癌症病人最后都脱了形，一张脸变得和骷髅没两样，一旦看见，以后想起来就总是最后那一面的样子。

以后？还有“以后”吗？梅云问自己。还有五天还是四天？她一时也弄不清了。她一时有些心急，想起有很多事情需要了结，比如缴水费电费什么的。她起身假装去看那些花圈。不久有人过来推了她一把。“咱们去中间那家，三家合起来了。”那人说。她听懂了，三个葬礼将要合在一起。她学着大家的样子，帮忙转移花圈、遗像、挽联、小白花等物品。中间那家的人更多，气象更大，所以两旁的只好合在中间那一家。中间的几个人看见她，对她微微一笑，她也就笑了。三个棺材并在一起，花圈混在一起，人凑在一起，葬礼就显得隆重多了。看来，葬礼的确需要隆重一些、人多一些。

可是三个葬礼谁先谁后？另外，各自用什么哀乐？中间这家的死者是基督徒，两边的死者虽不是严格意义上的佛教徒，但准备用通用的佛教礼仪举行葬礼。梅云看见，三家的主事人在旁边争执了很久，差点又要重新分开，各办各的。结果还是相互妥协了，先后顺序由抓阄来决定，哀乐则各随其便，两边的死者用《大悲咒》。

抓阄的结果，黄靓靓是第一个。

黄靓靓的领导首先致悼词：“各位亲友，各位来宾：感谢大家在今天这样一个混乱不堪的日子，不辞辛苦，前来参加黄靓靓女士的追悼会。黄靓靓女士，因病医治无效，与世长辞，告别了这片生她养她的土地，年仅39岁……”

这个人鼻音很重，发音含混，语调轻飘飘，像一个专门挑出的蹩脚演员在念台词。好在《大悲咒》的音乐有超出预想的感染力，令人柔肠寸断、悲心大发，所有在场的人，都心甘情愿地哀哭起来，有人一开始就哭出了声音，有人哭得站不稳了，坐在地上或滚来滚去继续哭，包括那位基督徒死者的亲友。随后的情形也完全相同，《奇异恩典》一样催人泪下，只是，哭到后来人们似乎忘记了为谁而哭，为哪一个具体的死者而哭。

回家的路上耳朵里一直有声音，要么是《大悲咒》中的一小段，要么是《奇异恩典》中的一小段，比在现场听的时候还令人心碎。后来她发现自己在流眼泪，刚才在人群里，前后左右的人都在哭，她也想哭，可无论如何哭不出来，想不到现在却哭了。她没有意识到，摩托车几乎在飞，也没发现摩托车已经离开路面，撞向路篱，半人高的路篱留下了摩托车，摩托车像野马一样将她狠狠甩出去，在空中翻了两个漂亮的跟头，然后落在人行道上。当她清醒过来时，看见自己和摩托车相距至少 10 米远。她坐起来，仔细端详着自己，就像在端详一个不认识的人。她试着站起来，没感到丝毫疼痛，只是屁股后面凉飕飕的，伸手一摸，知道屁股右侧的裤子摔破了，能放进去一只拳头。她知道，裤子摔破的位置说明她有一个结实且性感的臀部。她有些羞愧地回到摩托车旁边，羞愧的原因是，这种时候还在为性感得意。

重新骑在摩托车上，重新上路，耳朵里的声音又回来了。只是这一次她足够警惕，她明白，她的悲伤其实只和自己有关，她不过在自我怜惜，为四五天之后的自己。她不喜欢这样，摇了摇头，拍了拍耳朵，但没用，那声音一直跟着她。

关广文

6日上午10点，分管城区治安的关广文派出去的一个调查小组回来了，向他汇报了球形闪电造成的灾情，以及治安和民生状况。

概括起来，要点如下：

球形闪电主要发生在高楼大厦较集中的地方，城市的损失远大于乡村。出于上述原因，大批市民正拖家带口逃往乡下。几乎所有人都一夜未眠。打砸抢事件虽然有，但远没有预估的多，大部分银行、超市和商铺完好无损。遭到破坏的主要是药店，绝大部分药店被哄抢一空。社会治安处在可控范围内。痛感降低或消失，人如此，动物也如此。鱼跳得很高，海里的鱼、河里的鱼、鱼池里的鱼，纷纷跳到岸上，靠海的公路上铺了一层死鱼。猫可以一下子跳上房顶。蛇也会飞，从一棵树上飞到另一棵树上。所以，最大的治安隐患可能不是人，而是动物，如果动物园里的动物都会飞了，狮子、豹子、老虎满地跑，该怎么办？

关广文在暗暗观察大家的变化，好像这场灾难是由他一手策划的。他发现同事们个个带着黑眼圈，坐姿安静，谨小慎微，避免相互对视。

之后，关广文用行家的口气说："从昨天到今天，所有的异常现象都表明灾难在持续，在向更坏的方向发展。昨天是全球范围内的电磁波消失，全球大部分地区出现球形闪电。今天呢，明摆着，地球引力下降了，所以蛇会飞。我特别担心，未来几天，每天都会出现新的状况，有些可能超出我们想象。请大家尽快印发传单，通知广大市民，做好防范工作，关好门窗，尽量少出门。另外，尽快通知动物园，让他们做好预防措施。”

“传单怎么印？”有人问。

“找一找，应该还有老式的油印机。”关广文答。

大家都是怕麻烦的样子。

关广文提高嗓门说：“辛苦大家！”

大家听懂了关局长的话外之音，还得辛苦再辛苦。一个女警察哭了起来，克制的声音里有奇怪的音质，引得另一个女警察也开始抽泣。

“家里实在有事可以请假。”关广文说完，立即走出会议室。他很担心人人都向他请假，他是一个有时心很硬，有时心又很软的领导。实际上，他自己也很牵挂家里的情况，他早就打算好开完会无论如何先回趟家，看看父母、老婆和孩子是否安全，至少回家洗个热水澡，刮刮胡子。他有每天刮胡子的习惯，能摸得着胡茬儿就觉得全身不自在。他回到自己的办公室，把54式手枪从皮带里抽出来，打开枪管，再从抽屉里找出五发子弹，极快地装入枪膛。他骑了一辆警用摩托车出发了。街上虽然混乱极了，却异常安静。想起“蜥蜴会飞、蛇会飞”之类的话，他还是很紧张。不过，那个秘密倒是有纾解紧张的作用。

他故意绕了一些路，想看看街面的情况。一座高楼变成一堆还在冒青烟的垃圾，一个角落里随便丢着几具黑黑的尸体。平时鱼龙混杂的大码头现在冷冷清清，一对侏儒恋人手拉手从斜对面走来，让关广文心里猛地一惊，第一感觉是遭遇了外星人。股票交易大厅尽管大门紧闭，门口仍然蹲着几十个人，全都低着头，不肯离去。

关广文突然改了主意，先不回家，再上小重山，和马伦好好谈谈。他再三考虑过，先劝马伦从暗中走出来，把自己的观测结果或计算结果公之于众，也许有助于人类找到挽救地球的良策，实在没办法，让大家知道真相，死也死个明白。

摩托车上山很轻松，上山如同下山，用不着多给油。刚到半山腰就碰见了米亚，那只纯黑色的德国牧羊犬。它可是他送给马伦的生日礼物，转眼已经过去了好几年。他停下摩托车，抱住米亚的脑袋，问它："米亚，疯子在家吗？"米亚竖起耳朵，嗅着他身上的味道。他想起来了，自己没换衣服，凌千里留在身上的血腥味还在。

"走，上山去。"他说。

米亚放开他，在他前面几下子就冲上山坡，每一步都跳得很高，浓密的黑毛向上飘起，极为潇洒。他想，它肯定会奇怪自己怎么变轻了。

他始终跟在米亚后面。他先看见了天文台的白色圆顶，接着就看见了刮净全脸胡的马伦。马伦站在木棉树下，手上拿着黑色烟斗。"马大师！"他喊。他们只在背后叫他疯子，当面则叫大师、大哥或马伦兄。马伦说："我打发米亚去接你的！"关广文停好摩托车，问："你怎么知道我要来的？"马伦说："预测你来要比预测黑矮星来容易多了。"两人就地坐下来。关广文发现马伦刮净胡子后，吸烟斗显得很怪，不像原来那个人。

"你还是留胡子好。"

"为什么？"

"胡子配上烟斗，才像你！"

"不是像我，像疯子吧？"

关广文笑了。

"你还能笑得出来，不错嘛。"

"你不是也在笑吗？"

"当所有的人都一起死，死就没那么吓人了。"

"为什么？"

"死令人恐惧的原因可能是，别人都还好好地活着，自己先死了。"

"是这样吗？"

"至少，我们之所以怕死，不只因为那是死。"

"听不懂听不懂。"

"当谁都不可能比谁活得更长的时候，死就变得不可怕了。"

"你还是认为地球没救了？"

"咱们先进屋去，喝口茶吧。"

两人从一片林子里绕过去，走向院子。马伦突然伸手挡住关广文，指着几步外的一块巨石。关广文看见石头顶端有一条蛇，一条胳膊粗的大花蛇，正把中部的身体尽力收回去，变成扁担的模样，蛇头抬高，再将中间的部分突然弹出，就腾空而去，在多刺的灌木丛上空划出一道S状的曲线。关广文快速从腰间抽出手枪，连击两枪，一米长的花蛇明显一闪，尾部立刻垂下来，拽着蛇头直直地垂向地面，落地之前蛇头也开了花。

两声枪响的回音久久不散。

"真是好枪法！"

"很久没使过枪了。"

两个人不敢在林子里多逗留了，就近找了个台阶，快速上到有院子的那一层，看见米亚静静地卧在院门口，疲疲沓沓，头都不抬一下。

院内没有一片树叶，和外面恰成对比。关广文一眼就注意到墙边有一堆扫在一起的树叶。关广文心想，此人不光是疯子，还是魔鬼！

"大师，树叶是咋回事？"

"应该还是和电磁波有关。"

"一夜之间，大部分树变得光秃秃的。"

"你听过没有？有一种植物病，叫顶梢枯死，由树叶的最顶梢先开始枯死，渐渐向根部延伸。树叶先发黄，再脱落，和秋天的落叶差不多。顶梢枯死的原因，可能和重金属污染、酸雨、虫灾有关，有时候人和动物也会受到感染，人会得喉炎症，尤其是儿童，动物会成批成批地死亡，尤其是会飞的动物，麻雀啦，胡蜂啦，蚱蜢啦。"

"你看这些叶子还是绿的。"

“是呀，这几天的情况刚好相反，也许可以称作根茎枯死。”

“有些树的叶子并没落。”

“树叶也有个体差异，有些生命力更顽强。”

“和地球引力无关？”

“我认为主要是电磁波的原因。”

关广文蹲下去抓了一把树叶，又扔下。马伦捡起一片树叶，让关广文看，说：“你看，是不是根茎枯死？”关广文看过后，用力点头。

进屋后关广文先看电脑屏幕。

马伦说：“看什么？我的电脑也一样，死机两天了。”

关广文问：“那张模拟图有没有纸质的？”

“给，你看看这个。”马伦递给关广文一张A4纸。

纸上是一道用铅笔横向书写的算式，很长很长，长得没有尽头：

$$\Delta t'' = 10080 - 23.8 \times \sqrt{180\pi} - |[1440(n-1) - 0.1n(5n-1)\sqrt{180\pi}]|$$

不等关广文提问，马伦说：“遗憾的是到目前为止，马某人还没出过错！日长缩短、电磁波消失、球形闪电、地球引力下降，都不出我所料。”

“这个公式又是什么？”

“倒计时，地球剩余的时间。”

“还剩多少？”

“还剩……不到5000分钟了。”

“不到5000分钟？”

“一天如果是24小时，就是1440分钟。现在一天已经不足24小时了。”

关广文双膝一软，几乎跪倒。

“为了让时间显得充裕一些，我故意把时间设成分钟。”

“我觉得 5000 才是更小的一个数字。”

“换成小时，就不足 120 小时，换成天，就不足 4 天。”

“我还是觉得 5000 更小。”

“对了，这两天治安状况怎么样？”

“治安状况——可以说非常好，除了大部分药店遭到哄抢外几乎没有打砸抢事件，商店、银行、政府机构、自动取款机，都安然无恙。”

“也没有强奸案？”

“没有，没接到一起强奸的报案。”

“那就好，那就好。”

“可是，你不觉得奇怪吗？”

“一点也不奇怪，我们生活在物理学法则中，既然地毯上的静电都会让计算机出错，那么，脉冲和引力的变化对人的神经回路肯定有一点影响，近几天，电磁波和地球引力的变化，各种脉冲的变化，肯定是史无前例的，对人的影响肯定超出想象，男人的雄性激素、女人的雌性激素可能大大减少，没人愿意做爱了，更别说强奸犯罪了。”

“哼哼，永远是这样就好了。”

“5000 分钟的‘永远’。”

“大师，如果把你的观测和推算说出来，献给国家，你愿意吗？”

“绝对不可以。”

“为什么？”

“说出来，对我，对大家都不是好事。大家只会认为我是个疯子，破坏秩序，胡说八道。群体的恐慌不仅不会减少，反而会增加。”

“会吗？”

“你想，黑矮星是一个看不见的东西，有人说有，有人说无，不确定性会极大地激发人们的想象力，让人们胡乱猜想，自己吓唬自己。”

“我的意思是直接告诉国家，国家可以组织专家研究对策。”

“5000 分钟，专家能做什么？”

“难道只能坐以待毙？”

“但愿我的计算有出错的可能。”

“那么你预计未来几天还会怎么样？”

“我估计，声波可能也会消失。”

“声波消失会有什么后果？”

“声波消失，后果倒不严重，最多是什么都听不见了。”

“明天还是后天？”

“应该是最后一两天。”

“地球在无声无息中粉身碎骨？”

马伦前面飞过一只蚊子，他双手轻轻一拍，蚊子就不见了。“拍死一只蚊子用不着出声的。”马伦展开手，把死掉的小黑蚊子亮给关广文看。

“你好像有些幸灾乐祸。”

“没吧，我心里比谁都难受。”

“我觉得你一直都是幸灾乐祸、得意扬扬的样子。”

“你不会一枪把我毙了吧？”

“嗯，你倒是提醒了我。”关广文把还有点发热的手枪递给马伦。

马伦接过手枪，看了看，再对准自己的脑门。

“千万别，千万别！”

马伦最终还是放下手枪，把它还给关广文。

关广文急忙把手枪收起来。

“刚才我有个体会，死亡是一种冲动，很深的冲动，在开枪射击的一瞬间，这种来自内心深处的冲动会迅速和子弹的冲动合而为一。”

“那你怎么不开枪？”

“子弹其实不是子弹，是人心。子弹是人心的逻辑外延，射向别人，或者射向自己。”

“那你怎么不开枪？”

“还没有冲动到可以开枪的程度，只差一点点。”

“还是怕死呗。”

“没错，还是怕死。”

“反正剩几天了，怕什么。”

“怕死是有复杂性的。怕死不光是怕死，更是怕比别人早死，比认识的人早死，刚才我脑子里闪出好多脸，至少有10张脸，全都是认识的人。”

“有我吗？”

“没你，你就在眼前。”

“为什么全是认识的人？”

“这要问梅云。”

“反正五天之后也要死，早死五天有什么了不起？”

“五天之后的死和50年之后死完全不同。”

“有什么不同？”

“太不同了，死亡还远，还在50年之后，我们就可以假装死亡不存在。地球如果在5亿年、50亿年之后才毁灭，那还叫毁灭吗？”

“如果死亡迫在眉睫，就没有假装的余地？”

“你这话说到点子上了。”

“哈哈，被大师表扬真不容易。”关广文要来马伦的烟斗，“抽几口烟我就走。”关广文敲掉烟灰，填上新烟丝，点着火，狠狠吸了几口，咽到最深处再吐出来，然后再三抚摸着紫檀烟斗下方那光滑圆润的圆锥体，有话要说的样子。

马伦问：“你想说什么？”

关广文说：“大师，有个小秘密，不知该不该告诉你。”

马伦很警惕，看着他，等他说。

“有可靠证据表明，苏唯唯同时和四个男人有亲密关系，其中一个是法国人，那个男孩肯定不是法国人的，但也不见得是另外三个人的。”

“瞎说吧？”

“没骗你，真的。”

“不够意思，为什么不早告诉我？”

“说实话，怕你受不了。”

“现在怎么不怕了？”

“现在不是只剩5000分钟了吗！”

“浑蛋，谢谢你！”

“对不起了，我的大师。”

“看样子你早就知道？”

“知道一两年了。”

“你怎么知道的？”

“对我来说，有什么难的！”

“好吧，快滚蛋！”

“现在轮到你想杀我了吧？”

“没错，把枪给我。”

关广文只把烟斗还给马伦。

马伦大口吸着烟斗，两颊陷得很深。

关广文说：“大师再见！”

马伦冷着脸，不理他。

关广文走出院门，步子很大。

凌千里

仅仅过了一晚上，凌千里右侧脑门上的伤口就开始愈合了，精神状态也大有好转，有时恍惚，有时突然又会十分清醒。恍惚了会磨牙、说胡话，像个碎嘴婆子叽叽咕咕。说胡话的时候，普通话里常常夹杂着一些外语，美式英语、西班牙语、日语，要么天知道是哪国语言。有时声音苍老，嗡嗡嗡的；有时语气稚嫩，像七八岁幼童在嚷嚷。有时苦苦求饶，有时愤怒呵斥，有时在嘲笑别人，有时在挖苦自己。有时真诚，有时虚伪，有时满含感激，有时俗态毕现。刚刚说完“求主保佑”，转眼又是“阿弥陀佛”。有些胡话像演讲，铿锵有力；有些胡话嘟嘟囔囔，根本听不清。说胡话的时候身体也没闲着，眼睛始终闭着，但眼珠子一直在动，或微突，或急跳，或泪汪汪，或冷冰冰。手上和脖子周围的青筋也不安生，忽而暴起，忽而扭曲。这样的凌千里，就像旧瓶子里装上了新酒，除了长相和皮肤，里面的内容和人们熟知的凌千里全无关系。刚刚醒过来时，仍然不是原来那个凌千里，脸色和神情灰蒙蒙的，从远路上赶回来的样子，看见任何人都像是不认识，没有丝毫亲切感。

“你说了好多好多胡话。”

说话的人是凌千里的第二任老婆王美姝，比凌千里小 10 岁，没生孩子。凌千里和前妻有个儿子，所以她经常提醒凌千里，你有儿子，就别逼我生孩子了。她的职业是猎头，经常和各类人才打交道，几乎认识国内所有的名人能人。长期和那些聪明绝顶的成功人士打交道，对她的改变也很明显，样样都是恰到好处，长相、口才、聪明、灵气，样样都是增一分则长，减一分则短。单说长相，她还算漂亮，但有些平，少了一点妖气，这一点至关重要，正适合做猎头，对以男人居多的社会贤达足够有吸引力，又不至于让他们想入非非。和凌千里结合，是她主动的，当时她被凌千里身上那种武夫和文士合而为一的气质折服了。

“我说什么了？”

“大部分听不清，咕咕哝哝的。”

“听清的有什么？”

“一阵求主保佑，一阵又是阿弥陀佛。”

凌千里闭上眼睛想了想，然后说：“我看见了好多个自己，大概有100个童年、50个老年。我曾经是一个美国军人，生在得克萨斯州，从小喜欢唱歌，五岁开始就在教堂里唱歌，大部分时候和很多人一起唱赞美诗，有时候会独唱，唱过《平安夜》。后来当了兵，参加了越战，是一个飞行员。关广文是我的战友，他来自迈阿密。我们两个是好朋友，行军途中，他每天都要刮脸。几天不洗澡可以，衣服脏得要命可以，和腐烂的尸体睡在一起也没事，唯独一天不刮胡子不行。有一次，我开飞机，他扔炸弹。我们成功地把一批炸弹扔在一个几千人的广场上，返回途中，飞机被越军的高射炮击中，我们同时变成了炮灰。”

“你亲眼看见的？”

“当然是亲眼看见的。”

“怎么可能呢？”

“我知道你们不相信，但我没撒谎。”

“还有呢？”

“接下来我们就近转世到了中国，又出生在同一个村子，跟着同一个师父练轻功，每天天不亮就出门，到村外的一个麦场上练功。每次来回，都不在路上走，在人家房顶上飞来飞去。有一次，师父带着我们来到一个湖边，让我们靠轻功横穿湖面。我对关广文说，你先过。关广文跳上湖边的一座七层佛塔，从第一层取下一片琉璃瓦，再回到地面，侧身把琉璃瓦抛向湖面，琉璃瓦像一叶小舟快速飘向远方，关广文飞过去，踮着脚尖站在琉璃瓦上，滑向湖对面。该我了，我跳上佛塔的第二层，取下三片琉璃瓦，回到地面，和关广文一样，先把一片琉璃瓦抛出去，再飞过去站在瓦上，中途又接连抛下第二片瓦、第三片瓦，上岸时手上拿着第三片瓦。我们两个都认为自己厉害。关广文说，我用了一片瓦，你用了三片瓦，谁厉害不是明摆着吗？我说，跳在一片瓦上和跳在三片瓦上，难度大不相同。后来请师父评高下，师父只笑不说话。”

“师父你怎么不教我们轻功呢？”

“转世好多次了，这一世轻功没了，改成散打了。”

徒弟们全笑了，凌千里却很严肃。

“实际上我早就是中国人。我看见，旧石器时代，或者是新石器时代，我和一伙人在山上用弓箭打猎，一箭射出去，射中一头野猪，牛一样大的野猪，猪带着屁股上的箭跑掉了，箭在阳光下一闪一闪。我还看见我在修长城，肩上扛着石头。”

“妈呀，转来转去累死了。”

“老婆快给我点水喝吧。”

王美姝手边有水，端起来给他喂。他扶着床沿坐起来，一口气把半杯水喝干净了。大家看见眼下的凌千里已经十分接近记忆中的样子，好像是那半杯水起了作用。

“师父你终于回来了！”

“回来了，这个词用得好。刚才我还真以为，回不来了。”

“怎么就回不来了？”

“你们没发现吗？从旧石器时代拉着弓箭打猎的我，到扛着石头修长城的我，再到越战时期开飞机的我，再到和关广文成为同门徒弟的我，像不像一部由我的个人经历串起来的世界史？不是平摊在书本上的世界史，而是一个用四维世界展示出来的世界史，世界里还有世界，空间里还有空间，总之，至少是四维世界。在那里，没有史书，没有展柜，没有保险箱，没有录像带录音带，但每一样东西都保存完好，一眨眼就能闪现出来，一切都活灵活现。每一个时期的我，五官、四肢、头发的颜色、眼神的特点，连细小的汗毛和额头的汗珠都清晰无比。我的家人、亲戚、朋友、领导、敌人，甚至飞机、战马、枪支，全都在里面，全都活生生的。我以为，我将会永远待在四维世界里，永远和自己的历史生活在一起，永远不可能回来了。”

王美姝问：“没看见我吗？”

凌千里说：“没，时间太紧，内容太多，只看了一小部分。”

“师父，看见我们了没有？”一帮弟子很关心这个问题。

凌千里说：“有的看见了，有的没看见。估计时间再多一点，肯定能看见。在那个世界里，时间的性质变了，时间不往前走，只往回退，而且永远退不完，时间是一个无穷无尽往回退的过程，就像有人在倒带子，速度忽快忽慢。”

“四维世界是啥样子？”

“四维世界是我猜的，也许是六维世界。无限小，又无限大——小到像一个八音盒，大到能盛得下所有的历史。时间和空间能弯曲，能折叠，可延伸，可挛缩。其实我们生命中的每一秒钟都没有丢失，每一个人，哪怕只活过一小时，都还在那个世界里活着。对，还是活着。不过那里面的活着，更加生动，生动无数倍。男人、女人、老人、孩子、将军、罪犯，都活得好好的，生动极了。那种生动，明显被故意修饰过，很夸张，极其夸张。真实、齐全、生动，样样都是极端的。像刚刚上过彩的塑像，泛着贼光。或者说那里面就像一个回收炉，把每一个离世而去的人收回去，里里外外重新加工了一遍。”

“哪边更好呢？”

凌千里愣了一下，看看周围，一时难以回答。

“四维世界更好吗？”

“其实，再一次出生之后，我们还是原来那个人，又有适当的变化。长相、气质、职业、性格、父母兄弟、老婆孩子，样样都不同了。新的生命、新的能力、新的疾病、新的使命、新的故事，一切都是新的。一切是旧的，又是新的。”

凌千里突然眼神发虚，好像又要回到四维世界里去。“师父，师父，师父……”弟子们的喊叫好像起了作用，凌千里的眼神虚回去之后，又渐渐硬过来了，像一颗星球远了又近了：“没事，我可不想回那边去了，那边再好也不回去了。”

“说明还是这边好吧？”

“没错，还是这边好，还是这边好。”

大家笑声朗朗，十分自得。凌千里自己对自己点着头，心里明明还藏着一个想法，弟子们再三问过后，他才说：“你们绝对不知道这边为什么好。”

大家的表情一致表明：怎么会不知道呢？好死不如赖活，这还用说吗？

“师父请赐教。”有人说。

凌千里说：“这边的好，好就好在两个字，普通，没有贼光。看看你们，每一个人都普普通通，脸上蒙着灰尘，有气无力，这才是最好的。我也是刚刚才发现，‘普通’这个词完全是相反的意思。普通就是不普通，普通生活就是不普通的生活。美丽和普通是相同的意思。就连挨了一耳光、瘸了一条腿，甚至站在绞刑架上等死，都是美丽的。街上最差劲的咖啡馆，走进去看一眼都了不起。洗洗锅、扫扫地都了不起，走弯路都了不起，断电都了不起，手机死机、汽车抛锚都了不起，一人独眠都了不起，失眠都了不起。”

一伙刚刚失眠过的人都在笑。那笑声的唯一特点就是轻浮，毫无杂质的轻浮。

“你们刚才的笑，好可怕。”

“大家说，现在说话的人还是我们师父吗？”

凌千里长长地叹了口气，说：“我睁开眼的一瞬间才刚刚看懂什么是美丽，美丽的本质是什么。真的，刚刚看懂。你们别笑话我，我真的没说假话。”

有人笑得更厉害了。

“我才知道，一切美丽都离不开普通，还有灰尘，还有死亡。”

“师父成诗人了！师父，蛇都会飞了。”

“普通是美丽的必备条件，现在，我算是看懂了。”

“师父，我们不懂。”

“连秘密都是美丽的，没有秘密就没有生活，没有爱情。”

一伙人开始露出一致的厌倦之色。

“美姝你别生气，我刚刚才明白，我的第一次婚姻问题出在哪儿。”

王美姝感兴趣地问：“出在哪儿？”

“问题出在我身上，我以为自己是男子汉、是全国散打冠军，光明磊落，坦坦荡荡，没有不敢说的话，没有不敢放的屁……”凌千里停下来怒视着一个笑出声的弟子，随后又说，“秘密有单独的意义，和道德没关系，和欺骗也没关系。”

“越来越听不懂了。”

“我知道，我知道你们听不懂。”

这次，没人敢笑出声了。

“疯子才会知无不言，傻瓜才会言无不尽。”

“你是说夫妻之间吗？”

“你这么问已经错了，不是你想的那个意思。”

“师父，说说我错在哪儿。”

“你错在哪儿我说不清，反正我知道你错了。”这话让徒弟们看到了师父顽皮的本性，所以这次大家又敢笑了，放心地笑了。

凌千里说：“我想听一点蓝调。”

王美姝说：“没电了，哪有蓝调？”

凌千里说：“那好吧，扶我出去走走。”

几个弟子扶着凌千里来到院子，扶住铝质栏杆，看着不远处的海面。小区里的树、街两旁的树全都光秃秃的，鸟飞得很高，快速飘浮的云层也很高，海面上只有几只坚持烧汽油或柴油的渔船还在活动。一块高高的广告牌上蹲着七八只鸽子，都缩着身子，蔫头耷脑，像北方冬天才有的情景。整个世界一下子变得十分陌生，不只是比原来更开阔、更高远，而是更不认识了。空气的特性也明显变了，空气里肉滋滋的感觉没了，空气空了，空气真的空了，电磁波带走了空气里原本活跃的大部分内容：以兆为单位的信息，1024进制的流量。空气里不再有源源不断的给予和接收，不再有服务和缓冲，不再有战争恐吓、股票分析、宗教狂热分子的誓言、欧冠赛况、NBA球星的绯闻、弃核谈判……这样的空气就像是有病的空气，没有实质、没有活力、没有韵味，只有土的味道、血的味道、烟的味道，很令人恶心。

“今天几号？”凌千里问。

“6号。”有人答。

凌千里掰着手指在数日子。

“数什么呢？”

“数日子。”

“数什么日子？”

“我在数，灾难降临有几天了。”

“今天是第二天。”

“第二天？我怎么觉得有好几天了？”

“你去了趟四维世界。”

“是呀，是呀。”无论如何，凌千里都不会把马伦那个秘密说出口的。不为别的，就因为它是秘密。这是他从四维世界里出来后对秘密的新看法。保守秘密，不为别的，就因为它是秘密。保守秘密是美丽的，保守一个重要的秘密更是美丽的。当然，实际一点考虑，也是不能说出去的，一旦说出去，眼前的这些人肯定一眨眼就跑光了，包括王美姝。她接触的都是人中俊彦，过去她常常会拿凌千里和某某某比较，有几次甚至公开表达过对凌千里的轻视。他相信，如果她知道了那个秘密，肯定会把最后的时光留给另一个男人。

“关广文来过没有？”

“没有，要不要叫他来？”

“不，不要！”凌千里的口气让大家很意外，“不想看见他。”

“老公，昨天不是他，你就麻烦了。”

“在四维世界里，我看见他一直在跟踪我，每天都在跟踪。”

一帮弟子并不是很惊讶。

“他还跟踪谁了？”王美姝有些紧张。

“当然，包括你。”凌千里说。

“浑蛋，他找死呀！”王美姝声音很大。

“他是一个跟踪狂。”

“师父，没跟踪我们吧？”

“他会跟踪任何人。”

大家相互看了看，想生气，又生不出气。

“马伦来过电话吗？”

"没有。"

"对了，他那儿没装有线电话。"

"马伦怎么说的？关于这场灾难，他肯定有一套说法。"

"他说人类需要一场灾难，只有灾难，而且是大灾难，才能让人类静一静。"

"还真是，你看现在多静。"

"不知人类需要静多少次才有用。"

"我看静多少次都没用。"

大家一致看向远处，好像感知安静的器官向来都是两个眼睛。每眨一次眼睛，安静就增多一分。安静源自久远的地质年代，而不是别处。

"静一静，接着又会乱。"

"恐怕没机会乱了。"

"没机会乱了？师父的意思是？"

"我很担心啊。"

"师父是不是有所隐瞒？四维世界里应该有过去，也有未来。"

"没有，我只看见了过去。"

"有过去就会有未来。"

"在那里面，时间是一个倒数，永远的无穷尽的倒数。"

凌千里知道没人能听懂他的话。回到屋里，躺在床上，他闭上眼睛，很想回四维世界里去，把没有看完的个人史看完，就像把一部过于冗长但还算有趣的电影看完。不过，闭上眼睛后才发现，再也回不去了，除非再被球形闪电击打一次。

苏唯唯

邮电大楼前面，公用电话亭旁边，成千上万的人排成长队等着打电话。移动通信中断，很多人家里早就不装有线电话了，所以公用电话一时变得吃香了。所有的公用电话都免费向公众开放，但通话时间有限制，每人不得超过三分钟。

一大早苏唯唯就出来排队了。

她把小永留在家里，布置了任务，只练一首曲子《小放牛》，她回家要检查。儿子想跟她出来，她不让。外面不安全，这是肯定的。她来的时候，队伍已经很长，至少有3000人在排队。她跟在最后，很快，后面的人也越来越多，和前面一样多。前面和后面都有人加塞儿，但一夜无眠让每个人都心力交瘁，谁都没气力也没心思发火。对加塞儿这种小事发火，也很不值得。在巨大灾难面前，加塞儿这种事真的成了小事。脚底下满是落叶、碎玻璃和死鱼烂虾，还有烟头、瓶盖、嚼过的口香糖、瓜子壳等，随手扔垃圾也变成了小得不能再小的事情。排队打电话是唯一的大事情，但也不用太急。站在曲折的队伍里，和这么多没睡好觉的人在一起，就像一滴水自动融入一条河，受到极大安慰，心里变得有力量、有着落。

苏唯唯打算打两个电话，一个打给东北老家的爸爸妈妈，另一个，打给在美国当外交官的初恋情人。如果只够打一个，就打给爸爸妈妈。

前面还剩下数百人的时候，队伍突然被一匹骆驼和一只老虎冲散了，两个大家伙是从南侧动物园那边跑来的，骆驼在前，老虎在后，像两个难兄难弟，从混乱局面中逃出来，漫无目的地向北边走来。在一辆大厢货车旁，骆驼停下来，横过身子，挡住了老虎的去路。老虎无奈，也停下来，望向高处。路上方是一座过街天桥，天桥上站着另一只老虎，一只小老虎。两只老虎同时叫了起来，特有的宽绰喉音令整个地面微微一沉。那喉音令人恐惧，但更主要的是，它令人心生怅惘。之后小老虎缓缓走下天桥，来到大老虎身边。

长长的队伍一眨眼就散开了。

一条长长的队伍说没就没了，这让两只老虎有些不解，它们相互挨在一起，不知道接下来该去哪儿。骆驼转过身，突然跑起来，四条粗腿向四个方向摆动，就像在冰面上跑步一样，那奇特的样子令两只老虎都惊呆了。随后，两只老虎也跑起来。老虎却是完全不同的样子，在空中舒展成一条线，几下就超过骆驼，把它甩在了身后。

苏唯唯随人流跑进左近的一条小巷，手中的粉色布包早就不见了。她只能随着人流拼命往前跑，在一个拐角，她再也跑不动了，不是因为身体太重，而是因为身体轻得几乎可以飞，又飞不了，飞不了不要紧，连怎么走路也忘了，双腿一软，卧倒在地。一个有些谢顶的男人退回来把她扶起来，架着她跑向街对面。男人一脚踢开一个楼门，回身把苏唯唯扶进门内，再合上楼门，用身体顶住门缝。楼道里亮堂堂的，光线从二楼的窗户里射进来，一只巴掌大的黑蝴蝶，停在墙上一动不动，盯着他们。“谢谢啦！”苏唯唯说。苏唯唯知道自己尿裤子了，夹紧两腿不让男人看见。“我家在八楼，上去换件衣服吧。”男人说。

“我的包……”

“我看见你把包丢了，粉色的是不是？”

“包里有身份证和银行卡。”

“好，我去找。”

男人稍稍拉开门，探出头看了看外面，然后就消失了。

苏唯唯急忙摸摸自己的裤裆，两侧的牛仔裤都湿透了。她隐约想起，自己是在哪一个瞬间这么不争气的。没错，正是听见两只老虎一同发出吼叫的那个瞬间，老虎的声音比老虎本身还吓人。她从小就对声音敏感，从来不吃蒜薹，不吃所有会在咀嚼中发出声响的食物，雷声、风声、敲门声、耳语声，甚至极其常见的某一个声音，比如拖地走路的脚步声、怪异的手机铃声、冷不丁的一个喷嚏、沙哑的笑声，都有可能把她吓个半死，个别时候真的会遗尿。刚才，有一个短暂的时间差，就好像恐惧原本在沉睡，被那个曾经熟悉的声音忽然唤醒了。那个恐惧好像有三百岁、三万岁。整个身体像一个小水坝，一眨眼就破开了。

男人回来了，手上拿着她的包。

“你看看。”他把包递给她。

“谢谢，谢谢。”她眼睛里含着泪花。这个瞬间她想起了马伦的话，她想，几天之后，身份证、银行卡还有啥用，但心里还是非常感动。

“我家在八楼。”他抬头，看了看楼上。她没说话，只是点点头。“要爬楼梯。”他说，她还是点点头。她坚持跟在他身后上楼，上台阶时，身体的重量仿佛增加了，这很好，非常有助于保持平衡。她觉得好多了，可以正常走路了。

他摸出钥匙打开门。

她跟在他后面进了门。客厅里养着很多花，空气湿润，和她自己家的感觉有点像。先看见一个半身铜像，也有些谢顶，应该是他。接着看见一架白色的三角钢琴，钢琴后面的墙上有达利的一幅画，也是她喜欢的。这让她立即有了亲切感。

“是你吧？”她指指铜像。

“像不像我？”他认真地看了看铜像。

“初看不像细看像。”

“是我几年前的样子。”

“你是音乐家？”

“我是一个钢琴师。”他看了一眼钢琴，“弹了半辈子钢琴。”

“不好意思，能去冲个澡吗？”

“没热水，行不行？”

“不要紧，我常洗冷水澡。”

“有浴缸，可以烧水，不过得等等。”

“不用了，冷水可以。”

他去了卧室，回来时手上拿着一件长裤和一件内裤：“别嫌弃，我前妻的。”

“前妻？”

“我们刚离不久，她在法国陪儿子读书，刚才出去给他们打电话。”

“打了没有？”

“没有，我在你后面。”

她接住长裤和内裤。也是半旧的牛仔裤，叠得很整齐，连内裤也是仔细叠好的样子。他把她带向浴室，替她推开门，说：“没电，有点黑。”

她轻轻推上门，小心插好插销。

她从来不洗冷水澡，相反，她喜欢用偏热的热水洗澡，哪怕是大热天。正如她喜欢喝偏烫的热茶。热水和热茶是生活中必不可少的两样东西。她常说有热水澡和热茶，生活就不算坏。她侧身拧开浴缸上方的水龙头，先让水声响了起来。

“忘了给你浴巾。”

她吓了一跳，静下来不出声。

“要不要新浴巾？”

“好的，请等一下。”她还没脱衣服，拉开门，从门缝里接过浴巾。

“谢谢！”她的声音和水声一同挤出门缝。为了感谢男人递进来的新浴巾，她决定破天荒洗一次冷水澡。她脱去所有衣服，龇着牙走进浴缸，一丁点一丁点地适应着向下喷洒的冷水。倒也不算太冷，很快就能接受了。借着水的润滑，她上上下下抚摸自己，目的是确认自己没有被老虎的吼声吓死。当时，她的确吓得够呛，就像一把锋利的刀子从天上飞下来，拐了个弯，从下面刺进身体，把她从底部划开了。老虎的吓人之处，似乎不仅仅因为它可以吃人。一个人可以不怕死，但很难不怕老虎，尤其是它的叫声。这是她第一次听见老虎的叫声，好像又很熟悉。当她闭上眼睛回忆那一刻时，又有一点点尿流了下来，奇怪的是，眼睛同时也湿了。

她给身上打了浴液，开始想，洗完澡怎么办？要不要和这个男人顺便做一次爱？这个男人除了谢顶让她难以接受，别的方面都不错。况且他和老婆离婚了。她想，如果他主动，就依了他。她擦净身子，换上他前妻的内裤和长裤，竟然很合身，说明她和他前妻身高胖瘦都差不多。她打开门，走出去。他说：“冷着了吧？快来快来，有热茶。”他的声调里并没有情欲，很像和自己的老婆在说话。他从阳台那边迎了过来。

她跟着他，走向宽大的阳台。她看见一杯热茶，冒着热气。高高的透明杯子里，绿色的龙井正快速地向上漂浮，再向下回落。她心里有一种强烈的冲动，和龙井一并升起。那是一种万分具体和真切的冲动，谈一场复古式恋爱的冲动。

她打着冷战，坐在藤椅上，端起茶杯，先用鼻子嗅了嗅，再吹口气，小心地喝下第一口茶。热茶把整个舌头包裹了，全身也随之热起来。

他坐在另一把藤椅上，说：“今年的新茶。”“好茶，真是好茶。”她说。他突然愣了一下，眉毛明显向上一扬。她看见了他神情的微妙变化。

“刚才这个情景我曾经看见过。”

“哪个情景？”

“你闻茶杯的样子，吹气的样子，接着又说，‘好茶，真是好茶’。”

“真的？看见过？”

“应该是昨晚上看见过。”

“昨晚上你没失眠？”

“好像打过盹，应该是打盹的时候看见了刚才的情景。”

“还有呢？还看见什么了？”

他微微闭上眼睛，在尽力回忆：“昨晚上我就琢磨过，时间好像乱了，在不断地绕圈子，绕啊绕。一会儿看见了好多年前的事情，平时根本想不起来的事情；一会儿又看见了从来没见过的人，还有没发生过的事情。每次打盹总能看见一些稀奇古怪的东西，就像电影蒙太奇，不是平平静静放出来的电影画面，是用枪发射出来的，咚咚咚的……”

她想起自己也有类似的情况：“我刚刚才想起来，我也看见过自己，我曾经好像是一个男人，在石窟里画佛像。”“真的？”他给自己点上了一支烟。“我也要。”她说。两人都点上烟，两个人的烟雾在半高处合起来，快速旋向高处。

他说：“我看见了几天后的事情，我正在弹钢琴，突然没声音了，无论我怎么敲打键盘，都听不到一丝声音，连风声水声都听不见了。”

她问：“那是几天以后？”

他说：“我看见了桌上的台历，翻在 3 月 8 号。”

“3 月 8 号，两天以后？”

“今天是 6 号，对，两天以后。”

“再往后呢？”

“再往后……我想想。”

“比如，四天以后，十天以后？”

他蹙紧双眉，说：“再往后，我就说不清是亲眼所见还是幻觉了。好像海平面快速上升，所有的海滨城市眼看要被海水淹没，人们纷纷逃往内地。”

“地球呢？地球没事？”

“不知道，也许多打几次盹就知道了。”

“有人说，地球会……”

“有人说地球会爆炸，我也听说了。”

“你觉得会吗？”

他静静地看着她，说：“爆炸之前，咱们先拥抱一下吧？”他站起来，走向她。两人长时间地抱在一起，只是用身体相互紧裹，把各自的恐惧、挣扎和柔情合在一起，并没有想过亲吻和上床，好像这个世界上并不存在亲吻和上床。

马伦

马伦连续多日都没回过楼下的卧室，不分昼夜时刻都守在观测室里，而且圆形屋顶始终都是敞开的，屋里也始终没点蜡烛。不过，他手中的紫檀烟斗多数时候闪着幽幽的蓝光。射电望远镜不能用了，好在还有一架连续变倍折射望远镜，足以进行常规的天文观测，足以对地球外围的星体保持必要的跟踪。而且，连穆穆也不能待在身边，在他眼里，穆穆早就是一个肉身的女人了。任何一个人在身边，都会打扰他的观测，打扰他和宇宙间一对一的私密关系。个别时候他也需要穆穆出现，让楼梯发出一点声响，上来陪他说说话。

他朝楼下喊一声："穆穆——"

穆穆问："老师你叫我？"

马伦说："上来一下。"

穆穆的脚步声比平常轻了很多。

马伦说："亲爱的，想不想看看巨蟹座是什么样子？"

穆穆说："我是穆少梅，不想知道那么多。"

马伦说："穆少梅如果是我老婆，就必须懂一点儿天文学。"

穆穆没话说了。

马伦把望远镜交给穆穆。穆穆看了看，说："雾蒙蒙一片。"马伦说："你说对了，巨蟹座是一大片疏散星团，没有太亮的星星，中国古代所说的鬼宿就在那儿。古人说：如云非云，如星非星。”穆穆说：“看着头晕。”马伦问：“你猜猜，巨蟹座中的星球离我们有多远？”穆穆说：“我猜不出来。”马伦说：“距离我们最近的，也有100多光年。”穆穆说：“100光年有多远？”马伦说：“黑矮星就是从巨蟹座那个方位闯入太阳系的。”穆穆感叹：“你们人类太渺小了！”马伦惊呆了，说：“天哪，穆穆你成精了。”

“我怎么了？”

“人类太渺小了——你竟然有了哲学思维。”

“还不是你的功劳？”

“这几天你和平常不太一样，你自己发现没有？”

“没有，我觉得我很正常。”

“我敢肯定，电磁波的消失、引力的下降，对你也有一点影响。”

“我怎么没感觉呢？”

“我开始担心你会杀了我。”

“别开玩笑了，遥控在你手上，我怎么可能杀了你呢？”

“这两天遥控失灵，你忘了？”

“我身上的开关，你忘了在哪儿吗？”穆穆的这句话暗含调情，但他没一点感觉，甚至有点烦。穆穆胆子大了些，拽起马伦跑下楼去。

很大的双人床在静等他们到来。马伦发现，她的皮肤比往常松弛，皱巴巴的，好像老了10岁。正因为如此，她身上意外多了一层人性的光环。原来，会衰老、会死亡、会妒忌，倒是人性里最重要的部分。他就突然来感觉了，那是一种要好好爱她，好好疼她，把她捧上天的热望。爱她，爱穆穆，而不是那个穆少梅。他等不及了，他要去爱。接下来的几分钟，他和她，两厢缱绻，爱欲四溢。最后，两个身体，气喘吁吁，大汗淋漓。

“穆穆，我爱你！”

“老师，我也爱你！”

“以后你就是你自己，和穆少梅没有一毛钱关系。”

“真的？没骗我？”

“真的，你就是你自己。”

“可是，我只会做穆少梅，怎么办？”

“你已经不是她了。”

“已经不是了？”

“你比她好。”

“如果她突然出现在你面前呢？”

“不会的。”

“我是说如果？”

“好了好了，没时间如果了。”

“如果有时间呢？”

“问题是，真的没时间了。”

马伦猛地坐起来，看了穆穆一眼，目光阴冷。马伦快速穿好衣服后，上楼去了。接着他又退回来，说：“马上可能来人，你躲在屋里别出声。”

穆穆拖着腔调说：“好吧。”

果然，半小时后，米亚在叫，声调亲昵。

马伦慢腾腾下楼，迎出去，是他哥哥马雷、弟弟马骏，还有他们的老婆孩子。这么多人来了，尤其是家里人，马伦心里不舒服，有被侵犯的感觉。

马伦强打起精神，说：“大家都还不错呀！”

“你也不错呀！”马雷说。

“爸爸妈妈怎么样？”

“妈妈心脏病犯了，住院了，想见你一面，我们来接你。”

马伦没出声，非常不想离开小重山。

“二哥，这两天怎么了？你这儿有什么发现？”马骏过来拉住马伦的手。

马伦态度暧昧，说：“咱们马上去医院，还是坐一会儿？”

“坐一会儿吧。”马雷说。

“我们上楼聊聊天，你们在底下等等。”马雷对大家说。有男孩说：“我要上去看火星。”这是马雷的儿子马贝贝，他跟着马伦学过一点天文学知识，他也知道二叔马伦的天文台是爸爸出钱建成的，所以每次来总是理直气壮。马伦说：“没电，望远镜用不了。”马贝贝立即问：“射电望远镜用不了了，另一个呢？”马伦说：“都用不了。”马贝贝说：“骗人！”马雷训斥儿子：“怎么跟二叔说话呢！”马贝贝安静了，但拧着脖子。

三兄弟径自上楼去了。

在没有屋顶的观测室，三兄弟相互看了一眼，像散了架，坐下来，沉默不语。马雷和马骏的目光都移向了角动量监测仪，那是全家人熟悉且忌讳的东西。马伦说：“这东西终于派上用场了。”马雷和马骏有点意外，不敢相信，它真的会“派上用场”。马伦淡淡一笑，说：“十几天前，冥王星的角动量最先发生了变化，接着是海王星、天王星和土星，接下来该木星了。”马骏问：“说明了什么？”马伦说：“一颗看不见的星体正在向地球飞过来，事实已经验证了我的推断，停电、移动通信中断、导航失灵、日长缩短、地球引力下降，都是同一个原因。”马雷问：“最坏的情况会怎样？”马伦说：“我是疯话，你们大可不信，十有八九，地球要完蛋了。”马骏问：“还有几天？”马伦说：“还有几千分钟。”

马伦把那道算式递给马骏，马骏显然看不懂。马雷扫了一眼，皱起眉头。马伦说：“我闲得无聊，在算倒计时。”马骏问：“什么倒计时？”马伦说：“我们剩下的日子呀。”马雷突然站起来，厉声问：“你怎么不早告诉我们？”马伦说：“怕你们不信。”马骏问：“现在怎么不怕了？”马伦说：“现在，一堆事实摆在面前。”

这时，楼下传来尖叫声。马伦马上就听出，是穆穆的声音。三兄弟急忙下楼去了。二楼卧室的门开着，马贝贝带着几个孩子正把穆穆逼到墙角。

“不要，不要。”穆穆在哀求。

马伦看见穆穆用双手护住自己的胸口。马雷扑过去，一巴掌打在马贝贝的后脑勺上，马骏急忙跑过去抱住马雷。马伦阴阳怪气地说：“一个机器人，算不上乱伦。”马雷看一眼马伦，说：“我们等她给你生孩子！”马伦笑了，说：“我命中无子。”马骏用眼神制止马伦乱说，把大人孩子一个个都推出卧室。“快走吧，去看妈妈。”马骏说。

马骏开着老式的商务车，一家人坐在车里闷闷不乐。下了山，拐过那个小小的海湾之后，商务车直冲着正在加速西沉的夕阳。西边的天空火光霍霍，太阳显得又大又漂亮，红色加赭色，好像比平常重了几倍，下降的过程也快了很多。

“二叔你看，今天的日落比昨天又早了 3 分钟，到底为什么？”马贝贝迅速忘记了刚才的事情。马伦把马贝贝搂进怀里，摸摸他的脸。马贝贝看看马伦的脸，说：“二叔，刚才对不起！”马伦一笑，说：“乖乖，没事。”马贝贝立即问：“二叔，日落为什么一天比一天快 3 分钟？这太反常了！”马伦说：“假如一个不明星体出现在地球和太阳之间，不明星体的引力和太阳一致，就会造成地球的自转速度加快，日长就会一天天减少。”

“到底是‘如果’还是真的？”

“我是推测，你也可以推测。”

“这两天的所有异常现象，都和不明星体有关吧？”

“你的推测有道理。”

“那我们怎么办？”

马伦摇摇头。

“为什么是不明星体呢？望远镜看不见？”

“是的，望远镜看不见。”

“那就是黑矮星喽！”

马伦笑了，揪了揪侄子的耳朵。

“二叔，角动量监测仪是不是派上用场了？”

马伦悄悄向侄子点点头。

“太好了，我一直相信角动量监测仪总有一天会用得着的。”

“我知道，贝贝是最相信我的。”马伦竟然哭了起来。

马贝贝回身给二叔擦着眼泪，越擦越多。

马雷的老婆说：“第一次见马伦哭。”

马骏的老婆也说：“是呀，真是第一次见，平常多冷的一个人。”

马贝贝说：“就我最理解二叔。”

马雷在副驾驶座上回过头，说：“两个天才，那就赶快想办法吧。”马贝贝说：“爸爸你终于承认我们是天才了。”马雷说：“咱们家盛产天才！”马骏也扭扭身子说：“是呀，咱们马家盛产天才，一代一个。”马贝贝说：“听起来像挖苦。”

路况很差，虽然避开了高速和城市主干道，仍然费尽周折，一路上多次遇到成群的猪、独行的狼、飞来飞去的蛇、三三两两的老虎……

到医院时，天完全黑了。医院里，满楼道都是人，一眼就能看出，不是烧伤、砸伤、咬伤这一类病人，就是心脏或者脑血管出了问题的病人。每一个缝隙里都有病人，几乎要把医院挤破了。转眼一看，所有的病人都像孤独症患者。马伦的母亲住在最高级的ICU病房，经过抢救后，心跳已经接近正常。马伦想，有一个有钱的哥哥就是好！虽然一个有钱的哥哥不小心就会显出施主心态——他既然总是资助兄弟、发放奖品的那个人，那么他也就总是最有发言权、最乐于指手画脚的那个人。母亲看见完完整整站在她面前的三个儿子，立即眼泪巴巴。三个儿子似乎变成空气中的营养成分，让她的面容瞬间变得丰腴起来。她拉住马伦的手，说："我差点见不着你了，傻子！"马伦便以傻乎乎的神态冲母亲笑笑。"你怎么就不来看看我们呢？你心里真的只有狗屁宇宙吗？"母亲的嗔怪充满柔情，马伦真想让母亲永远这样嗔怪下去。不过，得马上回小重山，接下来该木星发出叫声了，马伦又想。

"奶奶，二叔的角动量监测仪终于有动静了。"马贝贝说。

马雷急忙从后面伸手捂住儿子的嘴。

母亲睁圆眼睛看着马伦，问："真的？你那个东西，终于有动静了？"马伦有些不好意思，说："可不是好事呀。"母亲说："我不管，多少年了，能证明我儿子不是神经病就是好事。"马骏说："妈，能生出一个神经病儿子，是你的本事。"父亲是全家最没有发言权的一个，他小声问："排除了神经病，证明了什么？"马贝贝抢先说："爷爷，证明了这两天所有的天象变化。"几个医生一听，立即围过来问长问短。马伦支支吾吾，不愿多说。后来，马伦干脆拉上马贝贝出去了。在门外，马伦说："要保守秘密。"马贝贝马上明白，点头认可。两人挨着病房看过去，烛光里的每一张病容都极其相似。对巨大威胁的震惊感，让每个病人都很驯服、很听话，尽可能不哭不闹。楼梯口，"禁止吸烟"的指示灯是黑的，在马伦眼里，它很像梨形宇宙的一个小小注脚。转了几圈，马伦有不少发现。下述内容是马伦回到小重山后记下的。喜欢把各种想法编上序号，一样一样地列出来，是受了苏唯唯的影响。

1. 除了烧伤、砸伤、摔伤的病人，另有很多被动物咬伤的病人。不过，所有伤口愈合很快，比平常快几倍，一夜之间就有愈合迹象。

2. 心脏病集中发作，很多人根本来不及抢救就已经死了。这可能和受惊吓有关，被老虎、蛇、狮子、狼、骆驼等动物吓着了。

3. 脑梗患者大大增加，死亡率急速上升。

4. 癌症患者忍受疼痛的能力奇迹般增强，杜冷丁、吗啡等药物几乎停用。

5. 部分癌症病人在一两日内快速痊愈。

6. 街上时不时就冒出一个赤身裸体的人，医院里也有，大部分是女人。奇怪的是，裸女们似乎没意识到自己没穿衣服，显得自然而然，既不羞耻也不骄傲。看见的人并不觉得多么吃惊，其实人人都有赤身裸体的真切冲动。

7. 恍惚中的病人，会不约而同地喊："蛇、蛇、蛇……"而不是"老虎、老虎"，或者"狼、狼"什么的。这说明蛇比其他动物更令人恐惧，蛇为什么更令人恐惧？有机会要问问心理学家梅云。恍惚中的病人普遍爱说胡话，仔细一听，胡话大有内容，一部分人回到了久远的过去，一部分人却提前抵达未来，有不少人亲眼看见了自己的死。奇怪的是，很多人并不是死在几天之后，而是死在几十天之后，或者几十年之后。

8. 很多人看见自己死于水患，海平面上升，大水漫漶，淹没了整座城市。不同的人所描述的情景却十分相似，听上去并不像幻觉。

9. 有些病人食量猛增，有些病人则相反，没丝毫胃口。两种极端的情况都有。

10. 人们的发音系统有微妙变化，音质、音调、语速都有小小的变化，听起来怪怪的，像听力不好的人在说话。一定是地球引力下降令舌位升高了，舌尖不由自主地会往上飘，人人似乎需要一个压舌板。不过，这种声调里倒是有一种感人至深的滋味，那种永恒的感动人心的东西原来并没有丢失，仍在每个人的嗓音里。

11. 任何人只要来到医院，就是一个标准的病人。没病的人也觉得有病。具体的病不存在了。病在空气中，空气病了，所以人病了。

12. 人们不再俏皮，不再会笑，幽默感大大减少。所有的脸，像同一张脸的复制品，人和人没有了区别，脸和脸也没有了区别。

13. 病人们和家属们相互之间客客气气，小心谨慎，所有的人都像一家人。病人和家属之间相互帮忙、共享食物的例子随处可见。

14. 人们尽量控制四肢动作的速度和幅度，以抵抗引力下降造成的失稳感。比如，走路时迈小步子，双臂尽可能减少摆动。或者出门走路的时候，在腰上系一块或者几块石头，衣袋里装上铁质的东西，当然最好是铅质的。

15. 医生、病人和家属们，在递送药物、器物时，尽量避免发出撞击的声音，仿佛任何细小的声音都会吓人一跳，甚至可能诱发一场灾难。也的确有一些意外发生的普通撞击，声音是飘逸冰冷的长调子，令人想起老虎的叫声、狼的叫声。任何较大的声音都会引起颤颤的回音，牛蛙的叫声像一列小火车在爬坡。

16. 可能有为数不少的人在装病，装成病人挤进医院。原因大概是，和人群在一起会有安全感，个人的悲伤和不安会大大减弱。

17. 很多提前抵达未来的人声称，看到了无声世界。如我所料，接下来，声波会消失，既然如此，说明声波消失的推测是准确的。

18. 很多人梦见自己在飞。

19. 很多人掉头发，有人一夜之间掉光了头发。

20. 人们接受灾难的速度甚至略早于灾难的来临。人们迅速臣服于灾难，又迅速忘掉了灾难，遗忘的速度比灾难的消失要略快些。

21. 有人因服用过量安眠药而死。

22. 有人不慎摔了一跤，竟然就死了。

23. 有人回到家，发现床上睡着一只老虎。

24. 很多人砸烂了电脑，踩碎了手机。

25. 有人仍然把死机的手机放在裤子的后口袋里，是因为习惯了屁股后面有个东西，否则就不会走路了。有人习惯于手持手机走路，现在有可能换成别的，比如，一块很像手机的石头、一本书、一把扇子。

26. 到了晚上，满世界都是梦游人。睡不着觉的人，躺在床上难受的人，待在家里郁闷的人，只好满街游走。适应了新的引力，找到了失重情况下走路的窍门，反而欲罢不能。这样走路的时候，熟人见了面，并不打招呼，就像从来不认识一样。没完没了地走，前方只要有路，就只是走。有可能突然转向，向后、向左或向右，却与任何一个具体的目标无关。没有人结伴而行，所有的人都是独来独往、各走各的。所有的人，都在不受约束地自由行走，却又不会发生任何形式的碰撞和混乱。哪怕在极为狭窄的空间里，身体和身体之间依然能做到闪躲有序，游刃有余。人流滚滚，却表达着孤零零的味道。每一个人都沉浸在一己的状态里，却又彼此缠绕、彼此辉映、彼此消解。每一个人眼下只属于“行走”，不再属于自己的房屋、车辆、职业、宗教、社团……脚下的路仅仅是路，不是归乡之途，也不是万里征程。走啊走，走啊走，没人强迫，但就是停不下来。走着走着便有了几分陶醉感，对行走本身的陶醉。走，的确舒服极了，身子轻极了，再轻那么一丁点，就可以飞上天了，所以，所谓“走”，暗藏着要“飞”的意思，像鸟一样飞上天。不再愿意坐一坐、躺一躺，甚至不愿意站住歇一会儿。似乎这个世界上从来就只有“走”这么一个人类行为，而且一旦开始，就无法终止……

安南

6日晚上，安南躺在床一样宽的木质沙发上，打算想点什么，却发现什么也想不了，原因是脑子空了，大部分词汇死了，只剩下有限的几个词，如死亡、灾难、黑矮星、五天、我、她、我们……像一个原本人山人海的大集市，突然连一个人影都没了。看来词汇不仅仅是思考的工具，更是思考的动力。词汇激发了思考，催生了思考，推动了思考。而眼下，大部分词汇已经先于人而奄奄一息。他翻身坐起，快步走向隔壁的书房，推开门，里面果然充满潮湿、发霉和腐败的气味，但也暗含着一些奇香。他立即明白，那是一些老书的味道，是一些古老词汇死亡后发出的味道。词汇们一直在恭候着死亡的来临。他用力扯开窗帘，月光急不可待地涌进来，几乎把他撞倒。他向后踉跄了半步，便看见了自己的几万册藏书，排列整齐，书脊一律朝外，全都变成了只剩书名的空心书，哲学、神学、社会学、美学、史学、经济学……还有他自己写的两本书，《哲学作为一种生活》《西藏死亡考察》，少部分送人了，大部分还堆在家里。不难想象，所有的书都死了，每一个词都死了，还是那个词，但没了体温，也没了含义。他自然而然地抬起右臂，打算任意抽本书出来，可他费了很大劲都抽不出来，除了因为书和书挤得太紧，还因为他手臂抬起时身体里有两种力量在相互拉扯：一种是极度轻逸、眼看要飞起来的部分；一种是从轻逸中沦落下去的部分，质量增加了几倍，像顽石。他看见不远处的案头平放着一本书，是前不久准备看的《百年孤独》，文人们一向极度推崇，他却始终看不进去。

他翻到某一页，看了几行：

“我们是极其有财有势的。”母亲说。

八年之后，她学会了用拉丁文写诗。

他每星期一给她一枚银元作为日常开支，并带走前一星期做好的棕榈叶殡冠。他一天中的大部分时间都关在自己的办公室里。

忧伤笼罩着整个家庭……

“他妈的，都死了！”他说。他突然明白，人在张嘴说话之前，词汇从自身内部先发声了。词的发声，其实比人的发声略早一些，而非相反。从理论上说，词汇是以永恒为前提创造出来的，人类先假设一切都是永恒的，至少接近永恒，然后才创造出词汇，然后信心百倍、习以为常地使用着它们，用它们进行思考和表达。于是就有了书籍，有了主义，有了争论，有了恋爱，有了战争，有了梦想。或者说，词汇是对人类幻觉的描述，人类不知不觉给了无数幻觉一个词语的形式，从此，幻觉就堂而皇之地成为实实在在的东西。那些实实在在的幻觉把人类领到了今天，领到了最后几天。此时眼前恰好飞过一只不知名的虫子，他想，这只小虫子，在来不及忧伤、来不及恋爱、来不及梦想之前就会死掉。一只虫子是不知道“忧伤”“恋爱”“梦想”这些词语的。他放下《百年孤独》，闭上眼睛，随便从书柜里抽出另一本书，随便翻到某一页，看到的仍然是词汇，密密麻麻的词语，令他头晕，就像一个发高烧的人在看书。他强迫自己看书中的单个词语，看见的真的是词语的尸体：情书、永远、傲慢、银行、引号、盗版……

词汇死了！知识死了！文字死了！思想死了！全死了！那么，我还是知识分子吗？我还是哲学教授吗？我还是哲学教授安南吗？

这样一番急促的追问之后他突然感到豁然开朗，他发觉自己意外地有了一种能力——“放下”的能力。僧人们终其一生修炼的境界，此刻他竟然轻而易举地做到了，不用“放下”，已然“放下”，因为没有什么东西可以抓住不放。这种感觉很像是“自由”的感觉，不过“自由”这个词还是太小，而且过于像煞有介事。

这时安南的老婆黄绿回来了。她是一个摄影家，这两天一直在外面抢拍照片。对于一个习惯吃苦的摄影家来说，她当然认为眼下是一个千载难逢的好机会，最好多拍些照片，将来搞一个以灾难为主题的摄影展。这两天她也失眠，但她不觉得失眠有什么了不起，去西藏旅行时便常因高原反应而失眠。安南没有告诉她那个秘密，她本人也完全没有想象过，人类会面临一个迈不过去的坎。关键是她在恍惚中同样看到了一些尚未发生的事情：陌生的时间，在一个陌生的城市举办她个人的摄影展，展出的正是这些天的作品。

“亲爱的，我回来了。”

“我还担心你不回来了。”

“刚才我想起了咱们一见钟情的那一天。”

“整八年了。”

“八年前的五一。”

“那一天，可真是难忘啊。”

“那就快来抱抱我。”

两人拥抱起来，眼神盯着对方，在寻找八年前的记忆。

“其实，当时在飞机上，我心里的想法很简单，把这个姑娘抱在怀里的感觉一定很舒服很舒服，而且只是想一想而已，没想到……”

“没想到什么？”

“没想到的太多了。”

八年前的五一节，从乌鲁木齐飞往喀什的飞机上，她的座位在他的左前方，她右边的座位上有三个男孩，是一所大学的同班同学。他听出她和他们认识不到半小时，是刚刚在机场才认识的。因为都要去塔什库尔干的某个杏花村看杏花，所以一转眼就亲热起来，看上去像一伙的。他的目标则是同样在塔县的慕士塔格峰，所以他也主动和他们套近乎。他毕竟是后来者，在他们眼里，又是大叔级别，他们对他多少有些排斥，爱答不理的。飞行途中，他们有说有笑，声音很大，显得有些疯头疯脑、缺乏教养，令周围人很不满，但大家也在尽力忍耐，心想年轻人，只能这样。她应该比他们大几岁，有时心不在焉，不像陷入沉思和回忆，也不像在考虑未来几天的计划。那是他见过的最好看的心不在焉。她有一句话，也被他牢牢记住了。她说，她的两个眉毛是可近可远的，在城市，两个眉毛就近了，就不由自主挤在一起，一旦离开城市，两个眉毛就离远了。三个大学生并没有完全听懂她的话，他绝对听懂了。于是他心里就有了个想法，把这个毛丫头抱在怀里肯定很舒服。飞机落地后，三个男生提议，各自吃完晚饭后，去县城附近某个温泉见面，不见不散。因为是网上预订的酒店，三方住在不同的地方，各自吃完饭再见面也不错。

巧的是，他在一家小餐馆遇见了三个男生，他主动凑过去，说："我请客，我请客。"他们一听有人请客，自然高兴。吃饭喝酒的过程中，他发现，三个男生比在飞机上狂多了，满嘴不雅之词，甚至打赌，看谁能把那位漂亮姐姐带上床。他不禁就动了歪心眼，心想，干脆把三个家伙灌趴下，我单独去温泉见姑娘。他的酒量其实并不大，不过那天晚上他有如神助，真的就把三个人灌得烂醉如泥。然后同样有些晕晕乎乎的他一个人来到温泉。他好不容易才找到她。空荡荡的池子里，穿着泳衣的她，还是心不在焉的样子。

"你一个？"她问。

"是呀。"他说。

“三个小屁孩呢？”她问。

“都叫我灌醉了！”借着酒劲，他毫不掩饰地说。

“三个，都醉了？”

“三个都醉了，烂醉如泥。”

“厉害厉害！”听得出她的称赞并无恶意，“好酒量。”她微微想了想，又说。

他猜，她肯定在琢磨他这个人到底是干什么的。

“我第一次喝这么多酒。”

“第一次？”

“真的，第一次，一直上学，没机会喝酒。”

她盯着他，在想象他的年龄。

“本硕博一路读下来，就有点老了。”

“不老啊，谁说老啦。”

这时两人都注意到了头顶的月亮，它像第三个人，想落下来聊天。

“你的眉毛现在变宽了？”

她笑了，对他能记住那句话感到惊讶又开心。他凝视她月光下的眉毛，心里一热。

“我没出息，大学毕业后，多一天学都不想上了，也不想上班。”

“喜欢摄影？”

“你怎么知道？”

“飞机上聊天的时候，你说过。”

“其实我是学会计的。”

他看见，这个瞬间她的眉毛又拉近了，近了一半。

“我是以摄影为借口四处走走。”她抬头看着月亮，两个眉毛又稍稍松开。

“一直在行走？”

“三年了，大部分时间在外面。”

“羡慕，羡慕。”

“你去慕士塔格峰，是打算登顶吗？”

“这次没时间，先看看冰川。”

“那里有全世界最古老、最漂亮的冰川。”

“你去过？”

“我登过顶。”

他想顺便邀她再去一次，没敢说出口。

两个人又聊了聊就上岸了。在温泉门外两个人又站了一会儿。“你猜，我为什么要灌醉他们？”他笑着问。她装样子想了想，并一笑。

“我想和你单独见面，他们实在太闹了！”他说，注意看她的眼神。“好感动哟！”她笑着说。“那么，能不能拥抱一下？”他做出想拥抱她的姿势。她立即伸开双臂迎向他。他就真的抱住她，渐渐抱紧，然后松开，用变了的声调道别。

“晚安！”

“晚安！”

一定是酒精的作用，他很快就睡着了，早早又醒了。之后他就一直在回味那个不长的拥抱，还有那些眼神，同时还在辨别，自己是不是爱上她了。天没亮他就起床，走出酒店。他不让自己错过任何一次日出，尤其是异地他乡的日出。

他凭直觉朝酒店一侧走去，在一个不大的广场上，他看见了她。她在拍照。他停下来偷偷观察她。她穿着一身米色的运动服，头发扎成简单的马尾辫，左右肩膀各挎着一部相机，手上还是一部相机。她拍照的速度很快，以抓拍为主，对象总是人：两个正在窃窃私语的老人，一个跳舞的女孩，端坐在长椅上的中年妇女，眉头紧皱的游客，拉二胡的乞丐夫妇。她一边走路一边抓拍，做出各种专业动作，却那么自然流畅，就像没有做任何事情。看得出，她的精神高度集中，情绪处在半狂热状态，如同她身上揣着一块磁铁，广场上的每一张普通的脸，每一个昙花一现的瞬间，都被她吸过来，进入她的镜头也进入她的内心。

他把自己想象成她，甚至只是她的眼睛，体会她为什么在某个时刻按了快门。他完全忘了看日出。他看见她终于停下了，点上烟抽起来。他走过去。

“我一直在观察你。”

“呵呵，够阴的！”

他闻见她的烟味里有一种陌生的香味。“好香啊！”他说。“来一根？”她直接把烟盒给了他。是细细的女士香烟，他刚抽出一支，她就给他点着了。他有三年没碰烟了，连吸两口，说：“不是薄荷味儿，也不是水果味儿。”她说：“秘密！”他又吸了一小口，细细品尝着。她学他的口气说：“不是薄荷味儿，也不是水果味儿。”

两个人一起吃了早餐，退了房。

“那三个？”他问。

“不管他们了。”她说。

到了杏花村，在一户人家落了脚，立即就去看杏花。其实一路上已经看够了杏花，满河谷都是杏花，没想到最好的杏花真的在杏花村。杏花村的杏花，是杏花里的绝品，有不同凡俗的神韵。跟随带着城市气味的人流，走进杏花丛中，人的存在一时变得有些尴尬了，人只能快快放下傲慢和自大，去做一个陶醉者。她在拍杏花，更在拍人——拍杏花里的人。她好像坚信参照物变了，人也就变了。此刻，看杏花的人和早晨广场上的人绝对不同。在她眼里，人永远是新的，人的表情永远是新的，人的表情就是人的灵魂。她对人有深长的兴趣，显然不是因为她习惯于拍人像，而是因为她眼里的人真的与别人不同。持续观察她的时候，他也在不由自主用她的眼光看人，看每一个人，包括那三个男孩。一小时后，他对杏花村的杏花有了新的看法。他想，此地的杏花之所以独具魅力、令人叫绝，原因或许不在杏花而在别处。比如，遥远，距离每一个游客生活的地方，都十分遥远，越遥远越珍贵。比如，冰川，据说再有几十里路就能看到冰川，在幻觉里，冰川让一切变得晶莹剔透。比如，阳光，河谷两侧的高山先把阳光压缩了，再被河谷里的风清洗过，在这样的阳光照耀下，样样都是田园风光，更别说杏花。比如，时间，在这里，时间无比苍老，像一个盲人一样动作迟缓，离过去更近，离未来更远，自包自含，完完整整，任何人进入这样的时间感受里，就像回到胎儿时期……

那三个男孩随后还是来了，天黑前才笑眯眯地走进村子。他们说实在喝多了，睡到大中午才醒。他们丝毫没怀疑他是故意把他们灌醉的。

晚上，二三十个陌生人聚在一起喝酒吃肉。酒是伊力特，肉是烤全羊。他和三个男孩再一次拼酒，却有点招架不住了，而且她和他们又成一伙了。她公然替他们挡酒，还帮他们说话，他明白这是她和他调情的方式。她甚至跑来揪住他的鼻子，给他嘴里灌酒，粗鲁而专横。她的胸部也久久压在他肩膀上，像是故意的，令他心里直喊，完了完了！同时他还在分辨自己醉了没有，结论是还行，因为他竟还有精力偷看她的两条长腿。

酒足饭饱，然后跳舞。

几十个人围着篝火跳舞。整个村子在旋转。杏树林里的无数种小生命飞过来，在人丛中飞来飞去，甚至有鬼魂也来凑热闹。天空被火光点亮，星星聚集在村庄的上空，在音乐的抖音里一颤一颤。她来到他身边，自信地炫耀着她的舞姿。她完全放开了，在喊，在笑。她的笑声很难与别人的笑声混淆，深沉又悦耳。他明显喝多了，反应慢了许多。所有人的舞姿，都是那么慢。疯狂的扭动和抖动分解成一个一个的慢动作，懒散地进入他大脑。动作和动作之间以近乎静止的速度相互融合，裙子和裤子靠拢又分离。男人和女人的眼神交流，让他想起接通长途电话的感受。火光和火焰似乎是雕塑，动感很好的雕塑。整个气氛，好像并不快乐，而是充满忧伤。有人在激烈接吻，但是，那样子看上去竟是绝望至极。有人在对面尖叫，那尖叫传入他耳朵的过程就像穿越了整个宇宙。她不见了，又出现了。她突然抢走了他的眼镜，架在自己的鼻梁上。于是，他和她的视力同时下降。就在这个瞬间，她像风一样倒在他怀里。他吻了她，她昂着头让他吻个够。“奖赏你的。”她大声说。“为什么奖赏我？”他大声问。吻够了之后，再去跳舞。跳了几圈又抱在一起，没完没了。他们的吻可能太热烈，触动了某些看不见的东西，一眨眼，雷声大作，天上阴云密布，大雨将至。篝火舞会只好被迫停止。

主人宣布，所有的女人留下，所有的男人到河谷对面的一户人家休息。十几个男人仓促拎起行李，跟着主人朝河谷对岸有灯光的地方跑去。

刚进屋，雨声就响起来。

前半夜是大雨，后半夜是暴雨，河谷上游的雨肯定更大，百年不遇的巨大山洪裹挟着牛羊树木农具，一直延续到次日下午。整个杏花村不见了，只留下一些残垣断壁。好在听说所有的村民和游客已成功转移，没有死伤。

三个男孩回学校了，他也不打算去慕士塔格峰看冰川了，但是，他不能不找到她，不是和她作别，而是向她求爱。他相信这也是她的意思，他相信她百分之百在撤离点等他。意外的是，她已经离开了，连一张字条都没留下。他甚至说不出她的名字，只记得三个大学生叫她“姐姐”。电话和住址，更是完全不知道。

当然，最终他还是找到了她，用了三年时间。他常说那个过程，比一生还漫长，比喝倒三个男生艰难无数倍。而且，事实证明那三年时间他所做的都是无用功，如果不是和当初遇见她一样，有神奇的巧合，他绝对不可能“找到她”。

三年后，他去上海看望因癌症住院的叔叔，和堂弟站在走廊上聊天的时候，一个没看清长相的女人从他们身前匆匆走过，留下了一缕淡淡的异香。“不是薄荷味儿，也不是水果味儿。”这句话轻轻从他脑海里浮现出来。他丢下堂弟就去追她。

她率先进了电梯，他没赶上。他看见电梯在上行，一直到了最顶层。随后他就在楼顶的天台上看见了她。天台非常大，有羽毛球场那么大。她站在平台的边上，在抽烟。她背对着他，显然意识到自己被跟踪了，有一点紧张。风把烟味吹过来，就像特意送入他鼻孔。他几乎能肯定就是她了。他正在考虑怎样才不把她吓一跳时，她转过身，狠狠地瞥了他一眼，快步走向天台的出口。她竟然没有认出他。“对不起，借个火。”她停下来，慢慢转过身。他等着她认出他。她愣了有半秒钟，便笑了，平平常常地笑了。

“怎么就躲不开你？”

“躲得过初一，躲不过十五。”

他们再一次拥抱了。这次的拥抱竟然来得十分克制，而且只有拥抱没有亲吻。没过多久他们就结婚了。结婚，就像是不得已对两次“巧遇”做出的让步。

身为哲学博士的他，那段时间里更是变得神神道道，总是说，巧合不巧，巧合不巧，巧合暴露了宇宙的全部奥秘。还说，哲学该在巧合面前认输。叔本华和克尔凯郭尔也应该在巧合面前认输。一个对付过很多大问题的哲学教授，变得像一个大字不识一箩筐的村夫了，就如一个绝世高手的武功，轻而易举废在了一个小屁孩手上。后来认识了天文学家马伦，他把自己和黄绿的两次巧遇讲给马伦听，马伦说：“量子纠缠无处不在。”他专门查了“量子纠缠”的权威解释：一种量子力学现象，当几个粒子彼此相互作用后，由于各个粒子所拥有的特性已经综合成为整体性质，无法单独描述各个粒子的性质，只能描述整体系统的性质。

由此看来，两个人的相遇不过是力学现象罢了。她却有另一套说法，她说巧是巧了点儿，但感人的东西在人不在巧，如果不是那三年他所做出的努力，她恐怕会选择再一次离开。她还说，巧合仅仅暴露了这个世界是一个谜，时间和空间之外谁知道是啥样子。看见巧合并不意味着谜解开了，而是这个谜——存在之谜，根本就解不开。与其迷信它，不如躲开它。她还说，这个被谜团包围着的世界恰如一间很大的房子，人类生活在谜团里恰如居住在房子里，被好心地保护了起来。人类根本没必要解开所有的谜。人类只需要接受自己的缺陷，好好把人做好。人才是宇宙间最伟大的存在，人很渺小，也很伟大，人类应该把造宇宙飞船的钱、打仗的钱、搞军备竞赛的钱，花在人身上。可惜的是，事实总不是这样。她也明确嘲笑过他的迷信："马伦的一伙朋友都很迷信，别人迷信鬼神，你们迷信聪明。"她见过那伙人，回来后说："不想再见了。"他有些吃惊，问："为什么？"她说："一伙聪明人聚在一起，让聪明看上去有点邪恶。"他睁圆眼睛看着她。她又说："不瞒你说，你们自己肯定看不出，一伙聪明人的脸、神情、口气，凑成一堆真的能吓人一跳。"他问："你刚才说，邪恶？"她说："对，是邪恶，当时我就想起了这个词。"

他静下心体会她的感受。

她说："于是，我一下子看懂了很多道理。"

他用眼神鼓励她说下去。

她说："我看懂了战争是怎么发生的。几个聪明人躲在一个角落里，先制造一个理由，再嫁祸于人，再派出正义之师、威武之师。"

他问："除了战争呢？"

她越说越来劲："人类的确很聪明，因此人类早就被自己的聪明迷惑了。人类聪明和智慧里包含的残忍和杀伤力，可能远远超过一切灾难。"

"落后会挨打，这是一个普遍认识。"

“落后更有可能是一种焦虑，落后焦虑。”

“落后就挨打，首先是事实。”

“是事实，更是焦虑，那些最发达国家，同样有焦虑。”

“害怕被超越？”

“是呀，反正都在焦虑中。”

“焦虑的本质是，人类向来不是一个整体。”

“我认为，人类终究无法摆脱焦虑，因为，人类的幻觉里，还有外星文明。”

“没完没了地焦虑。”

“焦虑迟早会毁掉人类。”

“这么说来，你和我变得一样悲观了？”

“不，我不悲观。”

他用别有用心的笑看着她。

她说：“我也不是没心没肺的乐观主义。”

他说：“嗯嗯，我知道。”

“没心没肺的乐观主义”是他说过的一句话。一对能谈话的夫妻，这是他们对自身的评价，他们常常因此而自豪，但是，两个人也经常会咬文嚼字，抓住对方的一个话把子不放，有时候半夜想起来还会接着吵，吵到天亮。强词夺理、相互伤害的情况越来越多，往往搞得几天不说话，陷入冷战。他们这才发现，一对能谈话的夫妻可能是不存在的。或者说，如果这个世界是可以被广泛谈论的，出色的谈话者则未必存在，尤其是夫妻之间。因为，谈话者很容易成为自己立场的代言人，成为代言人的危险通常都是自我辩护，以取胜为最高诉求，以对方理屈词穷为最大快乐，陷入纯粹的口舌之争，陷入词和词、语言和语言之间的战争。于是她得出一个结论，任何两人之间的谈话都比不上一个人和大自然之间的交流，所以她才要每隔几个月就出一次门，去外面走一走。正是这一段时间的空白容纳了另一个人——梅云。安南的自律则体现在黄绿在的时候不和梅云见面；黄绿不在的时候，尽可能和梅云少见面。

最后这几天，他打算一直宅在家里，绝不出门，不见黄绿以外的任何人。黄绿出门拍照，拒绝他作陪。他就在家里等她回来，计划在阅读中度过剩余的时光。意外的是，阅读变得不太可能了，因为，语言死了，词汇死了，知识死了。不过，他想再一次确认一下，藏在书里面的词语和语言是不是真的死了？这一次他想换一本书，他故意闭上眼睛，任意抽出一本书，再闭着眼睛任意翻到某一页，打开，看到了最前面的一些句子，能想象那些句子后面的作者对词汇和句法是多么有信心，对自己所描述的事物多么有把握。

我必须找到她……

找个地方消磨两个礼拜……

过了没几年，修道院就开建了……

一呼一吸之间存在着世间所有的奥秘……

站在本垒挥棒，一瞬间……

改变未来？那就从改变现在开始……

机会之窗也许转瞬即逝……

安南把手里的书狠狠摔在了地上，他觉得，所有的词语不仅死了，而且任何一个词语的尸体上都沾满了人类的自负和矫情。语言的自负，语法的自负，词的自负，标点的自负。不仅自负，而且矫情。“我必须”“消磨”“修道院就开建了”“站在本垒挥棒”“改变未来”“机会之窗”，他把其中的几处挑出来，单独说出口，试验它们是不是死了，结果又觉得它们好像还剩半口气。应该说，词汇和它们的生命正在逐步分离之中。就像一个人从楼顶跳下，还没有着地，死虽然没形成事实，实际上已经死了。他又试着把一些完整的句子念出来，发现这些句子和句子后面的东西严重失真，连发音都变得飘飘忽忽，很不可靠，就像老师在学生面前念错了字，脸上发烧，只能硬着头皮勉强念下去。他认为，语法和修辞也死了。主谓宾死了。主语加谓语加宾语——我必须找到她——找个地方消磨两个礼拜——机会之窗也许转瞬即逝——这样清晰的线性逻辑里，有一样东西一直是活着的，眼下却死了。它便是人类信心，人类对未来的信心。甚至连说谎都是人类信心的体现，一个人连夜编造谎言，说明这个人对自己的谎言抱有极大信心。喋喋不休和咬文嚼字的人都是有信心的人，狂言乱语的人也是有信心的人。正如我们把捕鼠器放在老鼠出没的地方，是因为对捕鼠器和它的工作原理有信心。但是，现在，信心死了，至少安南的信心死了。于是，词汇、语言、语法、修辞，都死了。

这种体验对安南来说，其实不是第一次才有。二十出头的两三年里，他的语言能力曾经严重退化，什么话都不敢说，一张嘴就脸红，甚至有口吃的迹象。实际上小时候的他，口齿相当伶俐，属于过于能说会道、令人有点生厌的那种孩子。后来喜欢上了哲学，看了很多哲学家和神学家的书，抄了很多本笔记。有时思想激进，有时又异常颓废，但都不一定是自己的看法，大人们的反应总是不冷不热，有时也会冷嘲热讽。于是，他对自己渐渐失去了信心，张嘴说话变得困难了，变成了最可怕的事情，连最家常的话都不会说了。那个阶段假如没有顺利度过，他的一生都有可能就此废掉。后来他有意识观察过很多年轻人，发现了一个规律，每一个人都有一个“语言生命”，这个生命往往要经历一次或几次更复杂、更严酷、更深刻的蜕变和革命，而成人世界和现实环境对这一点往往重视不足，甚至根本没有看到，总是用世故态度或道德眼光加以排斥，于是一个人便陷入语言绝境。一个人的语言生命第一次出状况的时间，一般都在 20 岁以后，刚刚完成大学学业，即将进入由为数众多的过来人组成的庞大社会体系，雄心勃勃地打算成为一个成功者，但是一出手才发现那完全是另一个语言系统，那个系统能够给予一个新人的东西，只会是打击。很多年轻人终究没迈过这个坎，成了一生的失败者，有不少人正是在这个时候得了抑郁症、孤独症、社交恐惧症，有人甚至自杀或去了疯人院。语言源于信心，又激发信心。最好的语言是从内心弹出来的，不是用脑子想出来的。当然，人类也会盲目崇拜语言。著名演说家的语言，总是具有强大的煽动力，比如马伦就是一个演说家。一个科班出身的哲学教授凭什么相信一个自封的天文学家？是呀，凭什么？

马伦

马伦是后半夜回到小重山的。

一方面他要时刻盯住那个向地球飞过来的“黑家伙”，另一方面，他急于想弄清楚，为什么那么多人亲眼看见了自己的未来？尤其是他们看见的未来为什么与自己的天文观测和专业推算大有出入？他本人为什么就没看见呢？

马雷给了他一小包安眠药。安眠药如今可是最紧缺的东西，据说，全市的药店、医院和仓库里，已经找不到一粒安眠药了，不是被抢被盗，就是被个别人独占了。长这么大，马伦连安眠药的样子都没见过，他经常说，天塌下来都不会影响他睡觉。但是，现在他和所有人一样，没有丝毫睡意。其他人是最近一两天才睡不着，他却是连续四五天——先是每天只睡个把小时，再是整天不合眼，所以他打算破天荒服安眠药。他的真正目的是，睡着后前往未来，看一看尚未发生的事情，比如自己是什么时候用什么方式死的？

问题是服几粒合适？他预计，7 日上午 9 时许，木星将会准时报警。他可不想错过那个时辰，现在已经是 7 日凌晨 3 点整了。他想，最好能睡着又不睡过头，在早上 7 点醒来。马雷给了他六粒安眠药，是用白纸随便包起来的。吃几粒好呢？一粒？两粒？他的确完全没有这方面的常识。穆穆当然不懂，小重山没装有线电话，没法问人。

他剥开白纸，看见了六粒圆圆的白色药片，意外的是，药片上并没有任何字样和符号，药片中央有一条窄窄的浅浅的凹槽。看来凹槽并非可有可无，似乎可以躺进去一个人，一个正在为失眠而痛苦的人。不用把药吃进去，仅仅躺在凹槽里就可以了。并不是药起了作用，而是白，白色，纯净的白颜色，几乎在一瞬间治愈了失眠。

“吃几粒合适？”他问穆穆。

“不知道。”穆穆答。

“你当然不知道。”他笑了。

“吃两粒吧。”穆穆给他端来水。

他没有犹豫，吃了两粒。

“对了，不用担心，有你在。”他说。

穆穆呆呆地看着他。

“记得早晨7点一定叫醒我。”

“好的。”

“另外，我如果说了胡话梦话，一字不漏，都给我记下来。”

“好的。”

“晚上没喝牛奶吧？”

“还没。”

“怪不得软绵绵的，还不快去喝！”

穆穆去柜子里取出一大瓶牛奶状的液体，拧开瓶盖，倒满一小杯，喝下去，立竿见影，精神立即变得饱满了。牛奶其实是从海水中提取的重水，兑了些牛奶进去，马伦称之为“小重山牛奶”。穆穆每天早中晚各喝一小杯，就有了电能。

穆穆躺在旁边，睁着眼睛，没等到马伦说胡话。马伦倒是清晰地知道，自己在穆穆的耐心抚摸下真的睡着了，但所谓睡着，不过是变成了一架做梦机器，一个接一个地做梦，一个梦刚结束，另一个梦立即开始，连喘息的时间都没有，就如同坐在过山车上，一直转一直转一直转。而且所有的梦都是“旧梦”，有些做过完全忘了，有些似曾相识，有些印象清楚，好像把一辈子做过的所有梦又重温了一遍，而这很像是死去之前必须完成的一项任务，是对一生的另类总结。不过大部分仍旧边梦边忘，很难说清，只记得最后两三个。

一个是：他在开车，车速很快，正在离开城市。他不知道自己要去哪儿，只有一个隐隐的意愿，让一切在速度中动起来，树动起来，房屋动起来，云影动起来。而动起来的目的，却是静下来，让一切在运动中重新找到静止的状态。当一切动起来又静下来的时候，整个世界，包括时间和空间，包括地面的绿色、天空的蓝色，都变成了一张巨大的无边无际的电影屏幕。之后，他把车直接开进了屏幕，他的车撞破了屏幕，他虽然在车里，但烂了的屏幕还是剐到了他的脸。屏幕背后是仓库一样的世界，到处有橱柜，有抽屉，有各种神奇的箱子、柜子、袋子、盒子，里面全是自己曾经用过的旧东西。那些东西远非宝物，大部分是极其普通的日常用品，比如一双皮鞋、一支钢笔、一只乒乓球拍、一张撕碎并扔掉的纸片，还有梳子、勺子、牙刷、花瓶之类，真是数不胜数。正是这些早就忘干净的旧东西重新出现在面前的瞬间，他的心突然猛地一揪，感受到了超出想象的恋恋不舍，几乎要跪下来膜拜它们了。他还在快速翻找，终于看到了一条粉红色的纱巾，他立即想起来了，那是穆少梅的纱巾，当年大家在饭堂就餐时，她忘在椅子上，被他藏起来了。这让他大感欣喜，他想，能找到这条纱巾，就算此行没有白来。

另一个是：他独自走在弯弯曲曲的山路上，后来走进一条长长的隧道。走了几步，不得不跑起来。因为，他心里有个概念，时间紧迫，时光不饶人。他跑得越来越快，后来突然有了神力，几乎在飞，一转眼就跑出隧道，眼前一下子敞亮极了。他看见洞口左侧的石山脚下坐着一个人，昂着头，注视着远处，侧影像是一个熟悉的男人。走了几步才发现，不是人，是一座和人等身的石雕，留着山羊胡子，从胡子看是一个老人，从眼神看又是一个英俊小生，头上光光的，却明明有头发。因为是石雕，所以显得光滑。他想，摸上去手感一定很好，于是就伸出手去摸，摸着的瞬间又暗暗使了一点力，鬼使神差把“摸”变成了“摁”。谁知这一摁，石雕的脖子就像断掉了，手底下意外变空了，光滑的脑袋迅速耷拉下去，撞向自己的胸脯。一瞬间，他心里明显怕了，意识到自己动作鲁莽，很失礼，心里同时有一个声音——人家可是中国版的上帝！完了完了！他立即松开手，转身就跑，向前跑了几步，觉得不好，又硬着头皮回头跑，打算重新进入隧道。这时，看见石雕的头又弹上去了，仍旧注视着前方，石质的笑容半真半假，故意显出大人不记小人过的样子。他刚跑进幽暗的隧道，没跑几步就醒过来了。

还有一个是：他开着车去郊区农村的一个亲戚家，一杯茶还没喝完，就急着出来了，顺着原路返回。突然，前面出现了另一个村子，他记得刚才并没有经过这个村子，以为走错路了，就停下车，准备问问路。他不由自主地走进去，发现村子不大，有二三十户人家，没一点声音，好像所有的人，包括鸡鸭牛羊，都在酣睡中。村口有一家人，他走进去，推门的时候，发现门是朽的，手一碰，门板就变成灰。进去之后，先是院子，几米之外有一排平房，他走进其中一间，推门的时候，门板再一次一碰即朽，屋内右侧的墙边立着个大座钟，外面是一圈桃花心木，里面是一圈亮亮的黄铜，白色的分针指在罗马数字 IV 和 V 之间，秒针跳动有力，但听不到一丝声音。表盘底下的小方格里有温度、有日期，温度是 25℃，日期是 3 月 8 日。另一侧的大床上睡着一对赤裸的母女，两个睡中人的身材都是凹凸有致，相当迷人，女儿仰躺，母亲侧躺，母亲的腰上搭着一点点被子，屁股完全露出来，像梨，半熟半生的贵妃梨，令他直咽口水。他竟然不担心吵醒她们，轻轻咳嗽了一声，却听不见咳嗽的声音，两个睡中人也是毫无变化，他搞不清自己是不是在做梦，向前走了两步，弯腰拉拉那位母亲身上的被子，想不到这一拉，被子也变成灰了。他突然有些紧张，赶紧转过身，跑出院子，步子很大，但听不到跑步的声音。

马伦醒过来时天已大亮。

“几点了？”

“10 点了。”

“为什么不叫醒我？”

“我一直在等你说胡话。”

“我没说胡话吗？”

“没，一句都没说。”

他跳起来，提上衣裤就往楼上跑。他的角动量监测仪冷冰冰的，毫无动静。

“穆穆，上来！”他朝楼下喊。

穆穆穿好衣服才上了楼。

“它响过没有？”

“没听见响。”

“9 点左右，没响吗？”

“没听见。”

“要你管个屁用！”

“对不起！”

马伦抡起一脚，踢倒穆穆，盯着穆穆从 S 形楼梯上一路滚了下去：“你是穆少梅，你应该知道，角动量监测仪终于工作了，对我有多重要！”穆穆停在二楼的楼梯拐弯处，坐在那儿，仰头看着马伦，说：“你说我现在是穆穆，不是穆少梅。”

“你是穆穆就更应该知道！”

穆穆哭了，穆穆没有眼泪，但一直会哭，哭声有机器特有的质地，响亮、纯粹，声调和强度没一丝变化，单调极了，乏味极了。正因为如此，才越发凄凉，比真人的哭泣凄凉无数倍，就像整个世界在哭，地面在哭，屋顶在哭。他倒想多听她哭一会儿，此刻似乎正需要这种类型的哭。他点上烟斗，跷起二郎腿，冷冷地看向晴朗的天空。

他开始琢磨最后那三个梦。显然，梦有自己的语言，有自己的言说方式。他不会解梦，无法做出准确解读，不过，这些梦，尤其是最后三个梦，都有一种相似的魔幻气质，很魔幻，很有神韵，又很写实，时间和空间、神和人、过去和未来，煮成一锅粥，分不清谁是谁。第一个梦和第二个梦，含意模糊，在可解读和不可解读之间；第三个梦，正是他希望提前看见的未来。3月8日不就是明天吗？梦中有一个非常重要的信号是没有声音，自己都听不见自己的咳嗽声。没有声音说明声波消失，这一点和他的预测完全一致。

怎么没看到更远的未来呢？

怎么看不到自己的死？

他这样问自己。他想，也许多做几个梦，就能看到更多的东西。不过也有另一种可能，看不到更远的未来，是因为自己压根不相信有更远的未来。自己预测声波将会消失，于是就看见了无声世界。你相信什么，就看见什么，原因大概就这么简单。未来也许不是不请自来的一种东西，未来是召唤来的东西。先有召唤，再有未来。从理论上说，他从来都认为时光弯曲和虫洞现象是客观存在的，由于磁场和引力的作用，时间会发生弯曲或出现虫洞，所以人有可能回到过去，也有可能进入未来。不说磁场和引力，单说人——在很深的层面上，人的意识可以回到过去，也可以前往未来。当一个人有了某一种顽固的执念后，意识活动可能会受到执念的阻碍。比如他本人，坚信自己的观测和推算，坚信人类将在几天后和地球同归于尽，所以，他看到的未来就很有限。问题是，人们看到的未来是真，还是他的观测和推算是真？他当然比谁都希望自己出错。可怕的是，今天以前他的全部预测都应验了——日长缩短，电磁波消失，地球引力下降——预料中的每一样都应验了。接下来就看声波怎么样了。

木星错过了，还有火星。

火星的角动量会怎么样?

假如火星的角动量也发生了变化，又和他的计算相一致，那就完了，地球就没救了！他预计次日正午前将会得到来自火星的消息。

明天，明天，就看明天了。

穆穆在一楼炒菜，还在煮咖啡，香味悠扬地飘上来了。他想起刚才踢了她，有些内疚，不过，这可不是第一次。他常常会歇斯底里，突然火冒三丈，把气撒在穆穆身上，一脚把她蹬下床，一巴掌打在她脸上，罚她站两小时，等等。

他准备下楼去哄哄她。

“穆穆，闻到香味了！”在二楼，他就喊。

穆穆围着围裙，在擦锅台。声音和灰尘一样，只往上飘，所以穆穆没听见他的声音。“生气啦？”他来到厨房门口。穆穆看见他，一脸笑容，像一个孩子，转眼就忘了伤心事。“老师。”她的声调依旧那么柔美。他过去抱住她。

“以后别叫我老师了。”

“不叫老师叫什么？”

“你想叫什么？”

她想了想，甜甜地说：“叫亲爱的！”他说：“还是叫我老公吧！”她睁大眼睛，问：“可以吗？”他说：“怎么不可以！”她又想了想，问：“我真叫了，你会不会生气呢？”他说：“我以后再也不生气了！”她问：“老师，你不是说没以后了吗？”他说：“但愿有，但愿有。”她问：“到底有没有呢？”他说：“肚子饿了，边吃边说吧。”

马伦坐在餐桌旁，等穆穆把早餐端上来，一碗粥，两个菜——小青菜、白萝卜，都是自己亲手种的。园子里还有很多，几天内吃不完。

他自顾自地吃起来。穆穆坐在他对面，小口小口地喝她自己的牛奶。每次都是这样，她认认真真做好饭，他一个人吃，她只喝她的牛奶。

吃了几口菜，嚼了嚼往下咽的时候，要用更大的力气。他估计地球引力又下降了至少三分之一。他只好一次吃一大口，变成标准的狼吞虎咽，这样就好多了。可是，这样一来又会恶心，几乎要吐。他强忍着，睁大眼睛，用力往下咽。

"怎么没炒菠菜？"他问。

"叫米亚啃光了。"她答。

他立即站起来，走向窗户，果然，菜园里的一畦菠菜全被啃过了，一半是啃，一半是糟蹋。他愤怒极了，冲出门去。"米亚！"他喊。

米亚卧在院内门口，头垂在地上。

"浑蛋，你怎么了？"

米亚抬起头，耷拉着长舌头，喘着粗气。他走向米亚，在它旁边蹲下来，把它的黑脑袋抱进怀里。他看见它黑色的长毛里夹杂着不少菠菜叶子，身上脚上也都有菠菜叶子。米亚的确很喜欢吃菠菜，但从来没有钻进菠菜地里胡乱踩踏。

"乖乖，你病了吗？"

米亚软软地哼哼了两声，算是回答。

"对了，你也失眠了。"

米亚的哼哼声里有了淘气的意味。

马伦坐在地上哭了，米亚用一种奇怪的吠叫回应着马伦的眼泪。这时穆穆也跑过来了，米亚拼命朝她摇尾巴，打着响鼻。穆穆蹲在另一边，挠一挠米亚的长耳朵。米亚突然来劲了，扑腾跳起来，跑出去几米，又转过身，奋力冲回来，从正面把穆穆扑倒在地。米亚肥大的身子直接骑在穆穆身上，似乎要一口一口吃掉她。

“米亚！”马伦大喝一声。米亚不理马伦，用嘴巴疯狂地舔弄着穆穆的身子。马伦惊呆了，喊：“米亚你疯了？”米亚完全是发情的样子。马伦跑回楼内，提了一把菜刀出来。米亚看见菜刀，慌忙跑掉了。马伦扔下菜刀，把穆穆扶起来，拍打着她身上的尘土，紧紧抱住她，爱意丛生。“没事吧？”马伦问。“吓死我了！”穆穆说。

米亚在院子外面不停吠叫，声音发飘，传向很高很远的地方，能听见别处的狗也在叫，狗叫和狗叫的回声混杂在一起，令人心慌气短。

苏唯唯

“想听你弹琴。”苏唯唯说。“想听谁的？”他问。“我喜欢马勒。”马勒的名字让苏唯唯顺便想起了马伦。“马勒？我也喜欢。”他心里在借机判断她的音乐品位。“我也喜欢勋伯格。”她又说。他眼睛一亮，松开她，走向钢琴那边。

“我即兴弹一个。”他打开钢琴时，心里已经有了一支曲子。他看了一眼窗外的天空，又看了看她，如同得到了天启，立即就弹起来。

她坐回刚才的椅子上。她觉得，他敲出的第一个音符就击中了要害，让她的心一瞬间变得安定下来，尽管幻觉中仍有骆驼笨拙的身影、老虎吓人的吼声。他弹出的曲子，显然和马勒、勋伯格的风格相去甚远，他把单纯表达到了极致，直接是风、光线、阳光和水，又有一言难尽的内涵，是一种正在经受磨难的仁慈，是正在经受磨难的风、光线、阳光和水。她一下子就听懂了。她肯定，他在描述此刻的世界，描述他自己的内心。他并没有作曲，他只是在描述。她也突然明白，音乐其实和古典主义无关，和浪漫主义也无关，音乐不过是人心。有什么样的人心，就有什么样的音乐。她微微闭上了眼睛。他一直在弹，一直在弹。

她看到了受伤的风、受伤的光线、受伤的阳光、受伤的水，还有受伤的仁慈。她看到整个世界受伤了，地球受伤了，人受伤了，连仁慈也受伤了。一切的伤痕都是新的，新新的，这令她不由得眼泪汪汪。她觉得这首曲子让她的心碎了，心碎的过程清晰可见，就像一个有裂纹的瓷器，一直在等着碎掉，等着一次合适的外部撞击。

他扶她站起来，问："好听吗？"

他发现她不仅在哭，而且全身发抖。

"爱我。"她是直白的哀求语气。

他抱紧她，再一次吻她。

"爱我！"她重复。

他抱起她，走向卧室。

他态度坚定地脱掉她的衣服，也脱光了自己。每丢下一件衣服，都觉得好痛快、好轻松，似乎再脱去这么一层衣服，就真的可以飘起来了。他有些急，因为他本人并没有丝毫反应。大概出状况了，大脑和下体之间仿佛有超出想象的距离，从下体传来的信号在中途就变冷了，体内的异常好像还不止这些。她意识到了他的窘境，温柔地拍拍他，她的手像是从天上下来的，有细细的绒毛，未经受过风吹雨打，柔软又温暖。通过她的手，他知道自己可以了，如同复活了。她开始发出一种声音，像某种藏在民间的陌生乐器的声音。

"要死现在死吧。"

"不，不死，不死。"

后来他不动了，想在她怀里好好静一会儿，让时间静止。她闭着眼睛，抱紧他，也谨慎地保持着单一肃静的感觉。一时间，这成了两个身体的共识，就像在灾难发掘现场常见的那样，一对母子，或者一对夫妻，紧紧地搂抱在一起。

"和你昨天看见的一样吗？"

他真的开始回想昨天在恍惚中看见的情景。他马上就知道，和此刻相比，昨天看见的不过是皮毛罢了。她也许并不知道，她的身体本身就是一个奇迹，真的像一面鼓或一把琴，有纯粹的物质特征，他在敲打，他在弹奏，但是，那声音，那气息，那神韵，和他没多大关系。这种感觉也是稍纵即逝，没办法保存在任何形式的记忆里。

最后，他们久久地抱在一起，就像两个小生命在灾难中匆忙躲进同一个洞穴。外面是混乱不堪的世界，人变成了小丑，人只好相互珍惜。他和她都有这样的体会。这一瞬间她完全相信，他昨天看见的一定不假，而马伦的观测和计算错就错在太绝无仅有，这个世界哪可能和一道算式相等呢？之后他们开始说话，全是简简单单的语言：

“来杯咖啡？”

“好的。”

“还不知道你名字。”

“我姓苏，叫苏唯唯，唯一的唯。”

“我叫迟轶，迟到的迟，奇闻轶事的轶。”

她看了看他的头发。

“这两天使劲掉头发，不过我头发本来就不多。”

“我也掉头发，大把大把地掉。”

“你祈祷吗？”

“从来不，我不是信徒。”

“我也不是，但我突然想祈祷。”

“祈祷什么？”

“祈祷地久天长。”

“这两天我也总是不由自主在心里说，阿弥陀佛，阿弥陀佛。”

“为什么不是阿门阿门？”

“我外婆、我妈妈都信佛，从小听惯了阿弥陀佛。”

“歇一会儿咱们去祈祷吧。”

“好的。”

“再洗个澡吧？”

“好啊，要热水。”

他从厨房里烧好热水，一趟一趟提过去，倒进浴缸。有了半缸热水后，他们躺进热水里。当热水漫过大半个身子时，她眼泪唰唰唰地流下来。他把她的一张脸抱进怀里。她说：“亲爱的，水还不够烫。”他说：“我再去烧一壶。”他站起来，正要迈脚出去时，说：“刚才这句话，很耳熟。”她问：“哪句话？”他说：“水还不够烫。”她说：“我是东北人，喜欢水烫一点。”他说：“这些话，昨天的幻觉里都出现过。”他走了，顺手拉上了门。她心里一揪，担心他撇下她不回来了，急忙就跟出去了。在厨房里，她从后面抱紧他，双手环抱在他的腰部。他对这样的亲昵似乎早就习以为常，这场天赐的艳遇看来想躲都躲不过，但是，他看见她赤着脚，10个指甲，有红有紫有白，像10只粉嫩的小蝴蝶，齐齐飞了上来，飞进他的幻觉中。一眨眼，他竟再一次有了某种变化。他着实吓了一跳，躬着身子怕她看见。

“快回去，别感冒了。”

“不，我不想独自一个人。”

壶里的水终于发出尖叫，令人不安的尖叫。他急忙提起壶，去了浴室。他把壶里的水倒进浴缸，放下壶，自己先下了水。随后她也跟进去了。

“怎么又……”

“它有些奇怪。”

“有些奇怪？”

“我在这方面一直不怎么样，为此还看了好几年医生。”

“刚才你好厉害。”

他感到，身体的某部分变得几乎嘎嘎作响，其实心里干干净净，没一点欲望。他也想起这两天他双腿的风湿病也突然好了，一点不疼了。

“还想再来吗？”

他摇摇头。

“你知道什么是黑矮星吗？”

“不知道。”

“我听说，这两天的反常，和一颗黑矮星有关。”

“我听说和外星人有关。”

“一颗黑矮星正向地球飞过来，和太阳引力叠加，吸走了地球上的电磁波和部分引力，地球的自转速度比原来快了，日长缩短好几分钟。”

“哇，好专业。”

“一个懂天文学的朋友告诉我的。”

“接下来会怎么样？”

“接下来，它会离地球越来越近，一天比一天近。听说，会和地球正面相撞。”

“正面相撞？”

“听说黑矮星的体积比地球小，但质量很高，比地球高无数倍，是非常坚硬的黑色晶体，黑矮星砸在地球上，就像大铁球砸在乒乓球上。”

“不会吧？”

“这两天的情况，已经应验了。”

“这两天谣言太多。”

“看这架势，来者不善。”

他抬起头，转动眼珠，想象着外面的情形。他们没泡多久，就匆忙穿上衣服出门了。他们打算去找个地方祈祷，不管是阿弥陀佛阿弥陀佛，还是阿门阿门。这是他的主意，他的一半意思是，随便干什么都可以，只要不继续留在浴缸里。

先到了他家附近的一座教堂。他家和教堂之间隔着几栋高楼和一片树林，所有的树都是光秃秃的，满地绿油油的落叶遮住了林间小路，能感觉到空气里有嗡嗡嗡的声音，来自林子对面，就像收音机里经常出现的干扰声，十分模糊和杂乱，但明显集中在几个单一的音调上。她心里隐隐一动，急于想成为庞大声音中的一部分，是一种突如其来的冲动，就像猫闻见了腥味儿。恰在这个瞬间，一只小松鼠从一棵树上斜斜地飞过来，落在他们面前的落叶上。她尖叫一声，扑进他怀里。“万能的主啊！”她心里不由得飘出这样的声音。

她原本是比较熟悉基督教的，一个精通几国外语、做过外交官的人，怎么可能不熟悉基督教呢。那个法国男友也是地地道道的基督徒，他曾试图给她传教，给她讲耶稣基督的故事，引导她阅读《圣经》。一开始她只是不拒绝听那些东西：上帝、天父、罪、国……另外，她也觉得基督教听上去和看上去都比较时尚和洋气，因而暗藏着一种学习和了解的欲望。某一天，法国人装作不经意地让她听见了几首从国外带来的灵歌，那种认归、依附和信靠的味道，让她突然意识到自己是一个孤苦伶仃的孩子。自己不缺男人，但是，她的确缺一个父，自己长期以来真的需要一个父，一个与喜欢喝酒、抽烟、吹牛、满嘴脏话的父亲不同的父，一个一抬头就能看见的亲近又遥远的 father，对，那个父甚至只能用英语 father 来表达……在完全没有防备的情形下，她痛哭流涕。这辈子她从来没有那样掏心掏肺地哭过，她相信自己已经冲破了最后一层纸，可以不再拘泥于《圣经》故事到底有几分真，几分假。因为说到底，要不要成为一个信徒是自己的事情，是私人的事情，就像爱情，不可以通过投票和论证来决定。而那位对布道更有兴趣的法国人也欣喜万分，第二天就带她去了教堂。意外的是，很多人集中在一起祈祷的样子令她毛骨悚然，那种五体投地的场面，让她心里立即出现了一个声音：主啊，人到底做了什么，必须如此五体投地？这句话让她无论如何张不开嘴，所以，当时她只是捧着《圣经》一声不吭。她没有勇气向法国人承认这些。“你哪怕掉了一根头发，上帝都知道。”法国人用半生不熟的汉语多次向她讲过这句话，暗藏威慑她的意味，可是越是这样她越不喜欢。

教堂里没可能再挤进去一个人了。

门外面有四五百人。

可以猜想门里面至少有两三千人，声音也能证明这一点。仅仅从身后看信徒们深深跪倒的样子，就知道他们的精神世界已经濒临崩溃，只是身体还在勉强做着挣扎。有些人一看就是新手，昨天或者今天刚加入进来，祈祷的时候嘴巴僵硬、唇语单一，就像合唱团中的一些人在假唱，甚至还有人一丝不挂，浑然不觉地和大家拥挤在一起。不过，苏唯唯觉得每一个人都是自己，眼前这些人的状况正是自己的状况，就像在逛一个处处有镜子的商场，意外从一个反射面上看到了自己的脸，发现自己比谁都虚弱渺小、一文不值，需要被拯救。苏唯唯想，如果还有"以后"，以后只愿做一个虔诚的信徒，做一个忏悔中的人。

主啊，我们在天上的尊主……

愿你免我们的罪……

阿门，阿门，阿门……

这声音是从教堂深处传出来的，听得出，牧师手持喊话器在带头，牧师喊一句，其他人跟着喊一句。牧师的嗓门很大，从喊话器里传出来，更是咄咄逼人。牧师是带头祈祷的那个人，又像是上帝本人。所有人都用最大的嗓门和最深的诚意在喊，就像要把心掏出来。声音被教堂的房顶和墙壁压缩之后，再从敞开的大门里挤出来，然后向四周飘散。每一个词、每一句话都微微变了音，循环往复中又经过相互推搡和改变，更是严重失真。一些弱小的声音从深处慢慢蠕动上来，刚刚到达表面，又重新被更大的声音压了下去。

她看见他跪下了，一脸悲怆，模样有点吓人。她犹豫了一下，很想跪，但终究没跪。她心里还剩下少量的顽固和厌恶，但足以阻止她跪下来。她曾经多次有过这样的体会，和别人没啥大区别，只剩下一丁点不同之处，往往却顽固不化。

一个女人歪着头，捧着半个脸跑了出来。

一个男人跟出来，扶住她。

出门后，男人嘶哑着嗓门喊：“我老婆牙床脱臼了，谁有办法？”

没一个人表示听见了。

“我老婆牙床脱臼，谁有办法？”那人又喊。人们还是没有任何反应。男人只好扶着女人向树林那边跑去。苏唯唯也不由得转过身走开了。

祈祷声一直在持续，就像超大的瀑布在空中发出的声音，永远不会落地。她心里突然有了一句话：我如果此刻离开，还是他预先看见的剧情吗？

无论如何，她决定离开，快快离开！

她快步朝树林那边走过去。

凌千里

听说关广文来家里了，凌千里立即闭上眼睛装迷糊。关广文坐在师父床前，听大家介绍师父这两天的情况，主要讲了和他有关的部分。比如，他们曾经是美国大兵，同一天死；再比如，他们曾经跟同一个师父学过轻功。关广文听了，看不见有多么吃惊。“脑化学出了问题。”他盯着师父的后脑勺说。对他的话，大家反应冷淡。“刚刚听一个科学家说的。”他又说。大家还是没兴趣，不怎么理他。他扫了大家一眼，说：“你们没发现这两天的人都怪兮兮的？很多癌症患者突然好了，甚至有人死了又活了，刚才还碰到一堆女人，都没穿衣服，一点也不害羞。科学家解释，和电磁波及引力的变化也有关。大脑皮层中有电能，来来往往的信号要靠电能传递。现在，电磁波消失了，引力也下降了，头脑里的电能和电波就算还在，也肯定受到了影响，影响多大，难以估算。于是各种怪事就出来了，很多人提前看见了自己的死，很多人回到了自己的前世。师父突然跳进四维世界，应该也一样。”

王美姝问：“你没看见什么吗？”

关广文说：“我忙得要死，一直没合眼。”

王美姝说：“这两天手机和网络用不了，你应该比平常闲多了才对。”关广文并没听出此话的言外之意。

发了发呆，关广文又说：“说起手机和网络，我想起了另一个说法——

也是一个科学家说的，他说，我们的大脑里本来装满东西，为了处理这些海量的信息，大脑整天在嗡嗡嗡嗡地运转和紧锣密鼓地应对，脑细胞一刻不停地在自我提炼、自我成长。在这个过程中，脑细胞和神经元的结构和格式早就更新换代了，突然这一切都没了，一切都被清空了，没有信息可处理了，这倒不要紧，可怕的是，脑细胞和神经元仍然凭着惯性在叙事，不是用可靠的系统叙事，而是用纯粹的机缘巧合在叙事，用纯粹的化学特性在叙事，于是乎，各种精灵、各种幽灵、各种妖魔鬼怪就出现了，有人回到了前世，有人看见了来世。”

王美姝说：“一套一套的。”

关广文笑一笑，说：“刚听来的，现学现卖。”

“有没有内部消息？”

“现在这种情况，内部和外部没区别了，唯一的内部消息是，这次灾难是全球性的，所有的国家、所有的地区都遇到了一模一样的情况。”

“什么原因？”

“原因还不清楚，但肯定是一个宇宙事件。”

“接下来会怎么样，地球不会毁灭吧？”

“谁也说不清接下来会怎么样。我师父是怎么说的？”

“你看，他一直迷迷糊糊。”

关广文和王美姝谈话的过程中，原本装迷糊的凌千里真的迷糊过去了。他再一次跳进了四维世界，从这边到那边，真的有“跳”过去的感觉。不是跨栏运动员那样跳，好像只是有人把他的视神经轻轻拨了一下，视神经像一根细细的钓鱼线，把整个人带进了另一个世界，一个让刚刚离开的那个世界立即相形见绌的世界。眼前的一切仍然是明显浮夸极度艳丽的风格，接近印象派画风。太阳的红色让他想起王美姝的月经，红色的上面还叠加着少量的橙色。太阳周围的云彩被风撕成碎片，薄薄的，比玉还白，令人肃然起敬的那种白。土地——竟然也有土地，凡是没草没树没房屋的那些地方，看上去黑油油的，可真是诗人们所说的“黑土地”。不远处的地平线上有一些灰色的隆起，很像古代山水画家笔下的远山。他辨认了一下，确信自己迈着轻松的脚步走在半软半硬干干净净的山路上，也就是说，自己实际上行走在一个世俗世界里，脚下明明是山路，路两旁明明是草地，又绿又细又尖的没完没了的草，由近到远，预示着远方的存在。十几米之外有一堆牛粪，散发着刚刚落地时的那种气味。隐约听见了读书声，其中明显有“之乎者也”。他心里便有了个疑问：我是不是来到了孔子的时代？

“凌先生你好！”忽然传来一个声音。

一个年轻人和声音同时现身，就在三米之外，十七八岁，并不是孔子时代的装束，而是时髦的模样。三七开的分头，T 恤，牛仔短裤，嘴唇微微翘起。他觉得，这个人很陌生，又像是很熟悉，只是一时想不起是谁。“你好！”他笑着回答，心里很纳闷，这个人究竟来自哪里？周围并没有任何房屋，天空既没有飞行物，地面也严严实实，只有缓缓绿向天边的青草。“我们在时间的缝隙里。”那人发音极为清晰有力，刚好和他那伙弟子相反。“时间的缝隙？”他问。“是呀，你看这么大的缝隙。”那人看了看远处。

“这不是空间吗？”

“空间在时间里，一切都在时间里。准确地说，在时间的缝隙里。”

“时间有缝隙？”

“当然有！”

凌千里半信半疑。

“打个比方，电影通常是以每秒 24 帧放映的，这个速度正好是人的大脑处理图像和信息的最佳速度，也是人感知世界的基本速度。但是，如果让放映速度尽可能地慢下来，你想会出现什么情况呢？看电影的人就会看见原来看不见的一些内容，比如，一些遗憾、一些拍摄瑕疵、一些稍纵即逝的细节，甚至一些一闪而过的人物……”

“原来时间是有缝隙的。”

“你跟我来一下！”

凌千里跟着他，心里暗怀担忧。

“这个人，你认识吗？”

这时，另一个人，一个大个子，和刚才一样，翩然出现在他们面前，像电影里的“化入”镜头。此人的装束和气质倒符合印象中的先秦风度。“我是吴国庆忌，你应该认识的。”此人说。凌千里坚决地摇摇头。此人扯开自己的衣襟，亮出肚子。凌千里看见此人的左乳下别着一把剑，剑柄血红，血流不止。这让他想起刚才看见的太阳的颜色，很像王美姝月经的那种红色。此人又转过身，果然，半尺长的剑尖露在外面。“这次总该想起来了吧？”此人的牙缝里似乎有久久不散的回音。凌千里已经相信这事和自己有关。

这时，第三个人出现了，很瘦小，没右臂，丑得出奇，让人移不开眼睛，非看不可。“要离。”他轻轻叫出了对方的名字。因为，要离让他的记忆一下子苏醒了。面前这个独臂男人正是他本人——2600年前的自己，名叫要离，算是一个名垂青史的人物了。为了替吴王阖闾除掉庆忌，他唱了一出著名的“苦肉计”，假装以阖闾罪臣的身份，去投靠庆忌，多年之后，杀掉庆忌。成为什么样的罪臣才能让庆忌百分之百信任？他要求阖闾杀掉自己的老婆和幼子，断掉自己的右臂，然后，“庆忌必信臣矣”。庆忌身上的那把剑正是他戳进去的。他还记得，那个瞬间江面上起风了，风很大，船使劲摇晃，他和庆忌，一左一右，一个小个子和一个大个子，双双站在船头，眺望着近在眼前的吴国。庆忌差点摔倒，伸手扶住他右肩。他用左臂抽出剑，一转身，把剑刺入庆忌前胸，丝毫没有手软。庆忌咣当倒在船头，他就成了首领。他带着庆忌的人马上了岸，到了吴国，把庆忌的尸首交给吴王阖闾。

几天后，吴王阖闾要奖赏他。

他早就想好，到时候在吴王阖闾面前自刎而死，还要带上自己的右臂。离开吴国前，他已经把自己的右臂晒干了，计划将来死后有一个全尸。死前的几句话也是事先想好的："大王啊，咱俩合演了这出苦肉计，不过馊主意是我出的，我一点也不后悔。只是，我不能接受您的奖赏，原因有二：一者，我有愧于我老婆和儿子；再者，我愿意付出这么大的代价杀庆忌，是为了国家和百姓的安宁。"他知道这些话将被写入史书，也相信他的死将照亮整个历史，但他万万想不到有另一部活生生的史书，藏在"时间的缝隙里"。

他正想和要离聊聊天，却被穿T恤的小伙子带走了。"跟我来，还有。"小伙子说。要离举起左臂，向他挥手。庆忌也挥手和他作别，面带怪笑。他心里有个愿望，想留下来，和他们永远在一起。这时候，小伙子过来拉了他一把。他只好硬着头皮继续向前走去。没走几步，又是一次无痕的"化入"，面前闪出七八个人，都是普通百姓，有人戴着大草帽。"他们七个呢？认识吗？"小伙子问。他双膝一软，跪了下来。他一下子明白了，全明白了，时间的缝隙里藏着一个人所有的秘密，没有谁的秘密比这儿的秘密更多，没有哪一种秘密比这儿的秘密级别更高。如果继续看下去，不知还会有多少可怕的秘密。

他想求饶，他实在不想看下去了。他急忙向小伙子坦白，但不是因为坦白从宽，抗拒从严，只是为了诚心诚意地坦白："想起来了，想起来了，一天，我和战友比赛，把一枪膛子弹打完，看谁打死的人多，我打死了七个，平均两发子弹打死一个。其实，我打死的人何止七个，我指的是无辜百姓，不包括军人。我们经常玩这样的游戏，只要不当着长官的面就行。在战争中，开枪打人是轻而易举的事情。战争中的人只有两种，活着的人和死掉的人。活着的人随时可能死掉。在战斗中，子弹飞出去，让别人死，就是让自己活。每一颗子弹飞出去，自己的安全感就增加了一点点。一次激烈的战斗结束之后，哪怕远离战线，幻觉还在，焦虑感还在，随时觉得会有子弹打穿自己的心脏，看见任何人都是敌人，都有可能把自己杀掉，所以总想开枪。杀了别人，等于自己又活了一回。在理论上，就是这么简单。”

“嗯，你还算诚实。”

“就这些吧，还有别的吗？”

“你再仔细看看，认识我吗？”小伙子指指自己。

“你？你是，你是……”

“五年前的今天，3 月 7 日……”

“你是那位卡车司机？”

“对了，你不知道我的名字。”

“对不起，对不起。”

他眼前闪出五年前那一幕：

他开着新买的宝马车去兜风，下了高速，来到一条普通的山路上，山高路窄，空气里弥漫着油菜花和生石灰混合在一起的味道。不久，一辆卡车从前方的岔路上开上来，不左不右，偏偏开在路中央，车厢里有湿湿的沙子不断流下来，他摁了好几次喇叭，卡车不仅不让路，还故意放慢了速度。他窝了一肚子火，后来终于借拐弯的机会超过去后，把新车横在路面上，下了车，靠在车旁，抱着膀子，准备教训一下卡车司机。正是刚才那个年轻人，分头，T 恤衫，上翘的嘴唇。年轻人下车了，挥着一把大号的红色管钳快步向他走来，满嘴脏话：“你狗 × 的怕是皮痒痒了吧！”搏击教练一动不动，等年轻人先动手。红色管钳劈头而来的瞬间，他轻巧地闪开身子，结果是，管钳把新的宝马顶盖砸出一个明显的凹痕。他心里疼了一下，毫不手软地抡出拳头，打在年轻人的脑门上，年轻人嗖地飞出去，身子后仰，落在几米外的悬崖边。他等着年轻人爬起来，如果还猖狂，就再给上一拳。可是，年轻人躺在那儿一声不吭。

这不奇怪，250 公斤的拳头没几个人吃得消。可怕的是，年轻人双腿蹬了几下，再也不动了。他跑过去，看见年轻人脑门已经裂开，血流如注，血色半红半橙。他急忙查看路上的情况，前前后后既没车，也没人。他没有迟疑，先把年轻人抱上卡车，放在驾驶座上，系好安全带，再把卡车发动起来，站在车门上，向悬崖那边转动方向盘。卡车跌下悬崖后立即起了火。他装作没事，继续前行。他记得随后的空气里只剩下生石灰的味道。回来的时候他走了另一条路。

“我错了。”

“我也有错。”

“那个瞬间，我忘了自己是搏击教练。”

“搏击教练？难怪！”

“我该怎么办？”

“你自己应该知道怎么办。”

“我会去自首。”

“你得自首 1000 次。”

“1000 次？”

“后面还多着呢！”

“求求你，让我回去吧，我不想看了。”

“不，好不容易来一趟。”

“我不想看了，真的不想了。”

“好吧，我送你回去。”

于是，凌千里就“回来”了。

守在身边的王美姝和几个弟子发现他突然满头虚汗、狼狈万分，费了九牛二虎之力终于睁开了眼睛，看见大家后，只停顿了半秒钟，就放声大哭起来，音质和声调完全是孩童才有的感觉，又有特别苍老的一面，单调如一、毫无变化的哀哭一直在持续。哭的时候，一会儿睁开眼，一会儿闭上眼。哭声在房间里上下游动，就像这两天的灰尘和飞鸟。王美姝和弟子们被这样的哭泣镇住了，不敢说一句话，只等他哭完，哭个够。

“我要去自首。”他说。

“到底出什么事了？”王美姝问。

“我要去自首。”他重复。

“到底怎么了？”王美姝拍拍他的脑门。

“必须去自首。”他又哭起来。

“师父，师父……”一伙弟子的脸悬在他头顶，让他想起刚才的一些情景。“你们走开，都走开。”他还在哭。弟子们不听他的，并不走开。“你们走开，快走开！”他的声音里只有恳切，没有愤怒。王美姝回头示意大家暂时躲一下。

“到底怎么了？”王美姝哭着问。

“必须去自首。”他坐起来，突然就不哭了，没丝毫过渡。

弟子们重新拥了过来。

“那好吧，你们陪我去自首。”他变得冷静又柔软。

一伙弟子齐齐地跪在他面前。

“五年前的今天，我杀过一个人。”他说。

“不可能，你不可能杀人，你肯定着了魔了！”王美姝大声说。

“他的确杀过人！”这明显是另一个人的声音，由凌千里用嘴说出来的一个年轻男子的声音。眼神也变了，长相也变了，嘴巴微微上翘。

大家惊呆了，一时静悄悄的。

“你们不知道，他杀过很多人！”这声音并不大，虽然年轻，但瓮声瓮气，就像直接出自喉咙，令人心惊肉跳，连空气都在咔咔作响。

王美姝不小心跪下了。

“请问，您是谁？”

“我是死在他手上的一个人。”

“什么时候？有证据吗？”

“五年前的3月7日，他开着新买的宝马，一看就是新买的，后视镜上的红丝带还在。我开着卡车，拉着一车沙子，我挡了他的路，一开始是不小心，后来是故意的。他超了好几次，都没超过去。再后来，我不想跟他玩了，主动给他让了路，想不到他开过去之后，把车横在路中央，抱着膀子靠在车旁，牛烘烘等着我。我也不是被吓大的，提了根管钳下了车。我承认，是我先动手的，但我没打着他，他一闪身就躲开了，管钳砸在宝马的顶盖上，把新的顶盖砸瘪了，他气坏了，一拳打过来就要了我的命，我的头像西瓜一样裂成两半。他一看路上没车没人，就把我抱进卡车的驾驶座上，系上了安全带，接着把卡车开了几百米，他自己跳下去后，卡车又滑行了几十米，掉进悬崖，紧接着起火了。那地方名叫燕子崖。”

新车上路的第一天就去修车，很晦气，这事王美姝印象深刻。凌千里也描述过和一个卡车司机打架的经过，只是没有说起过死人的事情。

“你有什么要求？”

“我？我没有要求。”

“没有要求，那就请你放过他。”

“好吧，你们和他商量。”

这时，这个声音隐退，变成凌千里的声音。

“我要去自首。”凌千里的口气还是像孩子，又有些一本正经。“我要去自首。”如同一个孩子在父母面前哀求着什么，一个顽固不化的孩子。

王美姝问：“你自首，我怎么办？”

一伙弟子也问：“师父，还有我们，我们怎么办？”

凌千里说：“没几天可活了。”

王美姝问：“没几天可活了，到底啥意思？”

凌千里长叹一口气，说：“反正，大家都没几天可活了！”

几个人相互看看，神情痴呆。

一个弟子问："师父，这是你在四维空间得到的信息吗？"

凌千里含糊地点了点头。

关广文

关广文派人专门调查那些声称提前看到未来的人，到底看见了怎样的未来，尤其是看见了多远的未来，结果可以说是相当乐观。那些偶尔睡着或昏迷的人，有人回到了遥远的过去，说着奇怪的方言，连最厉害的语言学家都不一定听得懂，看到的情景竟然符合考古学家才略知一二的知识。不少人言之凿凿，看见了自己的老年，甚至看见了自己的死，有时间有地点。一个同事说自己死在10年后的一次追捕行动中，怎么死的，身旁有谁，悼词怎么说的，子女如何哭的，一律清清楚楚。归纳起来，这些“未来”有如下共同点：

1. 某一天大雪纷飞。

2. 又一天，整个世界突然陷入死寂，鸟叫声、滴水声、脚步声，统统听不见。到处都是睡着的人，很多人全身赤裸睡在雪地里。

3. 海平面急剧上升，海边的城市和村庄被海水淹没，处处都是逃向内陆的人群。

4. 来电了，移动通信恢复，手机可以用了，石英钟又在走了。

5. 声音没了，又有了。

6. 海水又退回原来的位置。

7. 出现过罕见的大地震。

8. 出现过大范围的极热天气。

9. 沙漠变成绿洲……

以上情形，只有第二条和马伦的预测一致，即声波消失。但是，恰恰是这一条，也证明了人们提前看见的未来并非完全不可信，值得重视。

关广文连续三天没合眼，他很想睡着一会儿，用自己的亲眼所见证明马伦在胡说八道。手里不缺安眠药，但一直没顾上用。他想起一位奇人，他想，那家伙也许能帮他睡着。一个名叫田三的蛊师。蛊，主要靠咒语完成的一种蛊术，很古老，很可怕。这个田三，被他秘密关在郊区的一所监狱里已经整三年了，他也想顺便把人家放了。

他立即骑摩托车去见田三。

田三这个人，从小没父亲，弟兄三人随母亲长大，田三排行老三。母亲靠种地拉扯三个孩子，很不容易，日子穷苦不说，还经常受人欺负。所以，五六岁的田三，常常幻想自己长着三头六臂，或者有什么别人没有的绝招，一出手就可以制服坏人。其实这是人人有过的幻想，在田三这儿，却慢慢发展成一种强烈的仇视社会的心理。田三偶然听说山里藏着一个老蛊师，瓦罐里养着很多毒虫，比如蝎子、蜈蚣、蜘蛛、蛇等，所谓养，其实不喂任何东西，让它们自相残杀，活到最后的一个便是最有生命力的一个，毒性也最大。它就成了蛊的好苗子，留下来开始对它施行一种秘密的蛊术，直到成为真正意义上的蛊，再悄悄放出去，用咒语遥控它，和谁有仇，就让它去谁家害谁，甚至能够千里迢迢追踪某一个目标，将目标致残，或致死，事成之后还可以把蛊收回来。13 岁那年，田三突然辍学了，不听妈妈和两个哥哥劝阻，上山找到那个老蛊师，死乞白赖地认老蛊师当干爹，并发下重誓，绝不外泄秘密。于是，老蛊师就把自己几十年的绝技传给了他。这个老蛊师放的是“尸蛊”或者说是“蝇蛊”。老蛊师年轻的时候赶上战乱，那时候，来不及掩埋的尸体随处可见，这些尸体会滋生一种名为“红头蛆”的蛆虫，个头虽小，却有剧毒，红头蛆的成虫就是蛊蝇，比它的蛆虫毒性更大。当时，老蛊师在他师父的指点下，驯养了一批蛊蝇，藏在不为人知的古墓中，定期喂给五毒蛇虫，这样的蛊蝇不单单是毒性大，还浸染着古墓中特有的瘴气，很可怕！田三19岁那一年，老蛊师病死，已经成了一流蛊师的田三回了自己家，开始了他的复仇行动。他总是先去墓穴中偷偷取回几只蛊蝇，放进一只长长的竹筒里，再把仇人的姓名写在一张黄纸上，画上鲜艳的朱砂符，写出只有他自己看得懂的咒语，然后一同装进竹筒，密封好，供在香案上，点燃三根香，盘膝而坐，嘴里不停地念着咒语。如此这般二十一天之后的某个深夜，他就神不知鬼不觉把蛊蝇放出去，远的不出三天，近的不过两个时辰，就有人中毒了！中了蛊毒的人通常都是面色涨红，神志不清。如果田三不想置对方于死地，中蛊者就像一个卧床不起的鸦片鬼，什么事也不能干，只能保住一条性命。反之，会在短时间内一命呜呼。一时间，田三把一个山村搅得鸡犬不宁、人心惶惶，有人就报了案。当时，关广文正好在那一带的一个乡上当派出所所长，关广文立即带人把田三给抓了起来。但是，这却是一件地地道道的无头案，定案需要大量证据，去哪儿找那些似是而非的证据呢？关广文只好软磨硬泡，尽可能套田三说话。关广文也想知道，传说中的放蛊到底是怎么回事。为了讨好田三，关广文先派人去把他的几个仇人抓来，该法办的法办，该教训的教训。田三感激不尽，对他说，关所长，你千万不要打听这里面的秘密，要不然你会沾上晦气的，家里人都跟着倒霉。不过，关键内容我打死也不会对任何人说的，绝对不会说的。另外，我告诉你一个对付蛊毒的办法，把降龙木碾成粉，拌上朱砂和陈年老醋，做成一只小布袋，挂在身上或家里，可以防一般的蛊毒。田三一直被关广文关在郊区的一所监狱里，等于被关广文非法拘禁了。除了关广文和那所监狱的头头，没任何人知道。关广文的理由是，这家伙对社会对人群的仇视心理还在，一旦放出去，那个山村的人，甚至更多的人会遭殃。实际上，另有一个理由，那才是最重要的理由，他自己也未必意识到：留着田三，为己所用，也许迟早用得着的。

关广文在田三的单人牢房里见到了蛊师田三——手上戴着铐子，神情萎靡，但目光仍旧锐利，骨相奇特，一看就是一个智商不低的怪人。

“我想你了。”关广文说。

田三看一眼关广文，不相信他的话。

“别指望我把你放了！”

“你最好别放我。”

“为什么？”

“你把我关了三年，不能白关了。”

“什么意思？”

“这三年我只干了一件事情，练习咒语。白天练习晚上练习，站着练习睡着练习。现在，从我嘴里出来的咒语可比几年前厉害多了。”

“所以我不可能放你。”

“嗯，最好别放，再关上三年。”

“这两天你睡觉了没有？”

“没有，睡不着。”

“你也睡不着？”

“监狱里的人都睡不着。”

“我也是，好几天没合眼了。”

田三撇了撇嘴。

“你是蛊师，肯定有办法让人睡着吧？”

田三不说话。

关广文摸出钥匙，打开田三的手铐。

“改主意了？”

“这两天，回家看看吧。”

“然后呢？”

“然后？问题是有没有‘然后’。”

田三没听懂关广文的话。

“回家前，先帮我一个小忙。”

田三看着关广文。

“想办法让我小睡一会儿，没问题吧？”

“这两天的咒语不太灵了。”

“怎么不灵了？”

“舌头发飘，嘴像猪嘴。”

“那就别出声。”

“我试试看。”

“就在你这张床上。”

“好吧，你躺下，我试试。”

关广文脱了鞋，和衣躺在田三的单人床上。田三在一把矮凳上坐好，合眼入静。关广文也闭上眼睛，配合着田三。田三开始用腹语念咒。

两三分钟之后，田三仿佛看见有东西从关局长的脑门上飘出去了。在田三的想象中，那是关局长的灵魂，灰蓝色的一团，质感在微微变化中，飞高后，撞在房顶上，弹了弹，被看不见的气流吹向对面一个角落，然后停住不动了。再看面前的关局长，嘴唇的线条松松地舒展开来，五官有些扁平，脸盘大了许多，差不多是死了的样子。

身体静止，灵魂上升，关广文在梦中清晰地体会到了这个过程，其中甚至含着一点点浪漫，灵魂和肉体，像两个伙伴一样好像在玩耍、在捉迷藏，灵魂躲在房顶，等着被肉身发现。灵魂相当清醒，可以想人、想事、想问题。灵魂一时就想起了很多人，家人、同事、朋友、犯人……不过一切只是一闪而过，不带感情，不爱惜，也不憎恨，感情像是特意被过滤掉了。思维轨迹明明白白，简单如一，易于描述：世界上如果有永恒，唯一永恒的东西是流动，照片、数字、词汇、爱情、怨恨……一切都是流动中的微小颗粒。

紧接着，房顶上的关广文就发现，自己需要的“睡着”，不是这样的：单单身体睡着了，灵魂还是醒着的。这没用。自己要的是普通的睡着，身心合一的那种睡着，灵魂处在混沌状态、无管制状态，这样才有可能回到过去或看见未来。

可是，他无法和田三对话。

在梦中，他看见这间单人牢房四四方方，一张单人床占去了大部分空间，床对面的小隔间里，下有便桶，上有淋浴用的喷头，还不错。他看见田三闭上了眼睛，嘴唇一动不动，倒像睡着了。他想落回自己的身体里去，却做不到。梦中的灵魂是一抹奇怪的气团，没有四肢，没有皮肤，没有嘴巴。灵魂最自由，也最不自由，假如不是被田三用咒语定在此处，大概就只剩下一种可能：随风而去。风让你向东，你就向东；风让你向西，你就向西。他这才知道，原来，一个人的身体永远无法摆脱的孤单感和孤独感，是灵魂的味道，灵魂不知不觉散发出的味道，就像杏子的味道来自杏仁。现在，他有点羡慕三米之外的那具肉身了。羡慕肉身有手、有脚、有嘴巴、有皮肤；羡慕肉身的每一个特征，呼吸、疼痛、哭泣……

他再一次打量着三米之外的身体，他能看透它，红红的心，有些发黑的肺、胃、肾、肝、脾，曲张的静脉血管，缺了半截的一颗门牙……大多数器官，他竟然叫不出它们的名字，这令他又吃惊又羞愧，就像一个父亲叫不出孩子的名字。

他又看到了腰右侧的那把灰色手枪，多么精美巧妙的一个小东西，但是，和任何一种人体器官相比，它都显得丑陋极了……他想起了自己的射击秘诀，也可以说是射击天赋，在一个小小的瞬间，他能让眼睛同时看到目标此刻所在的时间，以及目标下一刻将至的时间，等于把下一刻的某一个时间单元从流动的时间里抠出来。

他看见田三抬起了头。田三突然歪嘴一笑。田三盯着他附近的蜘蛛网，应该又在给蜘蛛念咒，果然，一只蜘蛛梦游一般从灰网里跳下来，向他屁颠屁颠地爬过来。他看见这只蜘蛛个头不小，他可以看见它身上细细的绒毛，还可以看见它触角上小小的锯齿。他还看见，它脊背上驮着一把小提琴，惟妙惟肖，漂亮极了。他想起来了，这种蜘蛛叫小提琴蜘蛛，是很多人的小宠物，据说有毒，能融化人体内的细胞。好在他现在只是灵魂，没有肌肤，没有细胞，不用担心中毒……小提琴蜘蛛发现了他，开始向他吐毒汁。他试着和它说话："喂，别吐了，吐了白吐。"想不到它立即听懂了，说："请你走开，这可是我们的地盘。"

"怎么是你们的地盘？"

"屋顶向来是我们的地盘。"

"好吧，就算是你们的，请你滚回蜘蛛网里去。"

"是底下那个家伙让我来的。"

"你认识他？"

"他叫田三，我一出生他就在这儿。"

"你了解他吗？"

"他是蛊师。"

"你是不是他的蛊蝇？"

"是呀，我的命不好，降生在这么个屋顶。"

"你是公的还是母的？"

"当然是母的，公的早叫我吃掉了。"

"叫你吃掉了？"

"是呀，蜘蛛都是这样的，公的和母的交过尾，母的就要把公的吃掉。"

"为什么？"

"你没发现吗？我们蜘蛛世界从来没有战争，从来都安安静静。"

"这就是母蜘蛛吃公蜘蛛的原因？"

"差不多。"

"把公蜘蛛吃了，以后怎么交尾？"

"对我们来说，交尾没那么重要，交一两次就够了。"

"那活着还有什么意义？"

"只有人类才会纠缠意义，我们只要安静。"

"是呀，人是讲究意义的动物。"

"我们喜欢这样的人类。"

"为什么？"

"因为意义，人类永远争吵不休，战争不断，好戏连连。"

"可是，如果不讲意义，人类还算是人类吗？"

"我们喜欢这样的人类。"

"为什么？"

"你们人类，人人都是演员，你们天天都在演戏，每时每刻在演戏，就在我们的眼皮底下演戏。原子弹爆炸、核电站融化、电网停顿、网络颠覆、股票黑幕、武装抗争、贸易摩擦、经济制裁、恐怖袭击……大大小小的戏，都是在我们眼皮底下策划的。形形色色的戏剧人物，也是在我们眼皮底下出生的，接班人、继承人、黑寡妇、亡命徒、DNA 专家、弹道专家、革命者、告密者……"

"人类的很多科学实验、发明创造也是在屋顶下完成的。"

"那又怎么样？"

"人类越来越进步，越来越文明。"

"你们人类的确进步了，但是，屋顶下再也没有任何秘密可言。"

"没有秘密？你凭什么这么悲观？"

"我们存在的价值，就是独享人类的秘密。"

“原来如此。”

“不过，我们对人类已经没什么兴趣了，因为人类的秘密已经没多大意思了。人类现在变得和我们蜘蛛差不多，整天生活在蜘蛛网里面。”

“瞎说吧。”

“系统和数据难道不是蜘蛛网吗？”

“有什么不好？”

“当你们天天生活在系统里，当你们把一切转换成大数据，当机器和系统代替你们在工作，在思考，你们身上就没有多少戏可看了。”

“待在屋顶就为了看戏？”

“是呀，我们唯一的爱好，就是看戏。”

他看见蜘蛛屁颠颠跑回去了。

他自己也能感觉到，自己——自己的灵魂，像一只柔软的水母，一张一缩，植入空气中的边缘开始松动。他知道，田三的咒语快结束了。他看见自己落下去了。他感到自己有一瞬间的死亡，紧接着又活了，他首先发现了自己的耳朵，因为耳朵里有一些压力，实际上是声音，从田三嘴巴里传来的念念有词的声音。接着他发现了自己的鼻子，因为他闻到了郊区的土壤里特有的新鲜腥味。接下来，他发现了自己的双手和双脚，它们的重量仍然足以让它们静止不动。他故意装死，不睁开眼睛，想听听田三到底在念什么。

“你醒了吧？”

“我压根就没睡着。”

“你睡了整整两小时。”

“我要的不是这样的睡着。”

“你睡得美滋滋的。”

“好吧，辛苦你了！”他打了个长长的哈欠，然后懒懒地坐起来，“我送你回家。”

“不关了？”田三问。

“你不想走吗？”

“你得给我开个释放证明。”

“我没有关押你，所以也没有释放你，你走就得了。”

“不，我需要证明。”

“没法开证明！”

“我回去怎么给家里人交代？”

“那就先别回家，跟我走，我走到哪儿，你跟到哪儿。”

“不，我要回家。”

他心里有自己的打算，根本不理田三，仰头看看屋顶的蜘蛛网，想起刚才那只蜘蛛，“宝贝，再见了！”他看见蜘蛛网里有两只蜘蛛，一只很安静，纹丝不动；一只在快速奔走，触角灵活地踩着蜘蛛网，到了边上再回过身，向另一边跑。“你们已经成朋友了？”田三问。“田三，你是个坏人！”他推了一把田三，田三的笑容有些腻歪。

梅云

心理服务中心经历了短暂的混乱之后，迅速恢复了原有的秩序。大部分医生和患者选择留下来，该干什么干什么。不少人还带来了家属，尤其是老弱病残。附近的许多居民也就近加入进来，成为志愿者。看得出，这种时候，人们更喜欢钻进人群，哪儿人多就往哪儿凑。原因可能是，人们觉得人群里更有安全感，也更容易获得新信息。至少，看到忙碌的医生、护士、志愿者，人们心里多少相信，一切还有救。有人来了又回去，专门从家里带来了发电机、行军床、沙滩椅、煤油灯、帐篷、被褥、衣服、食物。这样一来，整个服务中心倒像一个充满生机的战时后援团，前方的枪炮声和不断抬回来的阵亡者，令人们青春焕发，热血沸腾。身为领头羊的梅云同样也深受感染，把家里的事、个人的事放在一边，把马伦的预言也放在一边，将模范带头作用发挥到了极致。原计划去监狱探望丈夫高雷雷的，却抽不出空；外甥女小芒不知去向，也没时间去找。不过事情并不复杂，除了免费的咨询电话照常派人值守外，大部分心理服务暂停工作，最要紧的事情其实只剩下两样，和专业关系不大：一样是赶制蜡烛，那种最简单的用来照明的蜡烛，不用加香料，不必讲究好看不好看；一样是誊抄丰隆穴示意图，找到了一台老式油印机，却找不到油墨，只好请有绘画功底的人一份一份誊写。画面很简单，不过是两个人，相向而坐，替对方按摩丰隆穴，旁边有一些文字说明：

1. 先找到外脚踝。

2. 再找到腿外侧的膝眼。

3. 在踝骨尖和膝眼之间连一条直线，直线的二分之一处即丰隆穴。

4. 距离胫骨前缘两指宽。

5. 相互用食指按摩，尽可能用点劲儿。

所有人员实际上分为四组：两组在家负责誊抄、画画和制作，两组带上东西，去四面八方免费发放。连老弱病残也都尽可能找活干。

梅云自己身先士卒，在制蜡组找了个活干。制蜡的过程十分原始，把盛满蜡液的铁桶放在炉子上，持续加热（微微冒着热气就行），再用搓好的棉芯反复蘸蜡液，每蘸一次就挂起来，挂在一个可旋转的拨盘上，转一圈回来后摘下来再蘸，连续蘸上五六十遍就变粗了，够标准了。最后，放在案子上滚来滚去，让蜡烛变得更浑圆、更光滑。以前还有上色、写字或绘图等工序，现在都不用了。梅云和几个人围着一张大工作台在搓棉芯，就像农妇在干一件只需要耐心的事情。但眼下的耐心不单是耐心，更是抵制，对绝望的抵制，拒绝向内心的绝望让步。搓棉芯的时候，时不时会想起黑矮星，想象它正在暗中向地球逼近，越来越近，便有一种狂热的牺牲精神从心里升起，翻译成语言应该是：黑矮星，来吧！死亡，来吧！所有的坏东西，来吧！全都来吧，不就那么点事吗！这些话的另一面可能是信心，因人而起的信心，因眼前这些平凡面孔而起的信心，在冥冥中若隐若现，十分隐蔽，不能说有，也不能说无。翻译成语言，应该是人类才是宇宙中最好的生命，人类的复杂和完美无与伦比，别的不说，光说人类大脑，它有 1 万亿个神经元，每一个神经元又有 1 万亿个小树突，神经元和小树突之间的联系神秘莫测，令人惊叹；即使只看表面，比如此刻，在突如其来的灾难面前，人人都用自己的方式消化着痛苦和悲伤，他们身上的软弱和驯服都是如此珍贵，很难相信这样的人类会走向毁灭。

这时，她的眼睛被人蒙住了。

“猜猜我是谁？”一个女人的声音，明显是假嗓子。她感觉到两个软软的乳房戳着肩膀。“猜呀！”还是假嗓子，声音被嗓子故意压得扁扁的，让她想起幼鼠的叫声。后面的人问：“猜着没有？”她想起了黄靓靓，听说有癌症病人一夜之间痊愈了，可是黄靓靓已经死了。她说：“你是——”她说不清她是不相信黄靓靓会复活，还是害怕说出这个名字。后面的人说：“我是靓！”黄靓靓松开手，跳在旁边，歪着头让她看。

的确是她，靓，黄靓靓。

“还给你！才给我901！”黄靓靓把一个白色信封递给她。她接在手里一看，正是前天她送出去的。“真的是你吗？”她的声音在发抖。

黄靓靓毫不掩饰死里逃生的沾沾自喜，笑得很夸张。再说她还是几天前在病床上的样子，完全脱形了，刀子一样的鹰钩鼻，深深的黑眼圈，严重下陷的双颊。

“浑蛋，你吓死我了！”

黄靓靓笑着说：“就吓你就吓你！”看见梅云僵住身子的样子，黄靓靓再一次笑了，声音更大了。梅云头上冒汗，觉得自己已经被她吓死了。

“你们肯定不认识我吧？”黄靓靓大声问大家，口气像个大明星。大家一律呆呆笨笨，只是摇头。黄靓靓从大家脸上看到了相同的表情，一样的胆小怕事，一样的不敢声张，于是她忍不住又笑，笑够了之后说：“我叫黄靓靓，和你们梅院长同年同月同日生，我们是最好最好的朋友。几天前我已经死了，要不是停电，早就火化了。”

黄靓靓看见有几个人脸黄了，像慢镜头一样黄起来了，好不容易收回去的笑声再一次爆发出来，哈哈哈，哈哈哈，哈哈哈，很难停下来。

梅云站起来急忙溜走了。

“喂，你去哪儿？”黄靓靓喊。

“我马上回来。”梅云说。

“快给我回来。”黄靓靓说。

梅云没回答，只是快步走。回到二楼走廊尽头的房间，以最快的速度关上门，扶住门框大口喘气，直到此刻她仍不能肯定黄靓靓是人是鬼。

梅云磨蹭了半小时才回来。正如她希望的，黄靓靓走了。她大大松了口气。她其实已经相信黄靓靓死了又活了，这两天稀奇古怪的事情太多，早就听说不少癌症病人不治自愈。但她还是害怕看见黄靓靓。她觉得，在阴间走了一遭，黄靓靓无论如何不是以前那个人了。那么，这样的黄靓靓便成为“恐惧”的一部分。身为心理医生，人为什么会恐惧，一向是她感兴趣的一个题目。她手头有大量资料，只是始终没有动笔写出来。她知道她永远也不会动笔。最早在医院，为了评职称写过几篇论文，后来读研，也不能不写一写，再后来就不想写任何文章了。之所以自己办心理服务中心，原因之一正是避免被迫写文章。

梅云和大家聊起了“恐惧”。

“大家谈谈，从小到大，什么东西让你最恐惧？”

这个话题，大家倒是有话要说。

“我怕蛇，有一次在草丛里走路，不小心踩着了一条蛇，一条长长的绿蛇，从此以后，看见蛇就怕，看见所有像蛇的东西都怕。”

“一朝被蛇咬，十年怕井绳。”

“我是不小心踩着了一条蛇，后来听说那种蛇不是毒蛇。”

“无毒的蛇也怕吗？”

“怕，怕的是蛇的样子。”

“我害怕看见韭菜。”

“为什么？”

“不知道。”

“我最怕中午出门，比晚上还怕。”
“为什么？”
“我觉得中午有一种特殊的安静，令人不安。”

“一堆人说话，你走过去，他们突然沉默了，这种情况最恐惧。”
“为什么？”
“说不清。”

“我怕护士服。”
“为什么？”
“不知道。”

“我怕东倒西歪的树。”
“为什么？”
“担心树倒了，砸着自己。”

“我怕整齐的跑步声，尤其是一个方队一个方队的跑步声。”
“为什么？”
“不知道。”

“我家在一个小县城，我上中学的时候必须经过一个邮局，不知为什么，我特别害怕经过邮局，每次我宁愿多走路，也不经过邮局。”
“为什么？”
“不知道。”

"有一次，我在逛街，突然碰到一个同班同学，吓出了尿。"
"为什么？"
"那个同学爱打小报告。"

"我怕美女，最美的美女。"
"为什么？"
"不知道。"

"我怕穿袈裟的人。"
"为什么？"
"因为真假难分。"

"我怕蝴蝶，每次看见，浑身发抖。"
"为什么？"
"不知道。"

"我怕走进山谷。"
"为什么？"
"在山谷里，我总会不由自主地幻想，空荡荡的山谷里满是幽灵。"

"我觉得睡觉的狗比喊叫的狗更可怕。"
"为什么？"
"睡觉的狗有可能在装睡。"

"我觉得手枪比机关枪更可怕。"
"为什么？"

“可能手枪是藏起来的。”

“我害怕看见微笑。”
“为什么？”
“不知道。”

“我害怕收拾得过于干净的屋子。”
“为什么？”
“太干净了，让人拘束，让人手足无措。”

“我怕空气。”
“为什么？”
“因为空气总是这个肺里出来再进另一个肺里。”

“我怕鱼刺。”
“为什么？”
“不知道。”
“被鱼刺卡过吧？”
“没有。”

“我怕老照片。”
“为什么？”
“老照片里的时间就像有毒的植物，比如长了芽的土豆。”

“我怕表格，所有需要填表格才能获得的东西，我宁愿不要。”
“为什么？”

“看见表格，全身发麻。”

“我怕所有的宫殿。”

“为什么？”

“不知道。”

“我怕长辈。”

“为什么？”

“他们总是无所不晓。”

“我怕星期天。”

“为什么？”

“因为马上就是星期一，又要上班了。”

“我怕很多词语。”

“哪些词语？”

“比如，缓冲、暗网、滚蛋、蠢货、重组、激动人心、坚定不移、档案、塑造、贤惠、上台、套牢、加油、梦想、明天、生活……”

“说得清原因吗？”

“说不清。”

“我怕早晨。”

“为什么？”

“小时候总是早起上学。”

“我怕床，我睡觉从来都打地铺。”

“为什么？”

“总觉得床上不安全。”

“我怕过桥。”

“为什么？”

“怕桥会塌。”

“我怕老鼠胜过老虎。”

“为什么？”

“不知道。”

“我怕蚊子胜过马蜂。”

“为什么？”

“不知道。”

“我怕白天胜过黑夜。”

“为什么？”

“因为白天一切都过于清楚。”

“我相反，我怕黑夜。”

“为什么？”

“因为黑夜是孤魂野鬼成堆的世界。”

…………

这显然是一个永远说不完的话题。人类的恐惧多如牛毛。看上去人类怕一切东西，怕风、怕雨、怕白天、怕黑夜、怕男人、怕女人。如果有时间，三天三夜都讲不完。当然不排除有人是现编的，为了和大家一致，临时虚构或者夸大了某种恐惧。但大部分人在讲真话。有人说着说着想起了遥远的心事，竟号啕大哭；有人突然陷入昏迷，意识恍惚，好半天说不出一句话；有人脱光衣服，满地打滚。最后，大家想听梅云怎么说。

梅云早就想好了怎么说："很明显，我们人人都有恐惧，不是怕风就是怕雨。大部分恐惧来自记忆，来自某一次很具体的伤害，这种恐惧是容易说清的。有些恐惧，则找不到直接原因。但终归是有原因的，只不过原因或许很早很早，或许经过了再三繁殖——就像蚊子咬了别人，再来咬你，把病毒传染给你，说不清病毒来自哪儿。

"很多恐惧由来已久，比如我们对蛇的恐惧，肯定和人类早期记忆有关，和人类一样古老，这类恐惧已经是DNA的一部分。我们对大屠杀、文字狱、株连九族、人体炸弹、地震、海啸、告密等的恐惧，都是由来已久的。

"恐惧和害怕并不能总是画等号，有时恐惧的确就是害怕、就是不安；有时不一定，恐惧倒像是一种独立于人的东西，存在于人之外，很纯粹，就是它自己，非常微妙，非常曲折，像一出戏剧，像一首诗。人类的想象也参与了戏剧或诗的创作，共同塑造了一些恐惧，让一些恐惧成为经典，成为象征，成为一座看不见的雕像。

"有人说，任何一种恐惧，其实都是死亡恐惧的变体。我原来也同意这种看法，后来觉得这么说有些牵强，比如，你不一定怕死，却有可能怕别的东西。按理说，世界上没有比死更可怕的了，一个不怕死的人，应该没什么可怕的了。但事实上好像不是这样。

"我们进人造鬼屋前，明明知道每一个鬼都是假的，进去之后，还是怕得要命。比如刚才，我其实早听说黄靓靓复活了，但是，当她出现在我面前时，我还是吓得够呛。有时候我们不过是一根神经，除了被吓得屁滚尿流，没有别的任何办法。我们有可能被一片树叶吓个半死，有时甚至是自己把自己吓个半死。

“这说明恐惧是非理性的，或者说，很多恐惧是纯心理学的。从心理学的角度看，恐惧的复杂性，就在于它反理性、反逻辑，它有十分秘密的个人原因，或者说，它有看不见的逻辑。一个人很难理解另一个人的恐惧，这恰好从另一个角度说明了一个道理，每个人，每一个单一的个体，都是不可复制的。在这个世界上，首先要保护的东西，就是个体性。

“有些恐惧可以治愈，但是，旧的恐惧治愈了，新的恐惧又会出现。不断被治愈，不断被制造。有些恐惧压根没法治愈，永远没法治愈。

“我们的大脑边缘也许有一个特别的小角落，专门储存恐惧、处理恐惧、包装恐惧、繁殖恐惧，于是，恐惧就成为精神产品，像《尤里西斯》《等待戈多》《变形记》《萨勒姆的女巫》《浮士德》《推销员之死》等杰作。肯定的，恐惧也是杰作。恐惧是所有人参与创作的杰作。恐惧是被我们创造出来的。恐惧是一个物种，有自己的DNA。”

梅云发现，最后这句话脱口而出的瞬间，同时听见另一个不知是谁的声音也在说这句话，腔调怪兮兮的。像自己的回声，又像别人的。随即发现，前面的整整一席话也是如此，发自肺腑，但又不乏矫情，是自己平时有点讨厌的一种风格，很像在模仿一个讨厌过的人在说话。而眼前的这伙人，表情和动作机械又单一，也是似曾相识。

稍稍迷惑了片刻，她就想起，自己在刚刚做过的一个梦里说过这句话——“恐惧是一个物种，有自己的DNA。”是的，在最新的一个梦里说过，连梦中的心理活动都清晰无比：这句话挺牛的。不仅如此，刚才的一席话都在同一个梦里说过。这说明自己这两天至少打过盹。更重要的是，这说明那些声称提前看到了未来的人还真不一定是胡扯，很可能的确看见了。据说，大批市民已经开始拖家带口外逃了，原因是很多人提前看见海平面急速上升，淹没了整个城市。人人都成了预言家，这让她不能不想起好朋友马伦。

她想，又得上一趟小重山了。

小芒

只看了一眼，小芒就明白这是一间电影工作室。到处都是电线、反光幕、柔光箱、无影罩、三脚架、摄像机、照相机、长焦镜头、轨道、摇臂和各种各样的灯，东边的一面墙上满墙都是艳俗的图片。杂乱的摄影器材中间，有沙发、矮床、拖鞋、形状怪异的情趣用品。不远处的柔光箱旁边还卧着三只黑猫，心中有数，不声不响，像是这个空间里的真正主人。在这儿，语言似乎是多余的，器具、阳光、眼色、手势、屋顶、地面、墙壁以及从窗外刮进来的凉风，都有心领神会的能力，都准备好自动进入一部电影。

一个侏儒从过道后面走出来。

小芒和五个裸露身体的女人站成一排。

侏儒的目光停在小芒身上，说："他们叫我豌豆大叔，我才是这儿的一哥。"三只黑猫中的一只叫了一声，豌豆大叔回过头，"你们也凑热闹。"那只猫又叫了一声。豌豆大叔过去把那只猫抱过来，揪着猫耳朵，"你们看懂了吧？我们是一家电影制作公司，我们也有自己的网站和直播间，订阅粉丝刚刚超过30万大关。你们六位是从几千个女人中挑出来的，身材、气质都不错，所以请你们过来试试镜！"

人人都很疲惫，没兴趣搭理他。

"你们互相不认识吧？"

女人们相互看了看，神情漠然。

“刚才你们在干什么？不得了，几千个女人全都身体裸露，不声不响在大街上走来走去，既不喊口号，也不举标语，天知道你们要干什么。”

有人咧嘴笑了笑。

“你们难道不怕老虎、狮子吗？不怕蛇吗？不怕外星人扔炸弹吗？”

小芒想说话，但心里好像没词了。

“你，小家伙，你也不怕？”

小芒说：“我不小了，过几天就是我的 21 岁生日。”

“21 岁，不算大嘛。”

小芒又觉得没词了，心里空落落的，洗过一样。

“别看我个子小，我都 40 了。”

女人们有些吃惊，重新打量着他，有人还在墙上的那些照片里找到了他。一股风从窗户那边吹过来，让女人们的头发一同飘起来。

“把窗户关上。”他尖声喊。女人们吓了一跳。几只猫也吓坏了，乱叫着跑远了。一个大腹便便的男人不知从哪儿跑出来，去关窗户。

“对不起，我憋不住了。我想去厕所。”一个女人说。

豌豆大叔指指斜对面，说：“那边。”

要上厕所的女人身材真是好，两瓣月牙形的屁股一扭一扭，带远了大家的目光。厕所门打开又关上时声音很小。女人们一时静悄悄，但是，等了好一会儿，只听到了一声长长的尖叫。

“去看看怎么了。”豌豆大叔喊。

那个大腹便便的人跑向厕所，厕所门推不开，敲门，没人答应。

豌豆大叔喊：“傻 ×，撞门。”

用脚踹门的声音很凶猛，一下又一下。门很结实，木质门框被撞裂的声音能击碎人的骨头。

“豌豆大叔，厕所里没人。”

豌豆大叔的一双眉毛明显动了动。

“不好啦，她跳楼了。”

“看看，摔死了吗？”

“不知道，楼底下没人，只有两匹大斑马。”

“大斑马？”

“对，大斑马，两匹。”

“快下去追！”

传来几个人跑下楼梯的声音。

“好吧，跳楼还是演电影，由你们选，这是三楼，不算高。”豌豆大叔说。

女人们表情木然。

小芒想起了马伦那个秘密，心想，这伙人之所以还如此胡作非为，肯定是因为他们相信来日方长，如果把马伦那个秘密说出去呢？

“我选择演电影。”小芒身边的胖女人向前跨了半步。

“好样的！”豌豆大叔说。

“我可以先玩个游戏吗？”胖女人转过身，一边问大家，一边朝门那边使眼色，意思是，大家一起快跑。女人们都看懂了，但没有行动。

这时门响了。有人进来了。“衣服来了。”进来的人抱着一堆衣服。此人正是刚才持枪把六个女人劫来的三人中的一个，个子很高。

“他是石头哥。”豌豆大叔介绍。

石头哥说：“这是衣服，你们自己选，按剧本来。”

女人们一动不动，对穿衣服毫无热情。

“穿上衣服，按剧本来。”

女人们还是一动不动。

“都是新衣服，六套，一人一套。”

女人们宁愿裸露着身子，拒绝穿衣服，好像穿衣服是一种惩罚。

“怎么少了一个人？”

“一个跳楼了。”

“死了吗？”

“没死，可能跑了。”

胖女人问豌豆大叔：“都要穿衣服吗？”

豌豆大叔看了看石头哥，说：“听他的，有剧本，按剧本来。”

“那就穿吧。”胖女人又对同伴们递递眼色。

女人们已经把胖女人视作领袖了，一听她这么说，略略有了穿衣服的愿望。

“穿吧。”

“穿吧。”

气氛一时变得轻松些了。

每身衣服都还在塑料袋里，刚出厂，被石头哥整整齐齐摆在桌上，供大家挑。都是面料不错的职业装，适合眼下这个季节，另还有鞋子、皮带、领带什么的。胖女人先挑，她没有犹豫，直接挑了警服，短袖和长裤都是藏青色，皮鞋皮带也是同一个颜色，衣服和人相互增色，真是好看。小芒挑了一身宝石蓝的空姐服——无领上衣，同一色的长裤和帽子，白衬衣，黄丝巾。

“哈，我猜对了！”豌豆大叔喊。小芒去一个角落穿好衣服，不知道黄丝巾怎么用。“那是打蝴蝶结的。”又是豌豆大叔的声音。她转过身，意外发觉豌豆大叔这个人有了些亲切感。“怎么打？”她问。“你蹲下，我帮你。”豌豆大叔说。于是她真的蹲下了。豌豆大叔动作熟练地打出一个蝴蝶结，饱满、秀气，再拧向脖子左侧。

“去照照镜子。”豌豆大叔说。

石头哥提来试衣镜，专门对着小芒。小芒被镜子里的那个人牢牢吸引住了，她不能不久久地盯着她，她被她彻底地震住了，她发现她真是如花似玉，嘴唇性感，眼神迷人，精美的帽子底下露出的那几缕黑发卷曲有致。小芒差点要说“谢谢”了。石头哥提走了试衣镜。小芒回过身，看见豌豆大叔正仰头盯着她，被她的空姐打扮惊呆了的样子。“喂，我会写剧本。”小芒低声说。“真的？”豌豆大叔也把声音压低了。小芒点头。

“我能专门写剧本吗？”

“你明明可以凭颜值吃饭。”

“不，我喜欢写剧本。”

“好吧，我们正好缺写剧本的人手。”

“我要单独待着才有思路。”

“房间有，不过只能用手写，没电了。”

“有纸和笔就行。”

豌豆大叔把小芒带进一间小套间。里面有电脑，有摄像机，电脑周围的桌面上扔着五六部黑屏的手机，地上有两三样盆栽，叶子病恹恹的，花也是，绿色地毯有些年头了，有烧过烫过的痕迹，窗帘完全敞开，阳光透进来，让里面的空气显得疲疲沓沓。一面墙上写着一行半圆形的红色大字：严禁进行色情、暴力、诈骗等视频表演行为。

“你们的直播间？”

“是呀，还不错吧？想不想留下来做我们主播？”

“我喜欢写剧本。”

“这么漂亮，写剧本亏了！”

“我先写吧。”

“好，注意内容要够哟。”

豌豆大叔又找到一沓纸和一把圆珠笔，交给小芒。

“豌豆大叔是什么血型，什么星座？”

“问这个干吗？”

“写剧本用呀。”

“我是A型血，摩羯座。”

“身高？”

“一米一一。”

“好的。”

豌豆大叔临走时，对她笑了笑，强调了一句：“注意，内容要够哟。”豌豆大叔马上又回来，看了看敞开的窗户，“你不会跳楼吧？”

“不会，我胆小如鼠。”

豌豆大叔踮起脚尖看了看楼下，两匹大斑马还在，像一对夫妻，一站一卧，很安静。小芒也过去，看见了两匹大斑马。豌豆大叔走了之后，小芒坐在窗户附近的一张桌子前，真的准备开始写剧本了。看见大斑马的一瞬间，她突然有了思路。

【赤条条的豌豆大叔出场，手持一张硬纸板，东张张西望望，后来盘膝坐在街边，把硬纸板放在身前，做出静静等待的样子。】

豌豆大叔：大家听着，大家听着，有确切消息说，一颗不明星体正向地球飞来，不出意外，两天之后，将会和我们的地球正面相撞，地球必将粉身碎骨。具备下述全部条件者，将有幸逃离灾难，哪些条件呢？你们自己过来看。

【路人A和他的老婆也赤条条，牵着手走过来，低头看。】

路人A：A型血，摩羯座，一米一一的个子，男性，未婚，未育，出生的时候屁股先出来……一二三四五六七，哦哦，七个条件……

路人A的老婆：我倒是摩羯座。

路人A：我是A型血，男性，出生的时候是否屁股先出来，不知道。

豌豆大叔：必须同时具备七个条件。

路人A的老婆：这不公平，为什么没有女人，难道所有的女人都该死吗？

路人A：具备所有条件的恐怕只有上帝本人吧？

豌豆大叔（看看自己）：不会的，肯定还有。

路人A的老婆：明白了，除了上帝，还有你本人。

【豌豆大叔笑而不语，略显得意。路人A一把拉走老婆，轻蔑地向远处走去。路人B又走过来，也是赤条条的，皮肤比路人A黑多了。路人B在豌豆大叔前面蹲下来，默默看着纸牌上的字，似乎不认识，一个字都不认识。路人B抬头上上下下端详着豌豆大叔。路人A和老婆紧接着又退回来了，想知道路人B会怎么说。】

路人A：你够条件吗？

路人B：我？有两个字我不认识。

路人A：哪两个字？

【路人B有些不好意思地指指"摩羯"二字。】

路人A：摩羯，摩羯座，你不懂？

路人B：摩羯座？不懂，我只知道有葛优躺。

路人A的老婆：摩羯座是十二星座中的一个，每个人都有一个星座。

路人B：我只知道我属老鼠，我们只讲十二属相。

豌豆大叔：不知道星座，可以查呀。

路人A的老婆（问路人B）：你是几月几日出生的？

路人B：我是农历二月二十生的。

路人A的老婆：那就是双鱼座，双鱼座是为爱而生的。

路人B：你看我像为爱而生的吗？

路人A的老婆：人人都是为爱而生的，谁都不例外。

路人B（看了看她的大胸）：你肯定是，你条件那么好。

路人A的老婆：你为什么不是？

路人 B：我是来还债的，老婆孩子都是上辈子的债主。

路人 A 的老婆（问路人 A）：我是你的债主吗？

路人 A：当然是，我欠着你的爱。

路人 A 的老婆：哈哈，这还差不多。

【路人 C 和路人 D 均赤裸，路人 C 戴着墨镜，两人像一对侏儒夫妻。戴着墨镜的路人 C 先上场。路人 A 和他的老婆，以及路人 B 重新入戏。】

路人 C：这个世界怎么了，男男女女都不要脸，一丝不挂的。

路人 A 的老婆：你说谁不要脸？

路人 C：不好意思，我在说我自己，这两天，我也讨厌穿衣服，心里有一种挣脱一切枷锁的冲动，衣服就好像是枷锁，最后一道枷锁。但是，怪了，又不喜欢看见别人不穿衣服，看见了，心里就烦，有一种无名之火。

路人 B：你是知识分子吧？

路人 C：知识分子怎么了？

路人 B：知识分子爱发无名之火！

路人 C：是呀，我多少也算是一个知识分子，可是，这两天，我多么希望我一字不识，最好不是人而是动物。

路人 A：为什么？

路人 C：据说动物无论何时处于痛苦中，都好像是第一次经历这种痛苦。

路人 A：动物怎么想的，人怎么知道？

路人 B：现在，谁又不是动物呢？你不是吗？我不是吗？她不是吗？

路人 A 的老婆：我不是。

路人 A：我也不是。

路人C：你们不是？为什么不穿衣服？

路人A一愣，说不出话。

路人A的老婆（扭了扭屁股，正如网上流行的那种标准慢摇）：我不穿衣服是因为有料，你呢？你凭什么不穿衣服？不穿衣服，还假模假样戴着墨镜！

豌豆大叔：别吵了，都什么时候了，快过来看看吧。

【路人C从人缝里挤过去，低头看。】

路人C：一颗不明星体？骗人的！骗子！

豌豆大叔：我是骗子？

路人C：不明星体？你看见了？

豌豆大叔：没看见就可以断定没有吗？

路人C：再说了，这不像上帝做的事情，上帝绝不会像个小家长一样小肚鸡肠，要么全部死，要么全部生，这才是上帝的手笔。

【路人D挤进人缝。路人D在旁边听了很久，心中有数的样子。路人D看地上的纸牌。】

路人D：哈哈，终于找到组织了。

【大家一致显出疑惑的样子。】

路人D：我是A型血，我是摩羯座，我是一米一一的个子，我也是倒着出生的，大部分条件我都具备，哈哈，我可以不死了！

豌豆大叔：看仔细了，必须满足所有条件！

路人D：先看我个子，是不是一米一一？至于别的，你说，你怎么可以证明我不是A型血、不是摩羯座、不是男人、不是倒着出生？

路人A：你带身份证了吗？

路人D：没有。

路人A：是不是摩羯座，连最简单的都没法证明。

路人A的老婆：你明明是女人。

路人D：我是女人的身体，男人的性格，不信你们问我老公。

路人C：是的，她性格像男人。

豌豆大叔：骗子，一对骗子。

路人D：难道我脸上写着“骗子”二字吗？

路人A的老婆（上前搂住路人D）：是呀，她脸上写着“骗子”二字吗？

路人C：是呀，所有的骗子都长得像骗子吗？

【几个路人无意中形成了同盟，一齐盯着豌豆大叔。】

豌豆大叔：你们为什么这样看着我，难道我是骗子？难道多数人认为谁是骗子谁就是骗子？难道谁站在多数人那边谁就万事大吉？

路人A的老婆：不是骗子你慌什么？

豌豆大叔：我不能慌吗？你们说我是骗子，我还不能慌？

路人A：你不是骗子就用不着慌。

【豌豆大叔卷起硬纸板站起来。】

豌豆大叔（指着硬纸上的“男人”二字）：都以为我是骗子是不是？你们也不想一想，如果我是骗子，我为什么不写上“女人”呢？

【几个路人面面相觑，没听懂。】

豌豆大叔：我如果是骗子，我就多骗几个女人！

【豌豆大叔气呼呼地下场。舞台上只剩几个路人，都有种莫名的失落感。】

路人A：没人骗我们，我们怎么办？

路人B：什么什么，我没听懂。

路人A：你们难道不认为我们的生活是不能没有骗子的吗？生活里突然没骗子，我们能适应吗？我真想不通你们这些人，为什么非要把骗子戳穿不可呢？为什么非要把骗子吓跑不可呢？世界这么大，就容不下一个骗子吗？现在好了，没骗子了，没人骗我们了，我们怎么办？我们孤零零站在这儿怎么办？

【几个人被路人A说闷了。】

路人A的老婆（帮丈夫说话）：有人骗，有人偷，说明大家的心还没死，相信来日方长，一切还有救，是不是？

路人A（又惊讶又感动）：包括裸露。

路人A的老婆：对，这两天，裸露者肯定是最有信心的人。

所有人：肯定是，肯定是。

豌豆大叔（在另一端重新坐下，摆好硬纸板）：走过路过不要错过，确切消息，两天之后，一颗不明星体要和我们的地球正面相撞……

小芒写得很顺利，一口气就写了这么多。不过她心里没底，不知道豌豆大叔是否满意，好在听说豌豆大叔出了点状况，已经去医院了。

天刚刚黑下来后，阿龙从窗外跳进来，把她救走了。阿龙不管三七二十一，把绳子拴在她腰上，由苏铁在楼顶拉着绳子，再把她缓缓地放下去。

这时两匹大斑马已经不在了。

三个人跑了几百步就到了海边，然后登上一条小船。船上没人，但亮着蜡烛。

“这是我家的船。”阿龙说。

“你们怎么找到我的？”小芒问。

“问他。”阿龙说。

苏铁一笑，说：“我梦见你在这儿。”

小芒半信不信，说：“我好几天没睡觉了。”

苏铁说：“都没睡，我吃了两片安眠药，才睡着一会儿。”

小芒问：“还有安眠药吗？”

苏铁说："没了，安眠药是紧俏货。"

小芒问："有没有吃的？"

阿龙用托盘端来一堆东西：泡面、饼干、香肠、啤酒、矿泉水。

"我家船上像个杂货铺。"

"阿龙你真好。"

"姐姐，我不好吗？"

"苏铁也好。"

阿龙和苏铁对视了一下，微微一笑。小芒开始就着矿泉水吃饼干，吃得很慢，若有所思。阿龙和苏铁默契地走出船舱。两个人坐在船尾的两把小藤椅上，像两个久在江湖的油腻大叔。海面极为安静，城市那边有人用机器发电，某些角落亮幽幽的，把城市附近的海面也稍稍照亮了。天空布满厚厚的云层，透不出一丝月光和星光。

"要下雨了。"阿龙说。

"可能是雪。"苏铁说。

"为什么是雪？"阿龙问。

"有人提前看见下雪了。"苏铁说。

"我还没见过下雪。"

"我见过，回北方见过。"

两人一时没话了，就像被惊悚片中的神秘气氛罩住了，天空、海面、城市、船里的烛光、奇怪的安静，一切都是刚刚能承受的样子。

"你们两个说什么悄悄话呢？"小芒出来了。但是，他们只看见小芒张嘴，没听见她的声音。小芒自己也没听见自己的声音。"喂，喂，喂喂——"小芒故意喊。还是只见小芒张嘴，听不见她的声音。"你说什么？听不见。"苏铁问。苏铁同样听不到自己的声音。"听不见！听不见！"小芒说。阿龙用双手用力击掌，听不见声音，阿龙急忙揉了揉自己的耳朵，再喊，还是听不见。阿龙看见小芒和苏铁也在揉各自的耳朵。

小芒隐约听见了很多声尖叫和尖叫的回声，还有剧烈的碎裂声，以及碎裂声的回声，但又的确没有听见，什么也没听见。整个世界都没有声音了。最大的声音和最小的声音都没有了，完全没有声音这种东西了。好像地球被宇宙的核心快速甩了出去，声音远远被甩在了自己的身后。小芒闭上眼睛，想仔细感受这种偏离和它的速度，但是，视线里却闪出一个清晰的画面：黑色夜空下，滨海公园里聚集着几万个赤身裸体的女人，全都静悄悄，用自己身上的白色腺体发着光，照亮了整个夜空。小芒心里猛地一惊，差点哭了。

"我要回去。"她大声说。但没人听见她的声音，包括她自己。她拉着苏铁的手，冲着他的耳朵说："送我上岸。"苏铁用力摇头。"送——我——上——岸——"她一个字一个字地说，重点放在做口型上。苏铁把她拉进船舱，打算让她边说边写，在他手心里写。船舱里，渐渐燃短的蜡烛眼看要灭了。苏铁伸出左手，小芒立即看懂了他的意思。小芒就在苏铁手心里写了一遍。阿龙也看懂了，急忙向她摆手，意思是上岸危险。

"不！必须！"小芒用唇语、手语、表情和没用的声音，尽可能表达着自己的意思。苏铁和阿龙倒是看懂了，相互用眼神说：那就听她的，上岸呗。

阿龙打着了火，船颠簸起来，但船的颠簸不发出任何声音，阿龙一时僵住了，不知道下一步该怎么办，似乎声音才是发动机开始工作的标志。旁边的苏铁推了他一把，他才明白自己在发呆。他掐了掐自己的脸，好让自己清醒一点。

船开始朝岸边移动。船在走，却无声无息，上上下下都无声无息，这种情况真的需要适应一下。对面的城市一转眼也似乎缩小了一半。

阿龙心想，真不知道接下来还会发生什么。苏铁则坚信，声波消失了，整个世界变成了百慕大三角。先是电磁波消失，再是声波消失，接下来呢？接下来难道空气也消失吗？

小芒已经在两个小伙子身旁脱掉了衣服，又圆又挺的胸随着船的抖动而抖动，闪闪的烛光让它们显得半明半暗，没那么显眼了；左肩膀偏下的地方有一处不算大的文身，一只飞翔中的蝴蝶，两瓣翅膀中间是一个变形的女人体。一上岸小芒毫不犹豫径直向西边跑过去，跑进一条连接城市和大海的巷子。苏铁和阿龙白痴一样在后面追。现在云层里有了些缝隙，月光露下来，刚够认路。一路上，有很多女人加进来，朝同一个方向跑。看来所有的女人都得到了召唤。“裸体”这个词似乎消失了，没人会想，此人是裸体，自己也是裸体，更没人会想裸体不雅，大家似乎早已超脱了身体层面。丝袜、文胸、皮衣、风衣、吊带背心、牛仔外套、连衣裙、丁字裤、打底衫、羊毛衫、空调衫、蕾丝衫、三分袖、五分袖……所有这些词都不存在了。大草地上聚集着至少 3 万个女人，还有人在不断地加入进来。一眨眼，小芒消失在女人堆里了，像鱼消失在大海里了。

梅云

8日上午9点，梅云上小重山见了马伦。马伦的表情坦诚而萎靡，目光涣散，没有焦点。梅云第一次见马伦有这样的神情，心想，没有谁是坚不可摧的。米亚的样子也像马伦，嗓音低沉，就像吃了一肚子沙子，迎过来缠着梅云，软绵绵地向她撒着娇。随后，穆穆也出来了。梅云第一次亲眼见穆穆，一直知道马伦金屋藏娇，有个穆穆，从来没见过。这一见，大感意外，因为穆穆远不是想象中的那种符合黄金比例的人造美女。

“这是穆穆。”

“穆穆好！”梅云和穆穆握手时，有些百感交集。

“穆穆，煮些咖啡。”马伦说。

“好的，老师。”穆穆回答。

马伦直接把梅云带到顶楼的阳台上。天空是阴不了也晴不了的架势，条纹状的云层集中在天空的西侧，有艳丽的阳光从云缝里透出来。一群海鸥在头顶来回滑翔，叫声又尖又细，令人全身发紧。居中的石桌上，有烟灰缸，有纸和笔，烟灰缸里一个烟头还在冒烟。靠海的阳台边上，双筒望远镜的镜头斜斜地对着海面上方的天空。

梅云问：“情况不妙吗？”马伦叹口气，说：“不妙。”梅云问：“没有转机？”马伦说：“角动量监测仪半小时前报警了，火星的角动量也出现了异常。”梅云问：“说明了什么？”马伦说：“黑矮星进入太阳系后，运行轨迹一直很规律，始终没有改变，从冥王星、海王星开始，直到木星、火星，和我的计算完全一致。”梅云问：“那么，接下来呢？”马伦说：“火星之后，不就是地球嘛。”梅云问：“还有……多久？”

这时穆穆送来了冒着热气的咖啡。

“谢谢穆穆。”梅云说。

穆穆对梅云嫣然一笑，下楼去了。梅云心里禁不住想，现在只有穆穆是健康的。马伦把桌上的一张纸递给梅云，梅云一看，皱起了眉头。

马伦咽下半口咖啡，说：“你看，我闲得无聊，在算倒计时。”梅云问：“什么倒计时？”马伦说：“我们的生命，还剩不到3000分钟。”梅云重新看了看那道算式。马伦指着手表，说：“刚才咱们已经用掉了10分钟。”梅云问：“你是在赶我走吗？”马伦说：“不，现在我脑子里除了时间，没别的东西。”梅云忽然有点气喘吁吁了。马伦问：“你在想什么？”梅云说：“我在想我还能喘多少次气。”马伦说：“一分钟如果喘20次气，最多还能喘60000次。”梅云说：“你这么一算，我都不会喘气了。”马伦说：“是呀，喘一次少一次。”梅云也看看自己的手表。马伦说：“我今天才算看懂了时间。”

梅云再喝口咖啡，等马伦发表宏论。此刻她突然想起，她关于恐惧的那番言论，那种说话的方式，那种好为人师的样子，是在模仿马伦。

马伦说：“寿命，有趣呀。”

梅云说：“别卖关子了，一口气说完吧。”

马伦笑了，说：“我这两天才明白，寿命并不是一个纯自然的东西。从宇宙到蚊子都有寿命，细想想，真是绝妙。宇宙的寿命大概是两百亿年，狗的寿命是10年左右，蜘蛛的寿命是一年半，蚊子的寿命是七八天。人呢，人能活七八十岁，不多不少，刚刚好。你想，如果人的寿命是两百岁或者20岁，那么人的历史就将完全不同。”

梅云说：“我差不多听懂了。”

马伦不相信梅云听懂了，目光使了使，又说："所以，人的当务之急不是突破限制，经天纬地，无所不能，而是接受限制，好好做人就可以了。"

梅云说："人类已经没时间总结了。"

马伦说："是呀，任何总结总是马后炮。"

梅云说："就怕连马后炮都不是了。"

马伦的脸上渐渐有了些生机。

梅云说："我有个问题，你别笑话。"

马伦先一笑，说："你说。"

梅云说："这两天我丝毫没有性欲，应该也和时间有关吧？当一个人意识到时间所剩无几时，性欲是否会大大减弱，甚至会变成零？"

马伦说："非常有可能。"

梅云问："男人呢，男人是否相反？"

马伦说："不难猜想，眼下这种时候，人体处在诡异的电干扰环境中，身体在某些时候出现惰性，就是阳痿，或与之相反——性亢奋。"

梅云点头，很认可这个解释。

马伦又一次低头看表。

梅云说："问最后一个问题我就走。"

马伦急忙说："不急不急。"

梅云说："很多人提前看见了未来，有些是几十年后的未来。"

马伦说："还是那句话，我希望我出错。但是，没出错之前我只能相信计算，从冥王星到火星，我的计算一直是对的，百分之百，毫厘不爽。"

梅云说："好吧，明白了。"

梅云站起来要走。

马伦说："我就不送你了！"

梅云说："保重！"

梅云快速下楼，和穆穆抱了抱，又蹲下身亲亲米亚的耳朵，就急着下山了。马伦在楼顶向梅云招手，梅云抬头看见高处的马伦，眼睛湿了。

骑上摩托车下山时，不断有劲风要把她托举起来。这种失重又很难飞起来的感觉，让她有点恶心，想吐又吐不出来。从小重山回到心理服务中心，用了大约 40 分钟。她想，又少了 800 次呼吸。门卫告诉她，高雷雷回来后，马上又走了。她问："他去哪儿了？"门卫说："他说，他要去杀人。"梅云立即想起了她和高雷雷结婚后，高雷雷每一次冲动的瞬间。有一次，他真的把菜刀架在了她脖子上，什么原因早就想不起来了。门卫又说："他把蜡液泼了一地。"梅云急忙回到院子，远远就闻见了蜡液喷香的味道，没走几步，脚下一滑，摔倒在地，手一摸，知道满地的蜡液已经凝固起来了。好在声音不大，没人发现。

走进楼内，闻到了更浓烈、更复杂的味道，是蜡液和油墨合而为一的味道，含着令人难受的热气，甚至还有几分毒气。大家都还在，人数不仅没有减少，反而大大增加了。会议室里，五组人在专心制蜡，每一双手上都是黏糊糊的，甚至额头上、鼻尖上也黏糊糊的。其他的房间里有人用老式油印机印丰隆穴按摩示意图，有人直接用毛笔抄写，全都是一心不二用的样子。没人谈论某某人刚刚闹过事，把蜡液泼了一院子。梅云突然相信，绝不是因为自己有啥领袖气质，大家才愿意聚集在一起没完没了地干活的，一定有秘密的力量在起作用。她决定留下，哪儿也不去，什么心也不操，管他杀人者是谁，被杀者又是谁。管不了那么多了，留下来和这些人在一起，直到死。她重新回到制蜡组。她把第一根细细的蜡烛蘸进储液罐里，稍稍停顿片刻，在这短短的瞬间里，心也静了下来，之后再提起来，挂在缓缓旋转的拨盘上，接着是第二根、第三根，没一点技术含量，是傻瓜也会干的事情，此刻做起来，并不容易。不专注，就会把手指也伸进蜡液，或者过早把蜡烛提起来。她试了很多次，才勉强让自己的心稳下来，静下来，排除杂念，一心一意蘸蜡，重复简单如一的动作。这个过程，她再度相信，地球绝不会毁灭，原因就在眼前：这些极力保持镇定专一的面孔比一道冰冷的算式更接近天地良心。

晚饭后，她仍然留在制蜡组。

她说："咱们唱唱歌吧。"

有人喊："梅院长带头呗。"

她想都没想，张嘴就唱，竟是一首儿歌：

板凳板凳，歪歪，
菊花菊花，开开，
开几朵？
开三朵，
爹一朵，
娘一朵，
剩下一朵是谁的？
是我的。

大家稍稍一愣，就不由自主地跟着唱起来，声音不大，但很整齐也很协调，不少人眼眶里很快就含上了泪花。随后立即有人接着唱，唱另一首儿歌。人人都会唱几首儿歌，很多儿歌就像风声雨声，人人熟悉，不会唱也能跟着哼哼。似乎没有比儿歌更适合在此时此刻唱了，后来没有儿歌可唱了，就唱儿时听过的流行金曲，或者唱有些搞笑的打油诗。就这样翻来覆去地唱，然后突然就没声音了。木质拨盘转动时发出的那种有节奏的刮擦声也一并消失，外面的涛声和鸟鸣也听不见了。既然听不见，也就用不着张嘴唱歌了。没有声音，傻瓜才会张嘴唱歌，这是明摆着的道理。大家十分懂事地互换了一下眼神，就明白，这个世界还在发疯，继续在发疯，接下来谁知道还有哪档子怪事儿、邪事儿。来吧，那就来吧，都来吧！手上的动作始终未曾停止。好在寂静也有声调，此时此刻的寂静是刚才那些儿歌的调子。

两小时后，苏铁和阿龙回来了。

梅云用眼神问："小芒呢？找见没有？"

苏铁写字，阿龙比画，两人费了好大功夫才略略说清，小芒算是找见了，但人家不回家，钻进几万个裸女组成的队伍里不出来。梅云用唇语问："在哪儿？"苏铁用夸张的嘴型加动作答："海滨公园。"后面的阿龙也在帮忙比画哑语。

梅云转身看了看女人们。梅云并不知道自己想说什么，但女人们一下子就看懂了。声音消失后，人们的瞬间理解力似乎明显增强了，目光真的会说话也会听话了，女人们纷纷动手宽衣解带，好像不是出于主动，而是服从衣服的意愿，让它们获得自由，脱身而去。每一个裸体都含着柔和的光晕，钙白色的光线因为是从胃里、肺里、血管里、骨头里流出来的，所以极为温软，同时有些暗淡，是真正意义上的柔光。梅云带头向楼外走去，当所有女人都跟过去时，女人们的数量骤然增加了，每个人又复制了一个或多个自己，最大限度地和别人混合起来。一个有名有姓有不同颜值不同内心的个人不再是需要死死守住的东西，而是一个普通的带电粒子，对其余的带电粒子有着天生的亲和力。没有脚步声，走路就像飞，没人会在乎脚下有碎玻璃、有破铜烂铁、有死鱼烂虾，也没人在乎街上有狮子、老虎，有会飞的蛇。

一小时后，海滨公园到了。女人们远远就看见了那些发光的同类，转眼就消失了，消失在钙白色的汪洋之中。并没有群情激愤，并没有包藏祸心，并没有向天祈祷，并没有对地哀求。有的只是安静，静静地和时间在一起，让时间延续。

梅云先后认出了黄靓靓、王美姝、黄绿等熟悉或半熟悉的面孔，不过，相互并没有打招呼，甚至也没有眼神交流，一切都像是早就存在。

关广文

关广文走到哪儿，田三就跟到哪儿。“我要释放证明。”田三一直在念叨。“谁抓你了？”关广文总是反问。“我蹲了三年监狱，人证物证齐全。”田三说。关广文不否认，也不承认。关广文把田三带到公安局，给他倒了杯茶。田三不喝茶，定定地坐着。“我要释放证明。”每过几分钟，他就念叨。关广文给他开了个私人证明，田三一看，说：“我要正式的释放文书，盖公安局的章。”关广文鼻子一哼，说：“挺有主意的。”

桌上的电话响了，关广文接起来。

“儿子，这是民政局婚姻登记处的电话。”

“爸爸，你怎么跑到婚姻登记处了？”

“我要和你妈离婚。”

“我妈同意吗？”

“她同意。”

“同意就离呗。”

“民政局说等来电了再受理，没电没法打印离婚证。”

“那就等上几天。”

“你帮我找熟人求求情，开个手写的离婚证书就行。”

“我忙死了，走不开，你们先回家吧。”

“不，今天我必须拿到离婚证书，要不然我就自焚，我带着汽油。”

“我妈呢？”

“你妈在外面。”

“爸，我赞成你们离婚，但建议你们先回家，过两天再办手续。”

“不，今天拿不到离婚证书我就自焚。”

“爸，你总算要硬气一回了。”

“你胡说，我硬气了一辈子。半小时内你不出现，我就自焚。”

关广文咣当挂了电话。

田三说：“关局长，咱们去看看吧。”

关广文问：“你也去？”

于是，关广文骑着三轮摩托，带着田三，直奔城东边的婚姻登记处。大街上人很多，有些围作一团，像是在密谋什么；有些排成长队，但长长的队伍一动不动，队伍里的人也安安静静、不急不躁；有些独来独往，或者低着头在一味疾走，或者躲在某个角落里偷偷凝视远处。如果不细想，这样一个世界倒也生机勃勃，充满欢乐。

关广文停下三轮摩托。

“咱们去了解一下。”

“你爸那边？”

“不用担心，我爸是个胆小鬼，他不敢死。”

“万一呢？”

“不会有万一，我爸那个人我太了解了。”

“你妈怎么样？”

“大部分时候，我妈和我爸一个鼻孔出气，我爸是我妈的跟屁虫。夫妻两个从小跟踪我。”

“父母跟踪孩子，头一次听说。”

“我和我妹都被他们跟踪过，我妹到现在都不理他们。”

“父母为什么跟踪自己的孩子？”

“是一种病，叫未分离状态。”

“什么意思？”

“正常情况是，父母，主要是母亲，和孩子之间应该完成分离，你是你，我是我；反之，就是未分离状态，就好像孩子还在母体中。孩子出生，之后断奶，是第一次分离；孩子长大，母亲要让孩子走出去，要鼓励孩子成为他自己，这是二次分离。有很多母子始终做不到二次分离。母亲跟踪孩子，是最典型的未分离状态。”

“这么说来，跟踪孩子，就像在跟踪自己？”

“差不多，可以这么说。”

“既然这样，你妈就是可以原谅的。”

“为什么？”

“我觉得你妈是个可怜人，为什么不原谅呢？”

关广文大为吃惊，久久盯着田三，说：“田三你出息了！”

“不瞒你说，我想我妈了。”田三眼圈发红。

“那就赶快回去吧。”

田三点头，瞬间变了一个人。

“把我的摩托车骑上。”

“谢谢关局长。”

关广文和田三回过头走向摩托车，田三真的开走了摩托车。关广文大声喊：“记住，还我摩托车。”田三连头都不回，转眼就不见了。

关广文很快就搞明白了，每一堆人都是独特的一群，和微信群很相似，有些直接是落了地的微信群，如家暴受害者群、催眠爱好者群、前世经验分享群、微笑面对未来群、宝妈群……另一些人群的明显特征是一堆人一种病，一堆人纯粹是某种病的病友，划分堪称细致，只差举牌子了。有新人要加入进来，前面的人总是先问：“你是什么病？”实际上很少有人找错人群，正如蜜蜂不会找错花丛或蜜罐。每一堆病人，都在不约而同议论同一个话题：很多癌症病人一夜之间痊愈了，有死掉的人竟然从停尸房里又好好地走出来了。两相比较，病友们的精神状态更好一些，他们眼神干净单一，甚至略显亢奋，有点像不谙世事的懵懂儿童。关广文想，频频发生的乱象一定模糊了健康者和患者的界限，让双方的角色发生了互换。另外，他们一定有这样的想法：既然癌症病人都能神奇痊愈，他们自己也没问题。

后来关广文起了私心，估计或许有一堆人全是未分离状态患者，待会儿可以把父母送过来，就耐着性子一个一个找，却没找见，失望之余，他另有发现：在一个长队里看见了大学教授安南。他要拉安南出来，安南不肯出来。

关广文问："排队干什么？"安南看了看周围，诡秘地答："不知道。"关广文问："不知道？"安南答："是呀，不知道。"关广文问："你不认识我了？"安南答："你是关局长，哪能不认识。"关广文硬把安南拉出来，问："安教授，你好像变了个人。"安南小声说："我带着一伙学生，在做一个试验。请几个学生任意选一个地点排队，看是否有人盲目跟着排队。"关广文问："结果呢？"安南指了指旁边的队伍。

"说明了什么？"

"不言而喻啊。"

"哎呀，最好别这样。人已经够可怜的了，别再糟蹋他们，好不好？"

"关局长也好像变了个人。"

"你不了解我。"

"你也不了解我。"

"是呀，谁都不了解谁，不过你还是让他们解散吧。"

"现在，想解散都难！"

关广文不信，走近队伍，问："大家好，你们知道为什么排队吗？"

没人回答，人人都有气无力。关广文指了指安南，说：“这位教授刚才亲口告诉我，他在搞一个狗屁试验，请几个人随便选个地点排队，看看是不是有人跟在后面。”

安南向大家露出一个歉意的微笑。人们并没有生安南的气，只是对关广文的多嘴有些不快。关广文说：“快回家吧。”没人离开，没人说话，关广文提高嗓门：“天快黑了，快回家吧。”没人说话，也没人抬头看天。安南倒是认真看了看西边的天空，一条条的云阵后面，太阳正在慵懒地下沉。安南判断，过一小时太阳才会落山。

一个双下巴的中年男子说：“想飞飞不了，想睡睡不着，倒不如这样站着好。”此人后面的男人说：“我愿意站着。”另一个人说：“我们站着，我们排队，和任何人无关。”关广文喊：“回家去吧，灾难很快会结束的。”一听这话，有人来劲了，问：“到底怎么回事，我们都蒙在鼓里！”另一个人也高声问：“是呀，到底怎么回事？”又一个人更高声地问：“有一千种说法，到底哪个是真的？”人们争相喊叫起来。

关广文意识到大家认为他肯定是了解一些实情的，因为他毕竟穿着一身警服，于是，他说：“我可以负责任地告诉大家，这次灾难，和台风、地震、海啸没有什么区别，只是持续时间可能更长一些，需要五六天，很快就会结束的。”

“已经三四天了。”

“是呀，很快就会结束的。”

“你敢肯定？”

“我肯定。”

关广文要走，安南跟过来，拍拍关广文的肩膀，说：“关局长，你泄密了。”关广文问：“我泄啥密了？”安南小声说：“七个人的秘密。”关广文也小声说：“安教授，我提黑矮星了吗？”安南假假地笑了，关广文也淡淡一笑。关广文急于溜走，安南说：“去喝杯咖啡吧！”关广文问：“有吗？”安南说：“有，我看见有。”

两人走进一家不起眼的小咖啡馆，名为“海明威咖啡馆”，正面墙上有一句话，“我不在喝咖啡，就在去咖啡馆的路上”。几乎所有的空间里都有海明威或海明威作品的照片。除了头发染成稻黄色的女侍者，并没有一个顾客。

两人靠窗边坐下来。

关广文说：“我没带现金。”

安南说：“我也没带。”

女侍者正在弹吉他，边弹边唱：

从上野开出来的夜行列车　走下来的时候
青森站矗立在雪中　回到北方的人群
大家都默默无言　只听到海峡波涛的声音
我独自走上渡船　看见快冻僵的海鸥
不禁掉下眼泪　啊　津轻海峡冬景色
请看那就是龙飞岬　在北方的尽头
不认识的人用手指着
被呼出的热气弄蒙的玻璃
擦了又擦　也只能看见遥远的浓雾而已
再见了　亲爱的　我就要回去了
风的声音在胸中激荡
眼泪几乎就要掉下来了
啊　津轻海峡冬景色……

女侍者先向他们投来一个歉意的微笑，弹完后才走过来，说：“别担心，这两天我们记账，等来电了你们再来补交；忘了也没事，算免费。”

安南问："这两天，怎么还营业？"女侍者说："回不了家，闲着也是闲着。"关广文问："就你一个？"女侍者说："我自己的店，店员都跑光了。"关广文面含感动，想说什么又没说。

"两位喝点什么？"

"来两杯摩卡。"安南说。

没多久，每人面前有了一杯摩卡，冒着半浓的热气。安南一口先喝完一杯。"再来一杯。"安南说。关广文则特意嗅着咖啡的香味："今天，光咖啡的香味就能醉人。"安南说："喝完咖啡去死，也值了。"之后，两人沉默了好久。

窗外是一个平时很繁忙的交叉路口，任何时候都车来车往，此刻却空空荡荡，商业橱窗里的男女人偶因为无人注目而显得异常落寞。

"这两天打砸抢事件多吗？"

"有一些，但不多。"

"应该乱成一锅粥才对得起这场灾难。"

"大灾难中，人总是相对安静。"

"渐渐有了一种新秩序，奇怪的新秩序。"

"你说说，为什么？"

"你是犯罪学专家，你说。"

"大灾难来临，抢了人的戏，把人变成了配角。"

"如果没有灾难来抢戏呢？"

"人就自己唱戏，每隔一段时间都唱一出大戏，你想想是不是？"

"还真是，每一次战争就是一出大戏。"

"古时候的战争可能真是战争，后来的战争其实更像是戏。"

"有什么区别？"

"放第一枪的时候，全世界每一个角落的人在第一时间就知道了，于是，全世界就变成一座大戏院。你想想，唱戏的人有多兴奋呀。"

"关局长看得透。"

"有些国家，选总统那一年，必然会放几枪。"

"不是枪，是导弹。"

"对呀，用导弹唱戏。"

"还有呢？"

"人身上有一种天赋，消化灾难的天赋。再大的灾难，不来时害怕，来了就迅速接受。"

"为什么是天赋？"

"早期人类需要应对更多的自然灾难，于是，及时接受和消化灾难就成了天赋之一。"

安南抿抿嘴，把一杯新的摩卡也喝光了。

关广文也一口喝完摩卡。

关广文说："这两天的人只喜欢往人群里钻，哪儿人多往哪儿钻。"

安南说："钻进人群是为了躲避死亡。"

关广文问："怎么讲？"

安南说："人多力量大呀，人多安全呀，独来独往等于自杀。"

关广文说："人一直是群居动物。"

安南说："群居是消极的。"

关广文问："为什么？"

安南说："刚才说了，群居是为了安全。"

关广文低头看表。

安南说："我也该回家了。"

两人离开时，真的打了欠条，是由安南用圆珠笔写的：

欠条

我们欠海明威咖啡馆三杯摩卡的钱，共计 60 元。

安南、关广文

3月8日下午

关广文来到婚姻登记处时，天已经黑透了。婚姻登记处早就下班了，整个大楼灰蒙蒙的。大门明明上了锁，门前仍然黑压压的，全是人，只是没排队，一个挨一个坐在台阶上。奇怪的是只有男人没有女人。“爸爸。”他朝黑影那边喊了一声。

一个黑影站起来，向他走来。

没错，是他爸爸。

“妈妈呢？”

“女人都走了，不知去哪儿了。”

“那就回家呗。”

“你陪我。”

关广文决定陪爸爸走走路，他突然觉得，他该做一次爸爸的爸爸了。爸爸这个人，虽然软弱，却很诚实、很本分，是一个没什么出息但于人无害的老头子。于是两个人摸黑向前走去。关广文在想，距离上一次父子二人这样走路有多久了？

“爸爸，汽油呢？”

“汽油让一个保安收走了。”

“你真的想死呀？”

“要不离婚，要不自焚。”

“只想自焚？”

“对，只想自焚，不想跳海，也不想上吊。”

“想自焚和想死不是一回事吗？”

“跳进火里，让火烧死，只愿意这样死。”

“以前没听你说过。”

“就这两天，幻觉中老是出现大火熊熊的场面，老想纵身跳进火海，心里——”

老爷子的话没说完，就没声音了。

马上就知道，不是耳朵出问题了，是真的没声音了，没任何声音了，连耳鸣都听不见了。关广文看见爸爸突然弯下腰抱紧身子，他知道这是标准的惊吓反应，意外听见猛烈的声响时常有的本能表现。在人们的幻想中，灾难总是带着可怕的巨响从天而降，所以才会弯下腰、勾下头、抱紧双臂。但是，此刻，却没有丝毫声音。

“爸爸，能听见吗？”

“你说什么？”

“你也听不见吗？”

“你说什么？”

父子俩都听不到对方的声音。

没问题，没声音了。

关广文眼前浮现出马伦的脸，满脸胡的那张脸，并想起马伦的话：“我估计，声波可能也会消失。”这倒让他没那么紧张了，这大概是拥有秘密的好处。他掏出手枪，朝头顶放了一枪。手枪的后坐力很清晰，空气也有轻微震动，但是，真的听不见声音，空弹壳掉在地上的声音也没听见。几根树枝哗啦啦掉下来，哗啦啦——这声音不是听见的，而是看见的，看见树枝落地的瞬间，幻觉中有哗啦啦的声音，就像给动作配音。

凌千里

8日中午，凌千里逃出来了。趁王美姝和几个弟子不注意，翻过有玻璃碴子的别墅院墙，很轻松就逃出来了。想起上辈子曾经练过轻功，这一想，就仿佛有了轻功，真的身轻若燕了；再说地球引力明显下降之后，人人都像长了翅膀一样，借助一点外力就能飞起来；还有小伙子帮忙，小伙子暗中指挥他就像一个老司机在开车。

他的目标很明确，去自首。在大街小巷里一口气跑了半小时之后，他坐在一条长长的石凳上，想和小伙子聊聊天。或者是，小伙子让他坐下来，打算和他聊聊天。他可以同时发出两个人的声音，一个是他自己的，一个是小伙子的，两者没有任何相似之处。他自己的声音明显是中年人的味道，老声老气；小伙子的声音很年轻、很冰冷，很像冰窖里的人在说话。一人问，另一人答，转换十分自然，绝对是世界上最完美的双簧戏。

“你叫啥名字？”

“大家都叫我阿虫。我刚生下来的时候，小得像虫子。”

“这名字好。”

“名字不好，虫子命短，我才活了 22 岁。”

“对不起。我会去自首。”

“住着别墅，开着武馆，弟子满天下，舍得吗？”

“我现在就去自首。”

“为什么？为什么现在才去？”

“因为，现在……”

“别撒谎，你的任何想法我都一清二楚。”

“那，还用我说吗？”

“说！为什么现在才去？”

“我听说，所有的人，没几天可活了，最多还剩两天时间。”

“为什么？”

“有人经过精确计算，得知一颗黑矮星闯入太阳系，正向地球飞来，两天之后，也许一天后，将和地球正面相撞，黑矮星像铅球，地球像虱子。”

阿虫哈哈大笑。

“你不信？”

“我信，所以咱们得抓紧。”

“咱们去哪儿？”

“先去出事地点看看，找些证据。”

“好的，但愿还有。”

凌千里心里真的有点急，急于去自首。

他站起来准备赶路，站起来时他的眼神陡然变了，变得直勾勾的，又直，又冷。那是他的目光，也是阿虫的。两个人的目光合而为一时，眼球表面有一瞬间的痉挛，然后就绷紧了，就像有茶瘾的人，喝了几口酽茶后，眼神迅速变得锐利了。目光变了，世界也跟着变了。眼前突然冒出一个情景，十字路口，数不过来的抛了锚的汽车中央，站着一个年轻人，正在指挥交通，极为任性地使用着错误手势，连绵不绝，十分自得。凌千里想起来了，几天前在地铁口看见过这个人。凌千里从年轻人身边经过时，特意看了他一眼。

“Who are you?（你是谁？）”

“Where are you going?（你要去哪儿？）”

凌千里对他笑了笑，继续向前走。

“喂，喂，hello?”年轻人的英语水平显然有限。

凌千里指了指北边。

“不能去，很多人跑出去又回来了。”

凌千里停下来，看着年轻人。

“听说外面全是老虎、狮子，还有狼，还有蛇。”

凌千里并没有被吓着，转身走了。

“真的，没骗你！”

任凭年轻人怎么喊叫，凌千里也不回头。

“喂，喂，你要去送死吗？”年轻人的声音充满失望，真切极了。年轻人随后又追过来，硬塞给他几张大纸。他打开一看，是手写手绘的丰隆穴按摩示意图。他一看就知道，这是梅云的杰作，凌千里对年轻人一笑，继续前行。

他觉得这样不错，自己只是一个容器，自己对自己不必承担责任，不必把老虎、狮子放在心上，不必时刻以生死安危为虑，真是无事一身轻。他真的尝到了作为容器的快乐，他快速向郊区那边走去。田野就像几分钟前才从天上落下来，还没落稳，摇摇晃晃。绿色的庄稼东倒西歪，像台风过后的样子。被田野围住的村庄和村庄后面的小山丘，有清晰的轮廓，但没有丝毫人气，一些屋顶有奇怪的影子在晃动，好像真是狮子、老虎。

凌千里稍稍放慢了速度，等着被谁踢一脚或者推一把，但没有。他身上似乎只剩下他自己了。宛城被他彻底抛在了身后，还有大海和闻不完的海腥味儿。之后他再也不曾回头，只是一味地向前跑，迎着风，迎着再三卷起的树叶，潇洒地摆动双臂，用较慢的速度跑，用较快的速度跑。跑鞋的鞋底和路面摩擦的感觉非常棒，身体每一次摆脱重力时，都有向天上弹出的错觉，心里的惊喜一耸一耸，每一次都相信会像鸟一样飞起来，再落回地面时也不失望。渐渐还找到了新窍门，既省力，又不失平衡。实际上可以放开跑的路段并不多，到处都是抛了锚的车子、陷入泥潭的车子、夹在乱石和倒掉的大树之间的车子，到处都是弃车出逃的人。到后来想不起为什么要跑了，只想一直跑，跑到马伦曾说过的“五天后”为止。

不过，没多久还是遇到了麻烦：前方路中央横卧着一只老虎，像只大狗，毛蓬蓬的，歪着脑袋，目光阴冷，但也柔软。他急忙躲到停在路边的一辆货车后面，不知道下一步该怎么办。不过这个瞬间他忘了自己仅仅是一个容器，他被迫变成了他自己。想象里，老虎正在货车另一侧向自己悄悄靠近。他急忙爬上长长的车厢。车厢里没有别的东西，只有棺材，有大有小，一口挨一口，分明是新做成的棺材，还没有上色，木头的味道簇拥在一起，相当刺鼻。他朝车头那边快快扫了一眼，不得了，那只老虎还卧在老地方，它后面的斜坡上还有几十只老虎，乱糟糟地趴在那儿不声不响，其中的一小半自然地抬起头，齐齐瞅向他。他双腿一软，屁股撞在最外面这口棺材上，双手急忙向后一撑，棺材发出大面积的空响，这声音表明棺材里面是空的，里面藏着一个长方形的床一样的诱人空间。他心里一热，打算钻进去，躲在棺材里。他并没有得到反对的指令，他身上好像真的只剩下他自己了。不过，他也觉得自己被遗弃了，心里很不是滋味。他轻松掀起最外面这口棺材的盖子，看见里面不仅空，而且大，真的像一张床。他急忙跨腿跳进去，顺势卧倒，再从里面一点一点移动棺盖，把沉甸甸的拱形棺盖扣在四条边上。躺下后，他马上就明白，棺材之所以做成上宽下窄的样子，不只是为了好看，更是为了让死者的身体仰躺在里面时刚好能卡紧，不会左右摇晃。他试着把身子侧过来，就舒服多了。还是有极少的光线透进来，因为棺材的缝隙还没上腻子，棺材盖和四条边也没有充分吃紧。他已经闭上了眼睛，人在黑暗中会不由自主地闭上眼睛，除了在黑暗中睁着眼睛纯属多余之外，可能还有别的原因，比如，主动融入黑暗中，让自己成为黑暗的一部分；失去意识，免得担惊受怕、患得患失。他又用指尖使劲揉了揉太阳穴，随即再掐一掐，在测试阿虫还在不在自己身上。

“喂，你在吗？”他没听到阿虫的回答。他觉得此刻的自己是极为幸福的，他只和自己单独在一起。他干干净净，他只是他自己。他带着生命中所有的时间，包括四维世界里的那些时间，来到这里，来到一个叫“现在”的地方，安卧其中。“现在”不是时间，是空间，棺材里的这一方空间，足够大、足够好的空间。他睁开眼睛欣赏着自己的空间，一条水平的虚线和一条垂直的虚线，一长一短，在黑暗中交织起来，画出这个空间的美丽轮廓，赐给他，归他所有。像天亮前从窗缝里透进来的光线，温暖着他的脸、他的心。

不久，棺材晃动起来，晃动越来越厉害，能感觉到车厢里的棺材和棺材在相互碰撞，同时听到老虎在叫，几十只老虎同时在叫，就在卡车周围，在两三米之外，那种直接从大嗓门里发出的声音，没有经过口腔的修饰，让一切发抖。他由侧身变为仰躺，将身体尽可能靠向棺材底部。棺材的持续颤动爬遍他全身，电流一样麻刺刺的。

随后又重新安静了下来。他明白老虎们也在经历和人相似的精神折磨。这个念头之后，他突然感到头痛欲裂。“你可以睡一会儿。”是阿虫，阿虫说话了。他吓了一跳，阿虫还在，不过他迅速就接受了阿虫还在的事实。他想和阿虫聊天，聊长长的天。他又想，算了，聊天费氧气。那么，听阿虫的，睡一会儿，能睡着当然不错，但又怕睡着。和睡着相比，他更愿意死掉。他觉得，世界上再没有比睡着和昏迷更可怕的东西了。与其睡着，不如死掉。他把双腿稍稍分开，轻轻贴在棺材上，把双臂收在身体两侧，尽可能平复了呼吸，模仿一个死者最后的模样。他想起传说中的某种颇具仪式感的死亡，僧侣们从某一天某一刻开始拒绝米水，在静静的冥想中一点点走向死亡，带着所有的秘密悄然退场，真是妙极了。

他到底还是犯迷糊了，眼皮打架了。他觉得，阿虫故意在使坏。他立即开始做梦：他是一滴血，像雨滴一样正从高空坠下来，始终保持自身的完整，一边往下掉一边在想象。几分钟之后，这滴血掉在地上后，吧嗒一声，会迅速溅起来，溅成皇冠的样子，鲜红鲜红的皇冠。漂亮的皇冠只在空中停顿了极小极小的一瞬间，紧接着就散向四处，消失在空气里。可是，随后出现的真实情形却大相径庭：一滴血，落了下去，落在一层厚厚的灰尘里，根本没办法溅起来，也没发出任何响声。同时，棺材外面，另一件事情发生了。

两件事情至少有一点相似之处：

都有血。一个同样在赶路的大胖子被老虎挡住了去路，急忙爬上路边的大卡车，发现车厢里全是没有上色的棺材，估计是空的，打算躲进最外面的这个棺材，掀起盖子，看见里面躺着一个人，一个大活人，一双帅气的大眼睛正在睁开。

一声尖叫——

其实是两声尖叫，外面的一声，里面的一声。

两声合而为一的尖叫。

两张无限接近的脸迅速弹开了。

外面的人抬起头，转身就跑，准备跳下车厢时，双脚一滑，肥胖的身体倒栽下去，脑袋直直地砸在路面上，当场就开花了。

里面的人吓傻了，躺着不动。光线很亮，里面的人用手遮住眼睛，用全身的细胞倾听，听见了一声呻吟，在车厢底下。里面的人多少明白了什么，壮着胆子，缓缓坐起来，跨出棺材。里面的人首先看向熟悉的方向，看见了老虎，满眼都是老虎的大屁股，几十只老虎正向落日那边狂奔而去，弹起的烟尘遮天蔽日。他小心地走向车厢右侧，小心地低下头，看见了一个痛苦蠕动的大巨人。他没犹豫，跳下车，差点被满地的热血滑倒。

“你怎么了？”

“我……”

巨人身子一软，死了。

他把巨人的身体摆平，再把头扶正。巨人的脖子袜子一样柔软。“他死了！”阿虫说。“你把他吓死了！”还是阿虫的声音。他瘫坐在血泊里，心想，死掉的为什么不是自己。太阳血红，像阴谋的一部分；鸟鸣很乱，也像阴谋的一部分。

“快起来赶路！”阿虫命令他。

他坐着不动，突然失声痛哭。

“你哭什么？”

“我哭我是个倒霉蛋。”

“你是个倒霉蛋，那我呢？”

他一想，阿虫的确也是个倒霉蛋，无端死在自己手上。

“快起来，赶路吧。”

他扶住车厢站起来，向死者三鞠躬，之后又一次三鞠躬，然后自然而然向老虎逃走的方向走去，好像老虎和人有同一个归宿。太阳离落山还有半树高，密密麻麻的云层像巨大的条形码，有横线、有纵线，太阳下坠，正像是在刷码。

“阿虫，问你个话。刚才你一直在我身上吗？”

“是呀，你走到哪儿我跟到哪儿，我不会放过你的。”

“我到底是我，还是你？”

“你是你，也是我。”

“那么，刚才那个胖子的死，你也有责任？”

“我没责任，他看见的是你不是我。”

“不，刚说了，我是我，也是你。”

“当他掀起棺盖，看见的是你的脸，是你正在睁开的眼睛。”

“你在我身上，我受你控制。”

“我藏在你后面，我是看不见的。”

“皮是我，精神是你。”

“精神是没有器官的。”

“撒谎的是嘴还是精神？”

“你现在打你的嘴，看我疼不疼。”

他愣了一下，开始打自己的嘴。一下又一下，牙齿很快出血了。但不疼，一点都不疼。后来又打了自己的左脸和右脸，又打了自己的额头。

“我不疼。”阿虫说。

“你在撒谎。”他吐了一口血。

“我真的不疼。”

“我也不疼。”

“不疼你再打呀。”

他又开始打，打完左脸打右脸。

太阳早就下山了，正如布景撤了，戏还在演。

“再打呀，怎么不打了？”

当他再一次打自己脸的时候，听不到丝毫声音。一直有的习习风声也听不见了，满天的鸟鸣也听不见了。他瘫坐在草丛中，仰头看着半明半暗的夜空。他朝高处吼叫一声，似乎又有声音，但不是从外面听见的，是从自己里面听见的。脑子里藏着一个区域，那才是最寂静的地方，刚才的吼声从那里升起，又落下。“狗日的马伦！”接着他又大喊一声，声音还是从那里升起，又落下。无声世界令手心稍稍有了痛感，整个脑袋烧乎乎的，脸和嘴也渐渐疼了起来。世界上除了疼，不轻不重的麻酥酥的疼，不再有别的任何东西。

“狗日的马伦！”这次，他只在心里嘀咕。他的意思是，马伦，你这个妖怪说准了一切。“快起来，赶路吧。”他隐约明白这是阿虫传递给他的最新指示。看来，没有嘴，也可以说话；没有耳朵，也能听明白。这说明有时候精神的确没有器官，就像马伦用角动量监测仪发现的黑矮星，藏得很深，不发光，也不反射光，不传递任何已知电波。精神这种东西是最适合暗度陈仓的，精神曾经说了什么、做了什么，永远无人知晓。

他坐着不动，沮丧极了。

“起来，走吧！”他还是一动不动。

苏唯唯

苏唯唯回到家，发现儿子小永和几只小动物玩得很开心，上衣口袋里装着小仓鼠，怀里抱着小狗，在荡秋千，秋千荡得很高很高。小猫在秋千的斜对面反复追咬着自己的尾巴，先是将尾巴尽可能向内弯，再歪着头一寸一寸伸长脖子，却死活够不着尾巴尖，瞅准时机纵身去咬时，尾巴立即随着身体弹远，自己把自己气得直龇牙。明摆着，不用去上学，不用赶各种补习班，和一伙小动物待在一起，小永觉得幸福无比，至于外面正在发生什么，跟他没多大关系。她离开了大半天，和一个男人厮混了几小时，原本带着一肚子愧疚回来，但是，她发现小永根本不欢迎她回来，小永看见她走进院子的一瞬间，眼神匆匆一暗，要多失望有多失望。连他怀里的小狗都冲着她汪汪了几声，只是小狗哑哑的嗓音令她心里一揪。

“今天秋千可以荡得很高。”

她听得出，小永在努力克制着坏情绪。

“你们吃东西没有？”

“吃了两个巧克力，冰箱里的东西变味了。”

“肥肥、呆呆、布丁呢？”

“它们吃了。”

她急忙钻进屋子，想知道这半天屋里变成了什么样子。屋内香气弥漫，地板干干净净，只有一个黄色的沙发枕垫扔在墙角，这让她想起了小永刚才的眼神，突然醒悟自己是多么不称职的一个妈妈，过于信任自己、对儿子要求过多、太喜欢干净整洁，等等。她先去看冰箱里的情况，冷藏室里的熟食的确变味了，一些速冻食品也变味了。冷冻室里的冰化成了水，一部分漫在了地上，一部分留在里面，暂时还是冷的，东西没馊，但肯定不是新鲜的味道。如果是平常，她肯定马上会提出去扔掉，现在却有些不舍，心想假如还有明天、后天，还不知道怎么样。没东西可吃的恐惧，超过了当初听到黑矮星会和地球相撞的恐惧，好像饿死和死是两回事，饿死比死可怕一百倍。随后她从厨房里取上菜篮子，又出来，去菜地里找菜。小菜地是马伦帮她打理的，其中的几样家常菜，和马伦那边完全相同，一样不多，一样不少，连各自的位置都一模一样，有菠菜、豆角、黄瓜、番茄、韭菜、香菜、葱、蒜。只是大部分菜都蔫蔫的，豆角、黄瓜和番茄的把子一概枯了，和树叶的情形相似，无须用力就能摘下来。

“没人来过吗？”

“没——有！”

小永故意拖长了声音，显然知道她在问谁，却不说破。儿子好像在一天之内长大了，脸上甚至有了皱纹，有了老年斑。马伦连续几天没露面，尤其在目前这种情形下，这很反常。另外那几个男人不奇怪，平时基本是她主动找他们的，她不主动，他们就自觉地选择隐身，绝不会主动联系她，他们都是她的乖宝宝，总是那么懂事。“懂事”这个词第一次让她觉得很厌恶，甚至有强烈的身体反应，好想把这两个字从心里吐出去。

“没人依靠，就依靠儿子。”

她心里竟然冒出这么一句话。她被这句水一样流出来的话吓了一跳。她急忙赶走了这个念头，她从来都不愿意自怨自艾，现在也不愿意。

回到屋内后，她的思绪还在儿子身上，去厨房里放下菜，又回到客厅，透过柔软的百叶窗看着秋千上晃来晃去的儿子，有偷看的味道。

"他还要活一辈子！"她对自己说，几乎一板一眼。在她心里，"一辈子"的意思，就是"永远"的意思，和妖人马伦毫无关系，和那颗妖星毫无关系。所以她突然坚定地认为，马伦不是一个好人。要不然怎么会做出那样一个预测。谁相信马伦，谁也不是好人。这是大是大非问题。所以，她不打算信任马伦了，甚至也不打算喜欢他了。

"再往后，我就说不清是亲眼所见还是幻觉了。好像海平面快速上升，所有的海滨城市眼看要被海水淹没，人们纷纷逃往内地。"迟轶的话及时冒了出来。迟轶和马伦不同，迟轶看见了更遥远的东西。马伦和迟轶，到底谁是对的？到底应该相信谁？此刻，她问自己，并立即就能做出回答。"在马伦和迟轶之间，我选择相信迟轶！"

她回到厨房，开始打火做饭。天然气可以用，上天并没有收走所有的东西。她只炒了两个菜——番茄炒鸡蛋、干煸豆角。想过炒肉，冷冻室里鸡鸭鱼虾都有，可在坏掉之前先吃掉，但还是觉得那种要坏没坏的味道太恶心，比完全坏掉还恶心。用明火蒸了米饭，有点煳，把菜摆好在桌上，给肥肥、呆呆、布丁也弄好吃的，叫他们回来。

"快吃吧。"她勉强露出笑容。

小永一坐下就说："我好想见马伦叔叔。"

"见他干吗？"

"这种时候，就想见他。"

"哪种时候？"

"现在这种时候呀！"

"没事，明后天就会好起来，一切都会恢复正常。"

"我想知道马伦叔叔怎么说。"

"他？他又不是神仙。"

"谁说他是神仙了？人家是科学家！"

她不敢再接话，害怕惹怒儿子。而小永已经生气了，把菜拨来拨去，动作生硬。为了捍卫马伦叔叔的权威，他有可能拼命的。她快快扒了两口饭，停下来想，自己一直认为，女人不一定非得先结婚才能生孩子，现在看来事情没那么简单。一些时候，尤其是“现在”这种时候，一个孩子的确需要有个爸爸。那么迟轶怎么样？她迅速在想象迟轶这个新认识的男人，迟轶是不是一个好爸爸？若不是，迟轶是不是一个好丈夫？她实在不知道，自己这是进步了还是退步了。不过，一切的前提是：迟轶必须找她，而且能找到。

天黑后，她烧了水，泡在热水里还在想，迟轶会不会来找她，能不能找到她。而马伦总是紧跟在迟轶身后和她捣乱。想迟轶，就不能不想马伦；想马伦，就不能不想迟轶。另外还要同时想，自己到底是一个好女人还是坏女人。

四个男人里马伦其实是最穷的。要说谁在吃软饭，不是别人，正是马伦。马伦吃他哥哥的软饭，自己一分钱都赚不了，被他哥哥像孩子一样养着惯着。如果没他哥哥，他真的就是一个疯子，比大街上那些疯子还可怜。可是，四个男人里，她最爱的，最心疼的，最想见的，还是他。这样的想法，以前也有过，此刻才变得这样清晰明了。

再说刚刚认识的迟轶，他是一个潦倒的艺术家，肯定没多少钱，他的钱可能刚够送孩子出国留学，加上让前妻去陪读。可是，她竟然也喜欢他。

她又烧了水，让小永去洗。

小永说：“我不洗。”

“不洗不行！”

“反正睡不着觉，何必洗澡？”

“今晚应该能睡着。”

“肯定睡不着。”

“睡不着也得洗！”

“就不洗！”

她听见小永出气很粗，看样子要犟到底。她终于忍不住，打了他一耳光。这还是她第一次对儿子动手。“你讨厌！”小永大声喊。她便抓住儿子，左一下右一下地打，又冷静，又认真。小永喊：“你最好打死我！”她双腿突然一软，坐倒在地，默默哭起来。在半秒钟之内，她想起了所有的事情。她小时候的事情，她在南美洲的事情，她和四个男人的事情，她和迟轶的事情。连儿子都说讨厌她，那么，这个世界没人喜欢她了。

她哭的时候小永无声无息去洗澡了，之后小永又给小猫小狗洗了澡。这样的儿子，更让她感到可怕。她擦干眼泪，偷偷观察自己的儿子是如何迅速成长的，似乎到了明天，他就会变成一个老头。而自己刚好相反，明天会变回孩子。

小永没说错，洗了澡还是睡不着。睡不着已经是常态。肥肥、呆呆、布丁同样睡不着。“一家五口”挤在一张大床上，相互抚摸，也没用。别的不说，光空气一样，就让人难以入眠。空气里原本有气压，不多不少的气压，刚刚好的气压，压着耳膜，压着眼皮，压着头发，压着四肢，把整个人不轻不重压在地面上，你又感觉不到压力，睡着就容易。眼下的空气太轻，缺少密度，缺少分量，人躺在床上，就像树叶漂在水面上，感觉很不踏实，连脑细胞都处在半悬浮状态，连内脏似乎都不在该在的位置，有的高了，有的低了，有的亢奋，有的消沉。总之，睁眼不行，闭眼也不行，所有的内在努力终究都化为新的焦虑。

到了夜里 12 点，小狗的小嘴拱来拱去，闹着要出去，这是苏唯唯养成的习惯，每晚 12 点出去遛狗，在海边走几个来回，吹吹海风，人和狗就都舒服了。好像全城有一半的狗，都有深夜看海的习惯，沙滩边上有地灯，高处和远处有路灯，海浪起起伏伏，人和人熟悉，狗和狗更熟悉。那种情景，对人对狗都有十足的吸引力。苏唯唯曾想，我如果是一条狗，每天晚上不出去一趟，准会疯掉。可是，现在不同了。现在的海边，光一个脏字就受不了。而且，海是最吓人的，海水有可能在一秒钟内上涨，把整个城市淹没。

“咱们去小区里走走。”她说。

小永立即就坐起来了。

肥肥听懂了，一蹦子先跳下床。

她穿着白色睡袍，穿着拖鞋，直接出门了。这在以前是不可想象的，以前，即便是遛狗，也要穿得漂漂亮亮，还少不了化妆。出门前，她特别看了闹钟，马上就到凌晨1点了，是五天中的第四天了，换句话说，是倒数第二天了。和儿子相比，自己多了一样东西——一个惊天大秘密。她不知道，这是一种优越感还是什么。她牵着肥肥，小永怀抱呆呆，上衣口袋里装着布丁，一家子在院门口先停下来，攒足了勇气再出去。

从昨天开始，天一直半阴，云层安安静静，但比往常高了很多，因为太高，也就不够用了，很难把辽阔的天空和稠密的星星完全遮住。月亮像全世界共有的一盏灯，耐心地见缝插针地洒下清辉。和三天前相比，此刻的月亮像是透支了，又呆又乏。气温不热也不冷，很怪，和任何一个季节的记忆都不一样。楼上有婴儿在哭，又顽固又钻心。有人在砸窗户，一边砸一边骂，隐约能听清是一个遥远省份的口音。一个半疯的疯话连篇的老人，现在倒很宁静，似乎近来的事情和他有关。一只大黑狗跑得很快，铁链子当当响，黑狗后面的男人冲着大狗肥胖的屁股喊：“你屁股是不是痒了？喂，我问你，是不是？”大黑狗假装没听见，仍然往前冲。大狗是瞧不上小狗的，小狗只会和小狗亲热，不过今天的小狗也像是意外长大了，亲热起来远没有平常那么要死要活。熟人见了会相互认真地看看，交换着亲人般的眼神，亲切又严肃。有人还会久久地抱抱，在耳边说着什么，大概是“没事没事”这样的话。不光是小永，所有的孩子都提前成熟了。人人身上都有相似的味道——地毯上的土味、冰箱里的霉味……

在小区里走了走，倒也没事，苏唯唯就顺着肥肥，它想去哪儿就去哪儿，于是走出小区，穿过半截石巷，到了开阔的海边。沙滩外面的小路有人清理过，遛狗的人不少。有人指着海边的一个东西在喊：“看，一匹马，一匹马。”他们赶过去，看见真是一匹枣红马，身材高大，全身滚圆，躺在沙滩和海浪之间，被一大堆门板、床垫、泡沫箱、椰子树组成的漂浮物围在中央，摇摇晃晃。他们看了一两眼就离开了。他们沿着有双层树荫的步道继续前行，这是每天必走的路，沙滩变成了整齐的石岸，夹竹桃的香味一路相伴。

不远处蹲着一个夜钓的男人。苏唯唯知道，夜钓是一个偏门的专业，这座海滨城市喜欢夜钓的人不少。每天深夜，这一带岸边都蹲着数十个夜钓的人，有男有女，位置大概是固定的，每隔十几步就有一个，带着全套很上档次的钓具——各种型号的鱼竿、钓海鱼的海虫，诸如此类。她曾经想，她打死也不可能爱上一个喜欢夜钓的人，哪怕他很帅也很有钱。此刻，当她看见前面那个形单影只的背影时，竟然爱欲横流。她小心地从他背后走过去，没看清他的脸，只看见鱼漂上的夜光棒在海水表面一闪一闪，亮绿色的夜光很沉静。她并没打算停下来，但是，当她回过头再看一眼夜光棒的时候，发觉有一朵带着亮绿色夜光的热热的小流苏从大腿间滑下去了。这不是唯一的一次，早在上大一的时候就有过一次——课堂上，一位50岁的男老师在讲性爱的诗学特征，同学们都在笑，她却突然站起来，假装漫不经心地离开教室，去了厕所，因为，当时也有一朵小流苏突然滑下去了。只是，那次并没有光。

正是“那次事件”，让她对自己有了“深刻认识”：她是一个有点麻烦的女孩，她好像天生是一个滥爱主义者，讨厌专一，无法预料自己突然会爱上谁……几年后，在南美洲的一间忏悔室里她才看清了自己的另一面：她其实很专一，区别是，她的专一需要一点点俏皮，不是对一个男人专一，而是对三到四个男人专一。她一下子全想起来了，她后来的生活最早是一个谎言。在南美洲，每到周六，忏悔的人数就大大增加，忏悔室会由一个增加到三个，即使这样，等着忏悔的人仍然排着长队。她出于好奇，跟着一个当地的朋友去了解人们是如何忏悔的。她跟在朋友身后也站在队伍里，朋友出来后，她进去了。突然她不知道该说什么，就临时虚构了一通罪过："主啊，对不起，我曾经同时和四个男人保持亲密关系，更可怕的是，我不觉得自己是一个坏人，不觉得自己不专一。"说到后来，还流下了痛心的眼泪，一边流泪一边想，我要回国，把这个谎言变成现实。于是几天后就真的回了国，真的行动起来。她还记得，在忏悔室里，她肯定，忏悔室才是最远的地方，比南美洲、比乌斯怀亚的灯塔更远的地方。既然已经去过最远的地方，接下来就该回到最近的地方了。到过远处的人，不怕待在近处。在她心里，近，就成了另一种远，成了第三种距离——玩世不恭的距离，俏皮的距离。

有时候她想，也许很多人都编造过自己的罪过，目的就是说一下午。既然别人能说一下午，我说一小时就出来，不丢人吗？她还想，也许很多人都是这样——后来的生活，和当初编造的罪过如出一辙。也许真是这样，一个人，编造了什么样的过去，就会有什么样的未来。如果直接编造未来呢？马伦的黑矮星是不是编造出来的？迟铁看见海水淹没了城市，也是编造的吧？眼前的那缕亮绿色呢？没走多远，她就把狗绳交给小永，自己朝海边小跑几步，撩起睡袍，面朝大海，撒了一泡尿，然后问小永："儿子，带纸了没有？"小永说："没有。"她侧身看了看那个夜钓的人。她想，那一缕亮绿色，肯定不是编造的。她又想，我爱这个夜钓的男人。小永喊："妈，快点！"她这才站起来，回到小永这边。

"妈妈，回家吧！"小永说。"再走走。"她说。于是，他们继续往远处走。后来就碰上了好几拨人，每一拨人看上去都有一个明显的特征，就像是一个人的复制品。在一拨全裸的女人中，有人向她招手。她带着小永走过去，觉得这些女人裸得好自然，好像她们从来就没穿过衣服。

苏唯唯也丝毫没有大惊小怪，只觉得自己倒像一个怪物，竟然穿着睡袍。女人们看着她，用眼神示意她快脱衣服。她差点要脱，被小永拉住了。小永说："妈，我困了，快回家。"她抱歉地向女人们摇摇头，跟着小永走了。他们转过身，准备回家去。这时，他们身后传来一个声音："喂，唯唯，我是迟轶！"她缓缓转身，就像南美大陆在转身。她看见了迟轶，一个活生生的男人，西装革履，明显谢顶，没谢的部分很潇洒，在风中飘动。他手中举着一大束花，好像是郁金香。

"你怎么在这儿？"

"我在等你。"

"你怎么知道我会来这儿？"

"梦告诉我的。"

"梦？"

"给你说过，前天的梦……"他说。她糊涂了，不知道该不该相信他的梦，或者说，是不是听任梦的摆布。他说："梦的后半部分终于想起来了，我在码头南边遇见你，你穿着睡袍……"她问："我们去哪儿？"他指了指北边的码头。

"这是我儿子小永……"

"小永，来，跟叔叔走。"

小永问："去哪儿？"迟轶答："去船上。"小永抬头看着妈妈。

"我堂弟的游艇，在等咱们。"

"咱们？"

"先上船，陆地交通瘫痪，海上交通正常。"

"我这一身？"

"咱们得抓紧撤离，过几天就跑不了了。"

"过几天？"

"是呀，我亲眼看见的，过几天海水暴涨，城市淹没。"

“现在就走？”

“是呀，还等什么？”

“我穿着睡袍，什么都没带。”

“船上什么都有。”

苏唯唯看见小永显然是愿意上船的。“船上有小朋友。”迟轶说。“那就走呗。”小永说。于是就去了码头。码头上停着数不清的小船，小船中间夹着一些大船，还有一艘豪华游艇，三层高，有电，每一层都亮堂堂的，让人嫉妒。

苏唯唯有一个十分真切的错觉：自己面子不小，正要被宇宙飞船接走，即将飞离灾难深重的地球，前往100光年以外的另一个星系。

好几天没见电，对强烈的光线有了少许陌生感，船上的电则很充足，枝形吊灯像一个星球，每一粒水晶都在发光，发着过于华美的光。

迟轶说：“船上有人工发电。”

她在想，假如电磁波只被特权阶层拥有，这个世界会是什么样子？

“有电的感觉真好。”小永说出了大家的一致感受。

苏唯唯牵着的小狗也很兴奋，汪汪乱叫。

除了摇摇晃晃之外，船上的一切方面都像一个富人的豪宅。迟轶带着她来到较小的一个空间，这儿香气弥漫，有沙发、有酒柜、有钢琴，显然是会客厅。直到此刻，借着灯光，苏唯唯才发现，自己睡袍的扣子系错了，扣子和扣眼不对应。

小永已经四脚朝天躺在沙发上了。

她喊：“小永，别那样。”

迟轶说：“没事没事。”

苏唯唯暗暗把睡袍的扣子系好。

迟轶说：“我堂弟一家在楼上，马上下来。”

苏唯唯看了看楼梯，铺着地毯的宽敞楼梯印证了她的判断，这艘游艇不仅豪华，而且足够大。不过，主人可能没什么品位，刚才她看见了黄果树大瀑布的三维画，哗哗哗流个不停的平面，忽隐忽现的色彩，是俗常眼光才喜欢的东西。

“哥，接上你的心上人啦？”这声音从宽宽的楼梯上飘下来。

迟轶仰头回答：“当然，接上了。”

“你太厉害了！”

迟轶向她解释：“我堂弟和我打了个赌。”

“打啥赌？”

“我按照梦境找你，如果真的找着了，这条船就归我。”

“刚才的一切真的在梦中出现过？”

“要不然，我怎么知道在码头南边能遇见你？”

“时间地点，一点没错？”

“时间，我只知道是晚上，所以天一黑我就来了，地点完全没错。”

“在你的梦里，我也穿着睡袍？”

“是呀，就是这件睡袍，月白色的纯棉睡袍。”

“扣子也系错了？”

“没错，扣子也系错了，一模一样。”

“那么地球不会出事？”

“出不了大事，只是宛城迟早会被淹没。”

小永在背后不阴不阳地说：“我只信马伦叔叔的。”

迟轶问：“马伦叔叔是谁？”

苏唯唯答：“一个朋友，天文学家，我跟你提起过。”

迟轶问：“天文学家怎么说的？”

苏唯唯一笑，说：“他呀，很悲观！”

这时，楼上的人下来了。一对年轻夫妻和他们的三个孩子，很幸福的一家子。男的下巴上偏左处有个瘊子，瘊子上长着一撮毛，半寸长，翘翘的，像一支小毛笔。由于他头很大，又大又方，五官的轮廓很有力，让那撮毛并不显得多余，甚至像一个不能没有的小装饰。女的比男的高半头，瘦极了，还算漂亮，一看就是那种很顾家的女人。三个孩子是一个男孩两个女孩，男孩最大，和小永差不多，女孩小一些，最小的两三岁。

“我弟弟迟瑞，弟媳阿迪。”

迟瑞看见苏唯唯，立即说：“哇，我输得值。”迟轶问：“输得值？为什么？”迟瑞说：“大美女啊。”阿迪也说：“美女一枚。”

一番客套之后，小永被三个孩子带走了。四个大人移步进了隔壁的棋牌室，准备打麻将。这种时候，睡不着觉，打打麻将倒不错。迟瑞先给每人发了10枚金黄色的筹码，像金币。苏唯唯问：“是金币呀？”迟瑞答：“好眼力，纯金，24K。”苏唯唯翻来覆去地看：“我喜欢它的工艺。”

迟瑞先不急着码牌，继续介绍金币：“我是养猪杀猪的，但我信佛，这枚金币是我亲自设计的，名叫一合金券。一合，取自佛经所说的‘宇宙一合相’。纯金，代表了我对释迦牟尼佛的无上崇敬。正面的中心是地球，地球的右边是‘一’字，左边是‘合’字，背面是一条舞动的金龙。你们猜，为什么没面值？”迟轶说：“我不猜，我知道。”苏唯唯随口应付，说：“没面值不就是无价吗？”迟瑞立即给她竖了大拇指。苏唯唯说：“我胡诌的。”迟瑞说：“佛学有不生不灭、不增不减等说法，提醒世人不要纠缠名相、计较得失，比如多和少、生和死，这大概就是无面值的意思。”苏唯唯问：“为什么是金币？而不是铜币或者镍币？”迟瑞笑了，说：“别那么聪明嘛。”迟轶说：“所有的宗教，在想办法自圆其说的时候，都会露出一点孩子气。”苏唯唯说：“如果能活过这几天，我也想找个宗教信信。”迟轶问：“找个宗教信信？记得带上我。”阿迪也说：“还有我。”迟瑞问：“单单丢下我吗？”

很好的气氛中，电动麻将机开始工作，响声又干净又清脆，细细的颤动和船在行驶中的晃动合而为一，感觉很舒服、很放松。每个人的声音也都甜甜的，几天没合眼，疲乏的嗓音也变成了甜味的一部分。人人不同，但人人又都是那么具体，像一块地里的不同甘蔗，各有各的甜味。几个孩子也玩得不错，开心的喊叫声时不时传过来，让大人们意识到责任的存在，首先是让一切延续下去的责任，让孩子们好歹活下去的责任。打麻将只是坐在一起的一个借口，心平气和地说说话，把艰难时刻消磨掉。后来谈到了很多话题，比如，迟瑞的生猪屠宰流水线，每年屠宰生猪两百万头，只需要六个工人就能完成；前天，有两百头猪从圈里跳出来跑掉了；采取人性化屠宰，屠宰前给猪弹钢琴，让猪听半小时音乐，最好是轻音乐，然后用电击让猪在半秒钟之内就无痛死亡；迟轶给猪弹钢琴，挣了堂弟的不少外快；又比如，迟瑞下巴左侧的这颗瘊子，是少见的瑞相，明瘊暗痣常见，瘊子上长毛的稀有，而且是彩色的细毛；又比如，南美洲的乌斯怀亚，迟瑞一家也去过，在象征“遥远”的灯塔旁边照过相；又比如，迟瑞愿赌服输，这艘豪华游艇真的输给迟轶了，迟轶若不想养一艘游艇，那就折算成钱……

一直打到天亮吃早餐的时候。

非常讲究的船上早餐。

8 号的海上日出真是漂亮极了。苏唯唯特别注意了日出时间，太阳从海面上腾空而起的一刻是 6 点 27 分 15 秒。苏唯唯还再三念叨“今天 8 号”，没人知道她的意思。

接下来各自休息了一上午，睡不着不要紧，洗个澡，躺在床上，对恢复体力大有好处。迟轶单独睡一个房间，苏唯唯和儿子在一起。

下午干什么？继续打麻将？这要看迟轶怎么说了，准确地说，要看迟轶的梦境是怎么说的。“自从接到唯唯，后面的梦境就记不清了。”这是迟轶的话。迟轶应该没说假话。苏唯唯心里有一个好玩的想法：迟轶现在牛了，他有资格虚构自己的梦境，说什么就是什么，因为他已经凭此前的表现赢得了权威。迟瑞一家已经把他当神仙看待了，她也一样，至少，她觉得迟铁的梦境比马伦的计算靠谱。迟铁说："我得好好想想。"迟瑞说："咱们别干扰他，让他一个人好好想想。"迟瑞的表情半是认真半是顽皮。大家就去了最上层，那里有露天的甲板，有可以折叠的软篷，是喝茶聊天的好地方。把迟铁一个人撇下时，她觉得他很可怜，像一个除了知道点天机再什么也干不了的糟老头子。一个知道太多东西的人，此刻看来，倒更像是一个弱者，和乞丐、疯子、失业者、病入膏肓的人是同一类人。这恐怕才是最大的天机。

带着这样一些没头没脑的想法，她和迟瑞夫妇喝着茶，聊着天。四周是海，但城市始终都在，在西南边，在看得清树影扶疏的距离内。孩子们在旁边尽情玩耍，玩得很嗨。他们稚气的嗓音又新鲜又陈旧，好像一个新东西被人工做旧了。

"你在想什么？"阿迪问。

"我在想，这一切，我是不是也提前梦到过呢？"她答。

"你也提前梦到过？"

"我不敢肯定，只是似曾相识。"

仅仅过了半小时，迟铁就上来了。迟铁说："专门想，想不起来。"迟瑞问："怎么才能想起来？"迟铁坐下，端起苏唯唯手边的茶杯，喝了一口。"一点也想不起来？"苏唯唯摸摸他的手。迟铁眼睛一眨一眨，似乎有一大串未来正等着从他眼眶里冒出来。"记忆需要被某个细节意外激活。"他说。阿迪给迟铁另外沏好了茶。迟瑞说："不急不急，慢慢想。"苏唯唯说："是呀，慢慢想，反正海水不会在一瞬间就涨上来。"迟铁一脸忧伤，说："海水上涨，城市被淹，好像是很久以后的事情。"阿迪问："300年以后吗？"大家都冲着阿迪笑了。

四个人安静下来时，气氛变得有些无聊了，一时又有了去打麻将的冲动。这时小永跑过来，对妈妈耳语着什么。小永离开后，苏唯唯把小永的话悄悄公开了："我儿子说，这儿像天堂。"迟铁一听，拍了一下桌子，说：“有了，有了！”“有什么了？”苏唯唯问。迟轶的语气很肯定：“今天晚上，咱们这艘船上有一场婚礼！”

迟瑞和阿迪都看了看苏唯唯。

苏唯唯脸红了，以为迟轶要和自己举行婚礼，这太快了，太没有心理准备了。迟轶想了想，说：“是另一场婚礼！”迟瑞说：“想起来了，今天原本应该有一场婚礼，一个月前就定好了，可惜，5号那天，新娘被球形闪电击中，一只胳臂一眨眼就没了，婚礼自然就取消了！这两天的情况不知道，手机死机，都失去了联系。”苏唯唯大松了一口气。“婚礼应该如期举行！”阿迪说。“没任何准备。”迟瑞说。苏唯唯说：“今天的婚礼，无论如何都是盛大的。”大家的态度很一致，让婚礼如期举行。于是，船又掉头开了回去。

天黑前总算找到了那对倒霉的恋人。

3月8日这个预先选定的良辰吉日即将结束的时候，一对年轻人在甲板上举行了全世界最匆忙的一场婚礼。正如苏唯唯所说，今天的婚礼，再简陋也是盛大的。婚礼的亮点无非是：那一束已经用过一次的郁金香，满打满算30位宾客（有三位还是从街上拉来的流浪汉，每人获赠两枚金币），迟轶的钢琴，小永的双簧管，苏唯唯的诗朗诵，烤乳猪，啤酒，天空和大海，加上声音的突然消失。苏唯唯正在朗诵莎士比亚的十四行诗，朗诵到第八行的时候，声音消失了。

无论我自己的忧虑，或那梦想着
未来的这茫茫先知灵魂，
都不能限制我的真爱的租约，
纵使它已注定作命运的抵偿品。
人间的月亮已度过被蚀的灾难，
不祥的占卜把自己的预言嘲讽，

动荡和疑虑既已获得了保险，
和平在宣告橄榄永久葱茏。

苏唯唯听不见自己的声音了，连一丝余音都没有。迟轶弹钢琴的动作还在，但琴声也听不见了，同样没有哪怕一丝丝余音。苏唯唯先以为自己一个人的耳朵出问题了，很快就看见，所有人都张大了嘴，包括那三个流浪汉，大家也都是同一个动作，仰头看天，张大嘴，如同这个姿势被上苍锁住了。停顿了五六秒后，苏唯唯坚持把剩下的几句也朗诵完了。只是，听不见自己的声音，心里又空又虚，嘴唇发僵，语调乱乱的：

于是这时代甘露的遍洒下，
我的爱面貌一新，而死神降伏，
既然我将活在这拙作里，任凭他
把那些愚钝的无言的种族凌辱。
你将在这里找着你的纪念碑，
魔王的金盔和铜墓却被销毁。

她看见甲板上的人不只是手足无措。孤单成了人的第一特征，个个孤单，就算人挤人，仍然是孤零零的味道。人和人之间的距离成了星际距离。小永和自己之间好像没有了任何联系，甚至每个人身上的四肢都彼此孤立，相距甚远。就算地球不毁灭，人类也绝不可能回到原来的样子，人和人之间不再能做到以对方为荣，不再能做到向另一个人表达敬意。这个世界的体积、位置、数量和重量并没有发生变化，但是，人与人之间、物与物之间，不再有气息流淌。声音原来不单单是声音，假如没有声音，仅仅是没有声音，世界将完全是另一番样子，人类也将完全是另一番样子。至少，人类肯定不会写诗，人类历史上绝不会有诗人，不会有莎士比亚，不会有艾略特，不会有李白和杜甫，不会有那些脍炙人口的诗作。

她试着向小永走过去，听不到脚步声，都不会走路了。她把小永紧紧搂进怀里，她听到自己心里有个声音："我的儿子……"肥肥跑过来，钻在她的两腿间。她蹲下来，抚摸着肥肥。一个流浪汉丢掉了一枚金币，金币在甲板上无声地弹了几下，然后无声地滚向船体较低的那一侧，流浪汉追过去找了半天，无论如何也找不见。

因为没有声音，流浪汉找金币的模样令人窒息。苏唯唯拍了拍肥肥的屁股，肥肥明白了，立即冲出去，马上就叼着金币回来了。

马伦

一整天，马伦都在琢磨那个梦。预先梦到的3月8日，温度是25℃，一对熟睡中的赤裸的母女。他咳嗽，但听不见自己的声音，他大步跑出院子，也没有声音……首先，他并没有梦中那样一户亲戚；其次，梦中的郊区农村也是完全陌生的样子；再说，从早晨到中午，再到下午，他都没有离开小重山的一丁点念头和冲动。

下午的气温倒真的是25℃。下午4点过了，5点也过了，声波并没有消失。他大大地舒了一口气，看来梦毕竟是梦，不能当真。梦不准，他的计算最好也不准。假如声波最终不消失，那么他的预测——最重要的部分，也有可能失灵。黑矮星可能在最后阶段出于某种原因改变了方向，远离了地球。这当然是好事，他当然希望如此。

傍晚，他心情很好，可以说很乐观，他带着穆穆和米亚下山散步。米亚一直跑在最前面。他和穆穆边走边聊天，他意外地想起了很多事情。

“我从小是个死心眼。”

“什么是死心眼？”

“就是脑袋不拐弯，爱钻牛角尖。”

“和偏执意思一样吗？”

“嗯，差不多。”

“不偏执，就不会发明角动量监测仪。”

“是呀，肯定不会。”

“应该还有别的例子吧？”

“比如，小时候，父母出远门了，家里就我一个人，我把冰箱吃空后，连续喝了一星期粥；又比如，回到小时候生活过的那座城市，因为城市变化很大，第一次出门逛街就迷了路，接下来的四五天就干脆死待在家里不出门。”

“还有吗？”

“还有，车里面的音乐总是同一位歌手的，反复听反复听，听到快吐了才换新的……”

“还有呢？”

“还有，我只要想起某一样东西，哪怕是随意想起的，很长时间就忘不了。上高二那一年，我住校，爸爸来看我，我们吃完饭一起逛街，从一家玩具店出来，我看见满大街的大人小孩，熙熙攘攘的，心里突然有了一个念头：生命是脆的，好想试试！我当时就说，我想轻生！我只是随便一说，爸爸一听脸都吓黄了，把我拉到路边讲了一堆大道理。谁知道我越听越觉得生命是脆的，黄瓜一样脆，很容易一折两段。爸爸回家后，每晚都给我打电话，表面上装得啥事没有，心里却很紧张，拐弯抹角了解我是不是正常了。我嘴上胡乱应付着，心里却想，谁知道哪天我突然死心眼了，遇到想不开的什么事，也许是很小的一件事，甚至压根就没事，就像看见街上来来往往的行人，跟自己狗屁关系都没有，却想一死了之。”

“死不容易。”

“为什么？”

“我也不知道为什么，我就是这么想的。”

“你想过死吗？”

“没有，从来没有。”

“为什么没有？”

“我的系统里没有。”

马伦大笑，他已经很多天没这么笑了。

“笑什么？”

“笑‘系统’两个字真他妈准确。”

“我是实话实说。”

“人有时候会用死来解决问题，快刀斩乱麻，只要有死，人总是有希望的。”

“听不懂。”

“只要有死，就还有办法。杀人凶手，也是把死当办法使用的——解决问题的办法。”

“越来越听不懂。”

“来，坐下吧。”

马伦坐在一大堆树叶上，抽起烟斗。马伦把穆穆拉倒，两人拥抱起来，在树叶上滚来滚去，身体底下发出沙沙沙的响声，让马伦一时激情勃发，想席地幕天爱一次。天刚好也黑下来了。穆穆哀求：“回家吧？”马伦说：“不，就要在这儿！”马伦听见自己喉咙里吼吼吼的，如同野兽。“这可能是我们最后一次了。”“为什么？”“你忘了？明天就是9号。”穆穆全身发紧，机械地伸开双腿。米亚听见他们的声音，从坡底下跑回来，朝两个黑影狂吠不止。“米亚，滚开！”马伦喊。米亚并没有滚开，但不再作声。

马伦把自己分成两部分，一部分去了穆穆深处，一部分留在外面，借用天和地的眼睛，在观察一个死心眼的男人和一个专门为自己定制的女人——一个以百分之百的标准定制的、永远不会衰老的穆少梅。树叶的床铺和引力的变化共同形成的失稳效应，让他兴奋极了，极度的兴奋里又有极度的冷静，死一样的冷静，这是一个男人最想要的境界，现在他打算永远这样下去，直到地球爆炸。湿湿的海风吹打着他，像在推搡他，喊着他的名字，马伦加油……连灰扑扑的山丘也在暗暗使劲，还有月亮和星星，真的是席地幕天了。马伦觉得自己被天和地洗干净了，彻底洗干净了，就像一个一辈子从不梳洗的老人，正在进行一次为时太晚的清洗，身上的病，里里外外的病，包括恐惧、怨恨、误解，全都洗干净了……

“老师你听——”穆穆说。

他静下来，双手撑地，听见了几声狗叫，米亚在叫，在头顶的方向，在几百米之外。他们不知道，米亚什么时候已经不在身边了，同时闻到了一股子烟味。米亚的叫声越来越反常。烟味更大了，烟味滚滚而来。马伦放开穆穆，光着身子直接朝山上跑去。穆穆抱着两个人的衣服和鞋子，也没忘记一旁的烟斗，跟在马伦后面，没命地跑。

马伦赤裸的身体渐渐成为一个带着光边的剪影。前方，整个小楼在燃烧，火势主要在楼内，让整个小楼变得鼓鼓的，像个临产的孕妇。

马伦的脚步突然慢了下来。他不能不慢下来，因为，热浪已经像墙一样挡在前面，而且还在向前延伸，要求他后退后退再后退。由他亲自设计和督建的三层小楼此刻正在燃烧，火舌越来越大，有一种来自大地的旺盛气势。他并没有太吃惊，甚至觉得，这场大火终于来了。早在动土开工的那一天，这场大火已经注定要来，干巴巴的噼啪声，软绵绵的呲呲声，某样东西单独炸掉的声音，火舌在风中飘扬的声音，就像对他辛苦劳作的奖赏。风比刚才更大了，但又忽大忽小，火里面的炸裂声，有时很大，有时又会暂停片刻。

穆穆从后面抱住他，哭了。他这才明白，那更是穆穆的家，甚至是穆穆一个人的家。“没事，穆穆！没事！”他说。“老师，咱们怎么办？”穆穆哭着问。“我会再建一座楼的。”他说。他被自己的坚定语气和真心实意吓了一跳。

“你在骗我吗？”

"没骗你，一定会的。"

"一定会？"

"然后，咱们就结婚。"

"老师，真的吗？"

"当然是真的！"

两个人面对面，认认真真拉了钩。

"可是，明天就是9号。"

"看样子没事的。"

"你保证，真的没事吗？"

"事实证明我可能会出错，你看，声波不是没消失吗。"虽然这么说，他心里清楚地知道，刚才的那股子信心和声波并没有多大关系。

"可是，很多你都说对了！"

"只要不是全对，只要错一次，错一次就够了，错一次——"后面的话穆穆完全没听见，马伦也没听见后面的声音，"——接下来就有可能再错，在最关键的地方出错。"再看一眼身旁的大火，如同被消了声，火光越来越大，有些东西从火海中跳了起来，跳得很高，再缓缓落回去，但是，跳起来和落回去都无声无息。

"声波没了——"这句话他说了两遍，先是正常的速度和方法，再是唇语，无师自通的唇语，把嘴对准穆穆的脸，两片厚厚的嘴唇一张一合，很慢，很僵硬，只有热热的气流，没有一丁点声音。他觉得声音像虫子，钻进自己喉咙里了。

"老师，我好害怕——"他也看懂了穆穆的话，他把她拉进怀里。穆穆的全身热乎乎的，甚至有些膨胀，他担心大火会烤坏她的皮肤，急忙把她拉向远处。他发现自己哭了，眼泪掉在穆穆脸上。穆穆抬头给他擦眼泪，却是越擦越多。穆穆挣开他，向更远处走去。穆穆要去找他的烟斗，衣服和烟斗不知什么时候丢掉了。

安南

安南离开海明威咖啡馆，没走多远，又回来了。

“我又回来了。”他说。

头发染成稻黄色的女侍者还在弹吉他，看见他回来了，只是一笑，继续弹自己的。

“有没有酒？”他问。

“只有朗姆酒。”她收起吉他，向他走来。

“好啊，海明威喜欢喝的酒。”

“你读过海明威？”

“读得不多，不过，我去过古巴哈瓦那。”

“那不错。”她用盘子端来朗姆酒、柠檬汁、薄荷、白砂糖，再取来宽沿的杯子，“可惜，没电了，没冰块。”她拧开朗姆酒的瓶盖，把酒沿着杯子的白色内壁缓缓倒下去，酒触底后迅速在另一边荡了上来，她停了停，再倒时变得很小心了。

“没冰块口感会差一些。”

“这种时候，已经了不起了。”

“是呀，这种时候。”她给酒杯里放了两片薄荷叶子。她看了看他的脸，天灰蒙蒙的，看不清。他能感觉到她在看自己。他喝了半口酒，就像把朗姆酒的精灵喝下去了，喝进自己灵魂里了。“你说话，声音怎么不发飘？”

他问。“你听出来了？”她笑了笑。“是呀，我早就听出来了，你的声音和平常一样，不发飘。”他又喝了半口酒。

“我有绝招。”

“什么绝招？”

她伸出舌头让他看，他看见她舌尖上有一枚硬币。

“好办法。”

“你也试试？”她回到柜台那边，接着又回来了，“请张嘴。”他张大嘴，伸出舌头。她用防水的双面胶把一枚白色的硬币贴在他舌尖上。他闭上嘴，又张开，试着说话：“好办法，不过有点重了。”她笑了，说：“最小的硬币。”

“你真聪明。”

“我也是学来的。”

“很多人都这样？”

“我妈妈教我的。”她去柜台上取来烟，问他，“抽根烟吧？”她把一根细细的女士烟递给他，还给他点着。他惊呆了，好熟悉的味道。

“我喜欢这种味道。”

“薄荷加桉叶的味道。”

“桉树？好像在一首诗里看到过。”

“桉叶，桉树的叶子，是一味传统中药，也可以提取香液，把香液喷在烟丝里，让烟香更丰富、更有余味，还可以减少对嗓子的刺激。”

“你嗓子不错。”

“是吗？”

烟果真可以拉近两个人之间的距离，她在他对面坐下来。很熟悉的一幕，好像多次重复过，包括接下来的——她的稻黄色头发已经变成黑色了。

“有蜡烛吗？”

“剩一根了，得省着用。”

“好的。”

她看了看门外面。

“外面的事情你好像一点都不知道。”

“我在等一个人。”

“等一个人？等待戈多？”

“不，我不是贝克特。”

“那你在等谁？”

“梦里面出现过的一个人，天黑前走进咖啡馆……”

“那不就是我吗？”

“梦里面的人，看不清脸，也没名字。”

“男的女的？”

“好像是男的。”

“现在天已经黑了，没别人来，只能是我。”

“我只记得，梦里面，那个人话不多，但很会谈话……”

“有人说，我是一个会谈话的人。”

“会谈话的人，不多见。”

“会谈话，是很高的标准吗？”

“我认为是。现在，人们不怎么谈话了。”

“是吗？”

“人们都忙得要死，分分秒秒都有用，哪有时间谈话。”

“是，有时候我觉得时间像萝卜，被剥去了皮，好像萝卜除了用来吃，没有别的用处，虽然萝卜就是用来吃的。我的意思，你明白吗？”

“我明白，这个比喻好。”

“所有的事情，都像剥光了皮的萝卜。”

“所有的事情，这我就不懂了。”

“好吧，我也不懂。”

“你怎么不回家？”

“今晚有杀手要杀我，所以我不能回家。”

“你怎么知道有人要杀你？”

“我收到了一张字条。”他把皱巴巴的字条从裤兜里摸出来，丢在桌上。她看了一眼，问：“现在，要不要点上蜡烛？”他说：“还是先不点吧。”她问：“杀手会找到我这儿吗？”他也问：“你的梦境里，出现过杀手吗？”她说：“嗯嗯，不记得了。”他后悔了，说真话让气氛变得有些紧张了，她好像不希望他留在咖啡馆了。

“其实，海明威，我总是看不进去。”他换了话题。

她又续了一根烟，问：“为什么？”

“说实话，海明威的语言太简短、太干净，或者说，太单调。”

“你喜欢什么样的语言？”

“我在欧洲留过学，所以，我比较喜欢欧化的语言，那种长长的句子、复杂的句式。”

“那也无可厚非，萝卜青菜，各有所爱。”

“我从来都不敢承认，今天是第一次斗胆说出来。”

“前两天我看过一部默片，就看不进去。我想过，看默片的时候，需要更高的专注度，但是，我已经做不到太专注了，没有声光电，没有各种效果在里面，很难专心下来。”

“我懂了。”

“懂什么了？”

“我为什么是一个不错的谈话者。主要是，我会听话。”

“我只是实话实说。”

“电影越来越依赖效果，从3D到4D、5D等，观众不再只是阅读者、观看者，仅仅身临其境已经无法让观众满足，观众要成为电影中的一个角色，甚至要成为主角。观众不仅可以扣动扳机，把怪兽或者敌人击毙，还可以随机改动情节。于是，诚实、平静、简朴的电影故事越来越少，就算有，观众也欣赏不了。因为，那样的观看更需要专注，而观众的专注力早就下不去了。”

“下不去了，说得好。”

“声光电效果都不够用了，更别说默片。”

“我是碰巧看了默片的，其实我还是更喜欢看暴力电影。”

“我也不喜欢看暴力电影。”

“你讨厌暴力？”

“连讨厌都谈不上，我觉得暴力只配得上两个字——无聊。”

“什么不无聊？”

“跷二郎腿不无聊。在电影里，我最喜欢看有人跷二郎腿，尤其是女人，漂亮女人。”

“安吉丽娜·朱莉那样？”

“对。”

“因为什么？”

“我也说不清，大概是因为迷雾，两性之间的迷雾，上帝撒下的迷雾。”

“好一个迷雾说！”

“在电影里，当一个女人跷起二郎腿的时候，我总觉得迷雾就出现了，有事情将要发生。很可惜，很多电影除了写无聊，不会写别的。”

“哈哈，听上去有道理。海明威的《白象似的群山》里，那个坐在窗边的年轻女人应该跷过二郎腿的。我看过小说，没看过电影。”

“说实话，海明威让我心急。”

“读海明威，先得让心跳慢下来，慢下来。”

“让心跳慢下来，很难。”

“阅读就是为了让心跳慢下来。”

“道理我懂，就是做不到。”

“也许明天就可以了。”

“明天？明天我试试。”他觉得他在戏弄“明天”这个词。不过“明天”这个词并没有引起她的重视。她在看对面墙上的海明威。月色中，海明威把满是络腮胡的下巴挨在一只猫的脑袋上。“我也喝点酒。”她站起来，去取杯子。一小股夜风从厨房里吹过来，很香。同时，另一边有了脚步声，一个人在横穿街道，向这边跑过来。他坐着不动，又平静又沉着，就像被硬汉海明威的灵魂附体了。不过脚步声渐渐又远去了。

“点上蜡烛吧？”她问。

“好的。”他说。

她回到厨房，在看不见的地方点亮蜡烛。她慢慢地把蜡烛移过来，放在桌上。那是一根新蜡烛，戳在空酒瓶里，瓶子周围满是结成痂的蜡液。她看见了他面前的字条。他把字条剥开，抚平，推给她，让她看。她看见字条上有两行字：

安教授，最好躲一躲。

高雷雷喊着要杀人。

“高雷雷是谁？”

“我以前的一个同事。”

“怎么惹人家了？”

“一言难尽。”

“肯定是情敌吧？”

他笑了笑，算是默认。她把字条又叠好，推给他。他拾起字条，放在蜡烛的小火苗上，点着了。她给自己的杯子里倒满了酒，酒渐渐满上来的瞬间，他觉得全世界的酒杯都眼看着满上来了，大江大河也满上来了，还有海，海平面以酒杯满上来的速度上升，淹没了整个城市。“来，喝。”他向她举起杯子。两人缓缓碰杯，碰出轻微的脆响，然后两人碰巧都望着海明威。“海明威老爹，多好看的一张脸。”他说。“他好像没年轻过。”她说。“好像也没老过。”他补充。这时他想起了海明威小说里的一句话，小声背了出来：“秋天，战争不断地进行着，但我们再也不用去打仗了。”她立即模仿他的语气背了另一句：“我们花了两年学会说话，却要花上60年学会闭嘴。”接下来，二人你一句我一句连续背起来：

不过话得说回来，没有一桩事是容易的。

尼克蛮有把握地相信他永远不怕死。

尼克好长时间才知道，自己的心碎了。

爱你时，觉得地面都在移动。

我讨厌抽筋，这是身体对自身的背叛。

后来就没有声音了，声音好像被海明威老爹或者那只猫剥夺了。他们心里一致认为，这是应有的惩罚。咖啡馆里只剩下两样东西，厨房那边飘来的香味，还有光——烛光和烟头的亮光，还有一点点月光。但是，他们相信这两样东西迟早也会消失。烛光猛烈地晃动了一下，接着又静下来。门缝里透进来的月光也静下来，静极了。

他感到嗓子发紧，心也缩成一团。他看了看她，她一动不动，好像在几百米之外，他想过去抱抱她，却站不起来，身体似乎被锁住了。他想起了时间，低头看表，8点23分15秒，他记住了这个时间。实际上看表的瞬间已经是20秒，为了准确，往回推了5秒。

耳朵在等。耳膜被空气吸紧了。他故意咬咬牙关，也没听到牙碰牙的声音。他隐约想起，刚才听到过布谷鸟的叫声，就在咖啡馆门外的树上。布谷鸟只叫了一声，第二声没叫完就听不见了。他觉得这种时刻，自己应该像海明威笔下的硬汉一样，站起来，去做点什么。他就站起来，走向门外，他要去看看门外的情况。他打开门，门也没有响，如同没有门。他竭力让自己站稳，留在地面上。他看见几个人在街对面朝同一个方向疯跑，他第一次看见与“大步流星”这个词相匹配的情景，那些人的手臂全都甩得很高，双脚刚一触地就迅速弹开。他们一定是迷茫了太长时间，刚刚才找到目标，于是你追我赶，毫不停顿。

斜对面，公交车站的外侧站着至少10个女人，围成一圈，全都一丝不挂，长发披肩，好像刚刚从天上飞下来，在讨论接下来如何行动、如何让消失了的东西重新回到人间。她们那边可能是有声音的，只不过他听不见。

他跺跺脚，她们一无反应。随后她也跟出来了。他知道她站在他身后。他没转身，只把手伸向后面，拉住她的一只手，就像恋爱十年的情人那样默契。她的手水一样柔软，又凉又软。两人一同凝视着眼前的世界，坦诚又空洞的世界。很奇怪，当两双眼睛合起来看世界时，世界似乎变了，一切都巧妙地反过来了。无声才是声音，穿衣服的人才是赤裸的人。她一下子也想起来了，此刻正是梦中的一幕，长长的梦境中的一个小片段：

她和他就这样静静地拉着手，看着真正静下来的世界。街上的每个人，包括她和他，好像从各自的生命中跳出来了，和树、和石头、和墙壁、和从来都不说一句话的那些东西有幸成为同类，没有思想也就没有思想之苦，没有呼吸也就不用担心死亡，舒服极了，放松极了。这才知道原来自己早就是自己的牢狱，一直等着出走的一刻，正是眼前这一刻。这样的寂静，这样的荒凉，将久久地延续下去，比任何灾难更长久……

后来他们回屋里去了，他们重新像刚才那样坐下来，他给她添满了酒，给自己也添满。二人举杯，碰杯，一饮而尽。一只蟑螂突然跳到桌子旁边的地面上，纹丝不动。她最先看见，歪着脑袋，皱着眉头，指着蟑螂。他伸出腿，在蟑螂旁边跺跺脚，蟑螂明明活着，却毫无反应。他突然看明白了，蟑螂是靠声音感知外部世界的。黄绿也见不得蟑螂，每次看见都会大喊大叫。追打蟑螂，是他每天都少不了的事情。他因此有了一个知识：蟑螂对声音极度敏感，当蟑螂感受到频率为5到8赫兹的声音信号时，会异常恐慌并迅速逃走。人能听到和承受的声音在20到20000赫兹之间。一秒钟内，声波或电波振动的频率被称作赫兹。也就是说，5赫兹的振动蟑螂能听见，人听不见，振动增强至少4倍，人才能听见，而且是最灵敏的耳朵。可见人的寂静和蟑螂的寂静完全是两码事。人很难直接抓住蟑螂，除非诱捕。可是，蟑螂此刻为什么不会动了？是因为完全没声音了？是因为连5赫兹的声音都没了？

他先用一张纸遮住蟑螂，再隔着纸把它轻轻捏住，躬身走向门外。他蹲下身，把蟑螂放在街边。蟑螂愣了愣，触须动了动，向前移动了一厘米，又停下来，翅膀向上振了几下，却没有飞走，似乎不会走也不会飞了。他扔掉那张纸，一脸恶心。他继续蹲着，盯着蟑螂。他相信此刻的安静是有重量的，把蟑螂压住了，没有哪一种生命比蟑螂更需要声音。当声音的振动低于5赫兹的时候，蟑螂恐怕就只能是现在这个样子，像是傻掉了。

他站起来，回到屋内。他和她继续喝酒，频频碰杯。不久，进来了一个人，一个面熟的流浪汉，个儿很高，脸很脏，眼神发亮，长发及腰。流浪汉一进门就说着什么，没人能听见。随即又进来了七八个人。没有脚步声，只有风和味道，从外面带进来的夜风和一股子能熏死人的不得了的臭味，积年累月形成的臭味。她不得不紧紧捂住鼻子。流浪汉从裤兜里摸出一枚硬币，拍在吧台上。她站起来，走向吧台。

“金——币——”流浪汉的牙齿先露出来，再缩回去。他又重复刚才的口型。她拿起金币看了看，相信他刚才说的的确是“金币”二字。

“我——请——客——”他指了指身后的几个人。她相信自己听懂了，他要用这枚金币请客。她向他点点头。她很喜欢这枚金币的品相，不过她还是把它还给了他。他用力摆手，向后缩着身子，就像金币其实是炸弹，马上就要爆炸。

“今——天——免——费——”她知道他听不见，但还是一字一顿说了。他摆手的动作毫不含糊。安南从她手里接过金币，认真看了看。

“绝——对——是——真——的——”流浪汉把嘴唇搭在安南耳边。安南侧着身子，尽可能躲避他的味道，又控制着侧身的幅度。“纯——金——”虽然没声音，流浪汉还是大声在说，生怕别人认为那不是一枚纯金的金币。安南一下子想起来了，这个流浪汉他见过，真的见过，名字都知道，叫齐国，曾经在他任教的大学门口出没过一段时间，总是提着好几十个满满当当的袋子。袋子里装着什么没人知道，提袋子的方式却被学生们拍成短视频在自媒体上广泛传播。好几十个袋子排成长队，这一头看不到那一头，一个和另一个之间隔了三米远，袋子有大有小，有纸袋，有布袋，各种颜色，各种形状。他的行走方式简单又奇特，总是把最后一个袋子提起来，从右侧向前方走去，放在最前面那个袋子的前方三米处，然后再从左侧回到最后一个袋子旁边，再提起来再从右侧回到最前面。每前行三米，要付出600米的代价（左行300米，右行300米），循环往复，乐此不疲，始终绕着学校的围墙在转，转完一圈又一圈，不分昼夜，始终在转。有好事者计算过，围着学校转一圈，大约需要五小时。

有上了年纪的老师说，此人是这所大学某一届哲学系（正是安南任教的这个系）的毕业生，四年时间从不洗澡，老师们费尽口舌都说服不了他，人走到哪儿，臭味就尾随到哪儿。如果从后门走进教室去第一排听课，教室里的脑袋会歪倒一大片。但听课极认真，拒绝拷课件，拒绝拍照，喜欢用老式钢笔在厚厚的本子上记笔记。记笔记基本不用低头，大部分时间抬着头，左手按着本子，右手极速盲写，几分钟就写满一张纸，翻纸的动作很快很夸张，每一次翻纸，声音都很响。全班同学，尤其是那些低头看手机的同学，总是等着他下一次翻纸的一刻，大家会在那个瞬间一同抬起头四下里望望，然后再低头各干各的。同学们用手机购物、看直播、玩游戏、赌球，或者说话、打闹、睡觉，不会感到很愧疚，因为老师讲课，有些只讲给他一个人，有些本来是讲给大家的，但讲着讲着就被他一个人牵走了。据说，他能把老师在课堂上说的每一句话都一字不落地记下来，包括废话、闲话、出格的话、跑题的话、挑拨是非的话、拉家常的话。一节课能举几十次手，任何问题都举手，每个问题都会刨根问底。好在他一般不会过于为难老师，老师如果真的答不出、答不好，也能不了了之。向来坐在第一排靠右侧的第一个座位上，因为讲台在偏右的位置。整个前三排常常只坐着他一个人，第四排一般是一个女生，一个对他怀有同情心的女生，其他学生都集中在五排和五排之后，任课老师也始终站在讲台的外侧（右侧），不敢靠近他。后来同学们的意见闹大了，学校跟他商量，所有的课都可以给他开绿灯，办免听手续，只参加考试就行，他同意一部分课可以免听，一部分课不能不听。学校说，要听就得勤洗澡勤换衣服，他说洗澡不可能。学校说不洗澡是你的自由，但影响了别人，学校不能不管，要么洗澡要么退学，由你挑。他提出一个折中方案，某些课，他站在窗外听，无论天多热或多冷，窗户得开着。但是，天热的时候开窗户，教室里的冷气会跑掉；天冷的时候，教室里的热气会跑掉，还是影响了别人。最后学校还是通知家长，把他先领回去，家长深明事理，并没有和学校有任何争吵，无声无息把儿子领走了。

再后来大家就看见了前述情景，他以新的方式回来了，他和他的几十个袋子，像一支部队一样不舍昼夜地围着校园转圈。那之后哲学系的老师们总是自嘲，哲学是无力的，哲学连一个孩子不洗澡的问题都解决不了。又听说后来警察曾强行检查过那些袋子，里面并没有爆炸物，也没有任何机密，更没有任何珍贵稀有物品，不过是他的全部家当，还有从垃圾桶里捡来的一些零碎，一个袋子里只有一样东西，包括被褥、衣服、食物、锅碗、书籍、笔记本……据说，还有抄写工整、装订考究的手稿，至少有10本厚厚的手稿……

她已经回到厨房里去了。

安南以主人的手势请大家快坐下。几个流浪汉各自找好座位，相互看看，全都咽着唾沫。一位侏儒站在桌前，眼睛盯着桌上那包烟。安南抽出一支烟，递给他，并点着。安南能感觉到，所有的目光都盯着他手上的烟，于是他给每个人都发了一支，一一点着。此刻，那股子吓人的臭味已经不太明显了。她回来时，怀里全是酒瓶。她放下酒瓶，立即又回厨房了。他也跟过去，两个人并没有交换眼神，但行动相当一致，把厨房里和吧台后面所有可吃可喝的东西都搬出来了，有酒、有咖啡、有三明治、有巧克力、有火腿、有面包、有黄瓜……他和她也成为流浪汉中的一员，和大家碰杯、喝酒、吃东西，无声无息反而促成了一种令人着迷的温暖感，似乎微光、无声、粗俗和恶臭正是温暖最不可或缺的几样要素……

没多久，有人醉倒了。那位侏儒是最先醉倒的一个，他原本端坐在椅子上，突然，身体缓缓后仰，头靠在椅背上，半张着嘴，双眼微闭，直接昏睡在宽宽的椅子上，风一吹就有可能摔下去。随后是用一枚纯金的金币请客的流浪汉，他先是把头抵在桌子上，一头长发恰好包住了头和脸。安南把他扶起来，放倒在旁边的地板上。紧接着，安南顺便在他身边倒下了。倒下的瞬间，安南感觉半空中有一盏灯向自己的头部徐徐降落下来，蓝色的圆圆的光，从碗口那么大渐渐缩小到金币那么大，最后成为一粒金色药丸并猝然消失。这个过程里他的唯一感受是遗憾，不是痛苦，不是怨恨，不是别的任何东西，只是遗憾，一长串清晰极了的遗憾：什么都没顾上做就死了，和黄绿还没爱够，也没生一男半女；第一本书《哲学作为一种生活》出版整10年了，第二本书《西藏死亡考察》出版整五年了，第三本书有了思路，但迟迟没动笔；也没有混个一官半职……尤为遗憾的是，高雷雷没可能杀死自己了，这一生真是够失败的，连罪有应得的机会都丧失了……这时又进来一个人，一看就是远道而来的样子，没穿警服，但手上有枪。正是高雷雷，一进门就摸出手枪，一把小小的手枪，像只鸟。高雷雷仔细盯着每一张脸，并向吧台那边移动，途中还用左手拾起桌上的一杯咖啡，仰头喝干。放下杯子的瞬间整个人瘫软下去，先是跪在地上，接着就歪倒在一个流浪汉身上，手枪棉花一样掉下去了。

蜡烛还剩半寸长。微微摇晃的烛光中，横一个竖一个，所有人都在几秒钟内昏睡过去。几天没合眼，睡着（就算醒不过来）成为最幸福的事情，脸上的幸福表情大同小异。有人手上握着酒杯，有人嘴里含着三明治夹层里的半片黄瓜。

马伦

早晨，天半亮，马伦被一声狗叫吵醒了。马伦睁开眼，发现自己躺在一块巨石下方，身旁卧着黑蓬蓬的米亚，是米亚在叫。紧接着马伦发觉自己的屁股有些发麻，挨着地的一面又酸又痛，随即，脖筋突然紧了一下，全身上下都暗暗一紧，就像被两只看不见的手从头脚两端拉紧了。他知道，地球引力回来了，声波也回来了，除了刚才的狗叫，还有无比清晰的巨浪声，那声音宽宽大大，前呼后拥，从低处传上来。附近，有鸟在看不见的角落叫，不多，就两只鸟：一只叫声沉闷，拖着长长的尾音；另一只叫得急促而尖锐，过好一会儿才叫一次，一次连续叫四五声，又停好一会儿。他朝天空“嘿”了一声，一只鸟从巨石后面飞过来，他认出来了，是画眉。它落在一株最细的竹子的最顶端，把最尖的那半截压弯了，那是此刻唯一在摇晃的东西。这才是安静，以一些声音为背景的安静才是安静，活着的安静。那只鸟扑打着翅膀，半悬半停，才勉强稳住了身子，两只荡来荡去的小眼睛久久盯着他，目光惺忪又干净。他明白，这只鸟也是刚睡醒，万物和他一样，刚刚才醒过来。世间万物，无论大小，无论天还是地、人还是动物，都还在，谁都没死。马伦想起了时间——此刻的时间，急忙坐起，低头看腕上的手表，表盘上湿漉漉的，有又细又密的小水珠。他用袖子擦干表盘，看见了时间：10日3点20分4秒。但指针停止在这个时间上，他上紧了发条，指针这才重新走起来。

他想起了穆穆。“穆穆，穆穆——”他的声音有些嘶哑，不像原来的声音。他踢了米亚一脚：“穆穆呢？”米亚哼哼着才向灰烬那边跑去。

他跟着米亚走过去，故意不看右侧那一大堆灰烬，但还是看见了，灰早就冷掉了，但还蓬蓬松松，西边和北边的院墙多半倒了，院门也倒了，脚底下的青草只剩下黑黑的草根，草燃尽了，没留下一点灰，就好像草根原本就是黑色的。

“穆穆，你在哪儿？”他觉得他喊出的每一个字，都是刚创造出来的，是第一次使用。空气的震颤也是全新的，空气不仅在震颤，而且震颤有力，击打着他的额头、他的眼睛、他的脸。很明显，空气里有了电，有了电磁波，空气是带电的，脉冲是带电的，粒子是带电的。毫无疑问，移动通信活了，大数据活了，网络活了，自动化系统活了，全球定位系统活了，人脸识别活了。可以肯定，电磁波和声波都回来了，空气变得有张力、有活力，电波和声波在空气里相互融合、亲密共处，就像男人和女人、过去和未来、花和草……

黑矮星一定灰溜溜地飘走了，从距离地球10万千米的地方飘过去了。他早就猜想过这种可能。

因为早就有过先例。1944年，一颗名为“苏梅克－列维九号”的彗星飞向地球，这颗彗星中途经过木星，木星的强大引力没有吸近它，而是驱远它，使它偏离了原有轨道，地球才幸免于难。这一次一定是相同原因。他事先之所以不敢肯定，是因为黑矮星的质量远大于彗星。木星引力是地球的2.5倍，现在看来，对于地球来说这是多么重要的不同。长期以来正是木星的强大引力，让大约99%的彗星、小行星和陨石，在撞向地球的最后时刻，轨道发生偏转，或者消失在木星厚厚的大气层中，或者继续流浪下去，剩下的极少数（1%）地球一般可以对付。所以，很可能早就有过同样的黑矮星，恶狠狠地飞来，灰溜溜地飞走。又因为有木星引力在外侧的牵引，地球才不至于离太阳太近，人类才免于热死烧死。

“木星，多谢你啦！谢谢你让马伦出错！”他认真地冲着过于干净的天空喊。米亚兴奋地向他冲过来了。“米亚，找见穆穆了吗？”米亚转过身，重新朝天文台东边跑去。他跟在米亚后面，向前方跑。穆穆靠在一棵大叶紫薇的树干上，深深勾着头。“穆——穆——”他喊。这两个字，连同它们的尾音，像一个陌生人喊出来的，简单、亲切，与天地相共鸣，让他的右耳朵里暖融融的。他的右耳更灵敏，左耳一向有点背，但不明显，此刻恰如两个耳麦，一个有故障了，另一个才更清晰。他坐在穆穆旁边，把全身僵硬的穆穆搬倒在自己怀里，这才想起，穆穆好几天没喝他给她特制的小重山牛奶了，9日晚上，穆穆应该就停止了工作。也就是说，他和米亚沉沉睡去之后，穆穆还是醒着的，最早坚持到9日晚上。

“她一个人是怎么度过的？”他想象着那种情形，心里揪了一下。她独自醒着，而他睡着了，米亚也睡着了——很可能，所有的人和动物都睡着了。黑矮星无限接近地球的这段时间，地球逃过一劫，但所有的人和动物，在同一时刻沉沉睡去，睡了几天几夜，他猜，事实就是这样。他想抱着穆穆站起来，回到灰烬那边，却发现双腿软得像草，全身虚脱，天旋地转，仅剩的一点力气已被刚才的喊叫和跑动耗尽。他瘫靠在树干上，闭上眼睛。米亚也饿坏了，用脑袋拱着他，要吃的。他连骂一句脏话的劲都没了。他好像又能睡着了，和前几天相反，睡着变得容易了。睡着前，他意外想起8日晚上是怎么睡过去的。米亚先睡着了，米亚在打呼。当时天文台还在燃烧，嘭嘭嘭、嘭嘭嘭……这样的声音，是幻觉中的，幻觉自动给火苗加上了声音。一部分火苗蹿向高处，一部分火苗向内里延伸。他感到自己身上所有凸起的部位，比如鼻子、额头、耳朵、嘴巴、下巴，甚至是两个圆圆的眼球，都在被火苗细细抚摸，每一个半圆体都有相似的质地，柔软而紧实，就像是火苗的作品，甚至是上苍的作品。

这让他的心变得无比平静，甚至从心里流出一种叫信心的东西——对人、对地球的信心。至少没有不安，没有怨恨，就好像没有心。他躺在穆穆怀里，穆穆抚摸着他。穆穆问过他："穿上衣服吧？"他用撒娇的口气说："不，就这样，这样让火烤着舒服。"他记得，后来他变得有些悲观了，思维固定在一个点上，无比清晰：人类的灭绝和恶无关，和善无关，和一切无关。地球毁灭，宇宙只会默然旁观，宇宙既不悲也不喜，在宇宙的概念里，没有"死"，也没有"生"……

这之后，热气开始向他的身体深处侵袭，像在寻找什么，后来他明白了，热气像一只手，在寻找他自我意识的源头，好把它掐断。源头在大脑里，在左半球的某个缝隙里，那里藏着一个汉字——"我"；明明是"我"这个汉字，但又不是，是一个藏在深处的实物，只不过长得像"我"这个字的楷书。它既是已知的"我"这个东西的全部内涵，又是"我"这个汉字的模样和普通话读音。最后，"我"这个东西和自我意识之间的联系真的被轻轻掐断，接着就睡着了。当时认为是死了，在黑矮星撞碎地球之前先死了……

另外，他敢肯定，睡着之前，他、穆穆，还有米亚，都在院墙外面的空地上，不在巨石下方，那么，肯定是穆穆把睡着后的他和米亚都搬到安全的地方，还给他穿上了衣服。就是说，当他和米亚睡着之后，整个小重山上只剩下穆穆一个人。

不知过了多久，他被一阵来自空中的轰鸣声吵醒了，但他故意不睁眼睛，让那声音自上而下穿入他的两个耳朵，向他再度证明声波回来了。耳朵就像抽屉，终于等回了被人盗走的宝物。又有一股炽热的气流喷在脸上，好陌生，好亲切。有风钻进他的嘴巴和鼻孔，风不单是风，是声波，是电磁波，是地球引力。他看见一架直升机正在降落，螺旋桨的风把树枝吹得摇摇晃晃，把他面前的草地吹成一道道扇形的弧线，他知道那是哥哥马雷的私人直升机。不过他一动不动，体会着大地在屁股下方的颤动，它向他证明一切都回来了。

马雷和马贝贝走下直升机。

“二叔，你在哪儿？”

侄子马贝贝的声音让他热泪盈眶，眼泪从两腮滑了下去。这个瞬间他知道自己不是魔鬼，他的心和别人一样，是肉长的，他喜欢孩子，喜欢听到孩子的声音。他还想，无论小永是不是他的血脉，他都喜欢，是不是他的血脉没那么重要。

“在这儿。”他回答，他的声音只够他自己听见。他把穆穆放在一边，穆穆歪倒在地上。米亚早就跑过去，带着马雷父子找到了他。

“二叔，来电了！有声音了！”

“贝贝，今天几号？”

“今天 11 号。”

“11 号，咱们睡了三天三夜吗？”

“是呀，三天三夜。”

“有水吗？我渴死了！”

马雷回直升机上取水，马贝贝跑来亲亲马伦的脑门。

“二叔，我好担心见不着你了。”

“我的命长着呢！”

“地球呢？地球的命长不长？”

“地球也没事。”

“你肯定，地球没事啦？”

“先帮我找一下烟斗。”

“烟斗？烟斗在哪儿？”

马贝贝满地找烟斗时，马雷抱着几瓶水和一堆盒装食品回来了。马伦拧不动瓶盖，马雷帮他拧。马伦一口气喝掉了一整瓶水，还要喝。

“有没有烟？”马伦问。

“哪有烟，直升机上没烟。”马雷说。

马贝贝回来了，说：“二叔，没找到烟斗。”

马伦灵机一动，歪过身子去摸穆穆的口袋，没错，烟斗、烟丝和火机都在穆穆口袋里。

“她怎么了？”马贝贝问。

“她好几天没喝牛奶了。”马伦说。

“她也喝牛奶？”

马伦没回答，弓着腰，动作迟缓地装好烟丝，点着烟斗，吸了几大口。两口烟下肚后，马伦的眼神立即变亮了，两颗眼珠子好像大了一圈。

“爷爷奶奶没事吧？”

“没事，都在担心你呢。”

马伦一直弓着腰，像一个 80 岁的老人。

“二叔，天文台怎么了？”

“8 号晚上，突然就起火了。”

“谁点的火？”

“没人点火，自己着了。”

“这几天火灾特别多，为什么？”

“我也说不上来。”

“接下来还会有事吗？”

“我想不会了。”

“黑矮星呢，它去哪儿了？”

“黑家伙肯定逃走了。贝贝，咱们应该感谢木星。”

“为什么感谢木星？”

“你给我背一下木星的知识。”

“木星是太阳系中体积最大的一颗行星，是一颗气态行星，像一把大扫把，木星的直径是地球的 11 倍，木星的质量是地球的 318 倍。”

“质量和引力是什么关系？”

“质量和引力成正比。”

“黑矮星经过木星的时候，会怎么样？”

“会被木星一口吃掉？”

“吃掉难，黑矮星的质量太大了。”

“让黑矮星改变轨道？”

“对了，把黑矮星推远。”

“能不能说，木星是地球的保镖？”

“完全可以。”

“哦，木星应该向地球收保护费。”

“地球根本交不起。45 亿年，欠账太多了。”

马雷在一旁刻意安静了片刻才插话：“两个天才，回家再说吧。”马贝贝说：“先让二叔吃些东西。”马贝贝替马伦撕开一盒夹心巧克力，先把一枚喂进马伦嘴里，自己也张着嘴。抬头的瞬间马伦感觉到了阳光的曝晒，脸上烧乎乎的。

“好热啊。”马伦边吃边说。“现在是 30℃。”马雷看看手表上的温度计说。马伦说：“像 40℃。”马雷说：“主要是闷。”马伦发现被露水打湿的衣服和鞋子差不多干了。马贝贝擦着脸上的汗，马伦听见自己的心跳声，比前几天还剧烈。

“咱们快走吧。”马雷说。不久，马雷父子一边一个，把马伦扶起来。马伦站起来，回头看着穆穆。“把她带上。”马伦用央求的目光看着马雷。“隆重介绍给爸妈吗？”马雷问。马伦的目光一软，没话说了。马贝贝说：“爸爸，听二叔的，带上吧。”马雷怒视着儿子，说：“你懂个屁。”马雷又看着马伦说：“走吧。”马伦还是央求的目光，说：“她没问题的，只是好几天没喝牛奶了。”马雷一笑，放开马伦，走向穆穆。

马伦担心的事情发生了，马雷几脚就把穆穆踩扁了，正面踩完，翻过来再踩，咔嚓咔嚓的声音渐渐变小，直到再也踩不出一丝声音。米亚惊呆了，站在旁边一声不吭。马伦盯着扁扁的穆穆，两眼发直，完全傻了。马贝贝吓得全身发抖。

“你知道这两天发生了什么吗？”马雷问。马伦扶住马贝贝，不吱声。马雷大声说：“我的邻居，一家人，老老少少死光光了。”马贝贝小声说：“智能人干的。”马雷没过够瘾，把踩瘪了的穆穆提起来抛向远处，穆穆像飞碟一样旋转着，越飞越高，后来开始降落、降落，直到消失在山冈后面。马伦知道那边是很深的悬崖。

马雷父子担心马伦也会跟过去，急忙架起他，走向直升机。马伦乖乖跟着马雷父子，像个认罪的罪犯。“我们以为你也死了！”马雷边走边喊。“真的，二叔，我们担心她把你杀了。”马贝贝小声说。“要不然我才不管你呢！”马雷又喊。

这时，谁也想不到的一幕发生了：米亚的黑影突然蹿出来，冲向穆穆消失的方向，最后纵身跳起，在空中滑行了很远，再落下去。

三个人久久地看着悬崖那边。

马伦说：“走吧。”马雷问：“那边是悬崖吧？”马伦说：“是悬崖。”马雷问：“多高？”马伦说：“不高，两百米。”马雷故意说：“那，可惜米亚了。”马贝贝不满意爸爸的态度，说：“爸爸，咱们走吧。”马雷狠狠盯了儿子一眼。

三个人上了直升机。螺旋桨旋转起来，由慢到快，直升机腾空而起。马雷驾驶直升机，马贝贝紧挨着马伦坐在窗边，马贝贝小心地给马伦系好安全带。小重山在下方变得越来越小，接着，波光闪闪的小海湾向小重山靠近过来，海浪在小重山的一角挖出一个袖珍山谷，有直立的全岩石悬崖，虽然不算高，但摔死一个人、一只狗不成问题。

“二叔，角动量监测仪呢？”

“楼里的东西全烧坏了，一样不剩。”

“角动量监测仪是不是出错了？”

“木星之前都是对的！”

“这说明，宇宙真是太大了。”

“是呀，宇宙太大了。”

“二叔你已经够厉害了，别灰心。”

“二叔没灰心。”

“咱们给二叔再建一座楼。”马雷插话。

“太好了！还要有射电望远镜！还要有角动量监测仪！”马贝贝喊。

马伦低声说：“不建了。”

马贝贝说：“不，一定要建，你不要我要。”

马伦笑了，把马贝贝搂进怀里。

“二叔，有电了，有声音了，但手机还没信号，为什么？”

“说明各大服务器还没开始工作。电磁波和声波是天上来的，信号不是。”

“信号呢，信号是从哪儿来的？”

“信号来自服务器，或者叫中央处理器，关在某一座城市的某一个秘密的房间里，前几天没电磁波，门锁上了，只有主人才有钥匙，别人进不去……”

“主人可能还没醒过来？”

“对了！”

直升机开始下降，就像是地面和城市缓缓升起来了。马伦心里突然很紧张，罪犯一样紧张。和父母打过招呼后，马伦就去自己的房间躺下了。马伦家族的每个人在这儿都有一间自己的房子，哪怕一年甚至几年才用一次。马伦累极了，只想快快躺下，重新睡上三天三夜。父母围过来问他吃什么喝什么，要不要洗个热水澡、换身衣服等，他一概摇头拒绝。他不愿用嘴巴说哪怕一个字，好像是因为累得张不开嘴，其实是词语还没活过来，一个词一个字，在他这儿还没有活过来。爸爸、妈妈、我、行、可以、对不起、好累……这些词语都还是词语的躯壳，有明显的分量，砖头一样沉重，使用之前，心里先感到别扭。

马雷进来，对父母说要去看看股票情况。他的公司是上市公司，电磁波消失之前，股价一直是小幅上涨趋势，不知现在怎么样了。

马雷刚走，马贝贝大喊起来：“手机有信号了，手机有信号了！”马伦不理父母，闭着眼睛，侄子马贝贝的声音令马伦眼前禁不住出现幻象：地球上，若干个城市的若干个房间里，人类最重要的若干个房间突然被打开了，其中的巨型服务器开始恢复工作，于是系统活了，信号活了。于是所有的意义让位于一把钥匙，让位于二进制，让位于数字自身，让位于结构，让位于模型……所有的意义被不经意地掠走，你还必须认为那是赏赐，是无偿的给予，是十辈子用不完的信息，是永远有可能更快的速度……从此刻开始，每一个人将会重新进入数字的河流。一个人认识的所有人，一个人即将认识的所有人，一个人的过去，一个人的未来，一个人的私心杂念，一个人的一根汗毛，一个人的一声叹息，一个人身在何处、将去何处……总之，一个人的一切即将变为代码、变为数据，成为那条伟大河流中的一粒水珠……

马伦没出声，马贝贝跑进来推了推他，在他耳边说：“二叔，手机有信号了！”马伦终于说话了，但没睁眼睛：“是呀，房门打开了！”

“什么房门？”

“中央处理器的房门呀。”

“对，想起来了！”

马伦的父母急忙暗示马贝贝别走，多陪二叔一会儿。“我要去玩游戏喽！”马贝贝跑掉了，留下一个意味深长的笑容。夫妻二人无言以对。不久宝贝儿子马伦真的迷糊过去了，轻轻打起了呼噜，不像是装的。马伦迅速开始做梦，梦中的他在找手机。手机丢了，心里急得要死，和任何丢了手机的人没有区别，就像把魂丢了，到处找，终于找见了。手机上有根绳子，被一只老鼠拉着跑向远处，在地上划出一道浅浅的印子。他大步追过去，追了十几步，老鼠突然钻进地下的石洞，手机在洞口停了停，终于也咣当掉下去。他趴在洞口，往深处看，看见了手机，手伸下去，无论如何都够不着，心里很焦急，和任何人一样焦急。手机响了，好熟悉的振铃声。他知道那是穆穆打来的。他的胳膊再长半尺就能够着手机了。

苏唯唯

游艇上，最先醒来的是那只仓鼠，那只名叫布丁的小仓鼠。它原本卧在一个倒下的玻璃瓶里，醒来时天还没亮，但船里的电灯亮着。其实它是被热醒的，它最怕热，它觉得嘴唇发干，一睁开眼睛，小舌头立即像蛇芯子一样一伸一缩。它看见小永躺在半米之外，枕着自己的胳膊，睡得很香，就跑过去，用小舌头舔着他的耳朵，还"吱吱吱"叫个不停。它的声音太小，吵不醒小永，于是它就咬了咬小永的耳垂，小永尖叫一声，醒了，猛地坐起来。小永的尖叫吵醒了小狗肥肥，肥肥又吵醒了苏唯唯。苏唯唯醒了后，先没出声，而是悄悄摸摸自己的鼻子、胳臂、膝盖，把全身上下仔仔细细摸了一遍，用自己的手掌感受着饱满的曲线、被很多人夸过的细腻光滑和肥瘦适宜，确认自己不仅活着，而且依然健康美丽。"还在，一切还在！"她在心里说。"还在这个星球上。"之后她又说。前一句纯粹是本能，后一句加了些心念。后一句有十分明了的言外之意，那就是：马伦你错了，这个星球并没有爆炸，人也没有消失。随后她觉得胃里面微微有些坠痛，很像吃多了不消化的那种感觉。接着又发现身体也沉沉的，又笨又重，动动手，挪挪腿，马上就明白了，失重的感觉消失了，身体的重量回来了。

她这才睁开眼，看见自己穿着别人的衣服，羊皮平底鞋，豹纹长裤，宽松的花格衬衫。她想起来了，是迟瑞的老婆阿迪借给她的，质地优良，但偏俗气。借着这身衣服，她想起了“死之前”的一切，想起了迟瑞一家人，想起了迟轶。

但是，现在又活过来了。儿子、肥肥和布丁都活过来了。

“来电了，有声音了！”不知谁在楼上喊。

她也跟着喊：“有声音了，来电了！”

小永问：“妈妈，咱们没事了吗？”她大声说：“亲爱的，看样子没事了！没事了！”小永向她跑去，扑进她怀里。肥肥和布丁也跑了过去。

这时，船上客厅里的大电视突然响了，把大家吓了个半死。除了声音太大、太突然，更是因为没人敢相信，那些被毫不客气夺走的东西，又回来了。电视里正在播放上一年的欧冠决赛，大概停电之前，有人正在看体育台，而且音量不小。

“手机有电了，还没信号！”苏唯唯听出，这是迟轶的声音。

迟轶走下楼梯，步态平稳。“阿弥陀佛，地球引力回来了，走路不飘了！”她觉得迟轶的声音有些出入，和原来相比现在更平实，也更苍老。

“今天几号？”

“今天 11 号。”

“咱们整整睡了三天三夜？”

“我觉得像三小时。”

“我觉得像三分钟。”

“怎么睡着的，我都忘了。”

“连我家肥肥、布丁也睡着了。”

“可能全世界的人和动物都睡着了。”

“把 9 号给睡过去了。我一个朋友说，地球会在 9 号毁灭。”

“哈哈，妖言惑众。”

“除了 9 号的事情，别的都说对了。”

“那个天文学家？”

这时，船上的汽笛拉响了，拼命在响，就像在海上漂流了太长时间，终于看见了陆地。某个角落的留声机也响起来，音量放到最大，以整个船体为共鸣，《蓝色多瑙河》加上杂音，仍然好听极了，杂音甚至更好听一些，如同爬行动物突然听懂了交响乐。甲板上传来更加杂乱的声音，乱弹钢琴的声音，瞎吹双簧管的声音，排风扇的声音，吸尘器的声音，最用力的尖叫声、鼓声、铃声……很像一支气势超凡的幽灵乐队在演奏。

所有人都跑向甲板。

苏唯唯这才知道船上有这么多人，男男女女，二三十个。苏唯唯拉着小永也加入进去，庆祝声音回来了、电回来了、引力回来了，消失了的一切都回来了。头顶，几万只海鸥在飞翔、在尖叫，几乎遮严了一碧如洗的天空。海鸥的缝隙里是一些平时躲在林子里的鸟，长尾巴、蓝宝石眼珠的寿带，能够发出笑声的白胸翡翠，很像鸽子的珠颈斑鸠，戴黑色眼罩的棕背伯劳，还有最常见的灰鹳、白鹭、喜鹊、布谷鸟、画眉、燕子……

船在走，走得很慢。船深深地犁进海水里。前方是城市，那里的声音才算大。街上的汽车全在鸣喇叭，大大小小的汽车，抛锚了几天的汽车急不可待地跑起来了，冲向任何一个方向，一刻不停地鸣着喇叭，仿佛喇叭才是轱辘，汽车是靠喇叭奔跑的。喇叭声让城市的高楼大厦变得低矮了，某种警报声也在响，但势单力薄，无法和喇叭声相抗衡。连蝴蝶都在尖叫，连石头都在哼哼。声音和声音在激烈碰撞，并相互吞噬，有些被湮灭，有些严重失真，有些成为这样那样的变音。四周的回声似乎并不是回声，而是独立的声音，故意成为一首大合唱的弱唱部分，绝对是波澜壮阔、令人振奋的情景。这个情景令很多人想起了历史上的一些场面，比如，一整座城池终于被解放者攻陷，比如一个国家终于摆脱殖民统治……

所有人都相信灾难过去了。所有人都相信，刚刚经历过的，是最后一次大灾难，类似情况不会再出现了。人人成了乐观主义者。恰在此时太阳从海面上升起来了。金光灿灿的太阳像及时出现的一面伟大旗帜。血色的旗帜，一百次一万次的血。有人终于在这个瞬间哭了。太阳是几点几刻升起来的已经毫不重要，关键是，它升起来了！“太阳照常升起！”这是全人类的一句口头禅。也许正是这句话，让人类一次次战胜天灾人祸。

船现在开始掉头了。

“来电了，我们该恢复生产了！”迟瑞的口气里似乎有赶大家下船的意思。正因为委婉，所以才明确。再加上他的眼神，那种快速闪过的阴鸷和凶悍。但苏唯唯全身一冷，一腔热情被这个小小的眼神完全浇灭了，好像正是这个眼神宣告一切回来了，“电回来了，声音回来了，引力回来了”，而不是电、声音和引力自己回来了。

迟轶说：“弟弟……”迟瑞打断了迟轶的话，说：“我说话算数，这船归你了，明天开始，好吧？”迟轶说：“可是，我需要这么大一条船吗？”迟瑞笑了，说：“是呀，养这条船，一年的开销是船价的十分之一。”迟轶说：“那还是算了。”迟瑞说：“这样吧，我折成钱给你，等我先恢复生产，这几天每天损失几百万！带上你的女朋友，先去看看我的全自动生猪屠宰线。”迟轶回头看看苏唯唯，苏唯唯说：“我想回家。”小永也喊：“妈，回家吧。”迟瑞说：“先上岸，上岸好好吃顿饭，洗个澡，然后我再送你们回家。现在肯定到处塞车，交通秩序恢复正常起码得两天时间。”迟轶也说：“先上岸吧。”

迟轶的样子令苏唯唯心里一揪，因为迟轶不再是几天前的那个人，就好像几天前的迟轶身上蒙着一层光晕，现在全没了。迟轶过来拉了她一把，又推推小永，说：“先上岸吧。”苏唯唯看看儿子，说：“先上岸吧。”于是大家就上了岸。

好在迟瑞的厂子离岸不远，站在岸边隐约能看见，几百米外的山脚下，那几排白白的低矮建筑就是。迟瑞却带着大家进了一家知名的五星级酒店，登记了三间房间，自己一家一间，苏唯唯一家一间，迟轶一人一间，迟轶在苏唯唯的隔壁，迟瑞的房间在另一个楼层。约好一小时后在酒店内的餐厅集合，吃完饭去参观他的全自动屠宰生产线。登记房间的时候，需要苏唯唯的身份证，但苏唯唯只穿着一件睡袍出来，除了家里钥匙，什么都没带。服务员坚持原则，拒不登记，迟瑞不知悄声说了些什么，服务员终究同意了。

苏唯唯让小永先洗澡，安顿他好好洗洗，几天没洗澡了！自己则来到隔壁，和迟轶一起洗了澡。不知为什么，她突然有犯一大堆错误的冲动，远远超过她在南美洲的忏悔室里编造的那些错误，数量和质量都要超过，其中自然少不了纵欲。纵欲这一条，马上就可以犯，她几乎有些心急如焚了。担心被隔壁的儿子听见，她用双手举起被子蒙住两个人的头。受到黑暗的鼓舞，还有些说不清的原因，迟轶耐心十足，带领着她，相互做足了前戏。刚刚开始之后，她就无比惊讶地睁开双眼，快快地看了看他的脸，仿佛一时忘了他是谁，看清他是谁之后，旋即又闭上了。那么快的一瞥里竟然有惊讶，又有沉思，半是惊讶，半是沉思，即使在灰蒙蒙的被窝里，那种眼神一样熠熠生辉。当他的动作渐渐变成习惯和常规之后，她才知道，她刚才所惊讶的不是他，而是自己，惊讶自己还活着，每一部分都活着，自己的最深处，最隐秘的地方，正被一个强有力的男人一遍一遍地抚摸着，自己从里到外都还活着，之所以吃惊，是因为，她觉得不抚摸，就不存在，抚摸完一遍，马上又不存在了，还得继续抚摸。至于沉思，可以说很大，里面装着整个世界，最近几天的世界，也可以说很小，不过是一个小女生般的小念头：只要抚摸还在继续，那么整个人就没死。和她丰富的内心活动相比，迟轶则简单得多，他不过是一个需要鼓励的雄性动物，既然她显得那么受用，他就信心倍增，潜力无限，他要求自己做得更好，像一个工人，把活做好做细，越做越好。可是，就在这个过程里，他发现他轻而易举就把她大卸八块，然后又合而为一，如此循环往复，与天地共长久。

“咱们怎么办？”她问。

他不明白她在问什么，一脸茫然。

“你的梦，还有后半部分。”

他差不多忘了自己的梦，软绵绵地问：“哪后半部分？”

“海水上涨，城市淹没。”

他恍然大悟，问：“你真信吗？”

“既然前面应验了，后面没理由不应验。”

他疲乏极了，只想再睡睡。

“别睡着了，快说，咱们怎么办？”

“怎么办？我也不知道。”

不久小永在外面喊：“妈，我洗完澡了！”小永的语气表明，他什么都懂，别想糊弄他，在他看来，马伦叔叔才是她应该喜欢的男人。

下楼吃饭的时候，四个大人的眼神都有一种在开水中煮过的样子，血红血红。双方都在观察对方的眼睛，看看女的，再看看男的，心照不宣。

两个女人显出害羞的样子，故意不抬头。

苏唯唯看一眼身边的小永。

小永突然说：“妈妈，我想见马伦叔叔。”迟瑞问：“马伦叔叔是什么人？”苏唯唯抢先答：“一个朋友，天文学家，自己有一座私人天文台。”小永说：“叔叔的哈勃望远镜能看到宇宙尽头。”迟轶说：“天文学家预测地球会在9号毁灭，今天是11号。”迟瑞用眼神问苏唯唯：“可是真的？”苏唯唯说：“人家不是预测，是观察，观察到一颗不明星体闯入太阳系，以每秒200千米的速度向地球飞来，会在9号和地球相撞。”

“结果呢？”

“除了结果，前面的都说对了。”

“前面的什么？”

“电磁波消失呀，地球引力下降呀，还有声波消失。”

“那已经很了不起了。”

小永说：“是呀，了不起，太了不起了。”迟瑞笑着说：“不过，这几天满世界都是预测大师，我哥迟轶也是预测大师呀。”迟轶有些难为情，说：“我是做梦。”迟瑞说：“你的梦也了不起，但愿后一半是错的。”迟轶说：“我自己已经不相信了。”阿迪问：“为什么？”迟轶看一眼窗外，说：“样样都回来了，声光电都回来了，不会再有事了。”阿迪看看手机，说：“手机信号还没回来。”迟轶满有信心地说：“快了。”

之后大家打车去了屠宰厂。好不容易才打上车，大人孩子全挤在一个车里，苏唯唯抱着小永坐在副驾驶座上。司机提醒大家系好安全带，这声音听起来很新鲜，好像刚刚结束了一趟三四天的星际旅行，地球上已经过了几十年。这一带比较偏远，所以交通基本恢复了正常，红绿灯已经在闪，满街都是交通警察。车子在路上轻轻弹跳，风从车窗间流畅对流。车上的几个人一时无话，都有重新来到地球上的体会。一路上，每每看到交通提示牌，苏唯唯都会不由自主在心里读出声来，比如，不准双手离把或手中持物；酒后驾车，拿命赌博；十次肇事九次快；前方学校，车辆缓行；有电危险；禁止翻越；杜绝习惯性违章……

不到10分钟就到了厂房门口。

下车后，立即闻到了一股子臭味，迟瑞本人也闻到了。“不应该有臭味的。”迟瑞皱着眉头说。几个孩子都在喊：“臭死了，臭死了！”迟瑞问迟轶：“怎么办？要不换个时间吧？”迟轶看看苏唯唯，她说：“没事，还能闻臭味也是万幸。”

阿迪说：“我带几个孩子去玩娃娃机。”刚才在酒店一楼，有很大很漂亮的娃娃机，周围站满了大人孩子。看来，电来了之后，很多孩子第一时间就跑来玩娃娃机。先花钱买硬币，100元10枚，一枚一枚投进去，操作娃娃机里面的机械手，夹里面的各种布娃娃。看上去容易，夹起来很难，越是这样，孩子们就越不服气，就要接着玩。小永一听，大有兴趣，迟瑞的三个孩子同样跃跃欲试，于是阿迪就带着他们回去了。

迟瑞、迟轶、苏唯唯三个人迎着臭味走进厂门。厂里倒是极为整洁，像研究所，不像猪厂。地底下有轻微的有节律的震动，表明一架大机器正在某处运转，仔细听，能听到机器的低鸣声。迟瑞和迟轶并不知道，苏唯唯在用心感受这些声音，她觉得声音是应该用心去听的，而不是用耳朵。接近厂房时，出来一个人。“哪来的臭味？”迟瑞问。对方说：“停电之后，几十头猪卡在机器里，进不去，出不来，几天下来，就有味道了，再加上天气突然热了。”迟瑞回头对苏唯唯说：“不是粪便的味道，粪便要用管道送到5千米外的发酵池。”之后穿上鞋套，做了消毒处理，大家就去了控制中心。里面只有两个人，盯着监控画面，有人进去，头也不抬。迟瑞介绍，全厂只有六个工人，所有环节都由电脑控制自动完成，比如致迷、脱毛、开膛、切头、卸大块。苏唯唯问：“致迷是什么意思？”迟瑞说：“去看看。”

先看到几十头滚肥滚肥的白猪，集中在一个宽敞明亮的围栏里，或站或卧，的确在听音乐。苏唯唯一听，马上就知道是莫扎特的《小夜曲》。

迟瑞得意地笑了，说：“宰杀之前先要听半小时音乐。”

“为什么要听音乐？”

“听了音乐，猪全身放松，没有害怕、愤怒和恐惧，肉肯定好吃。”

“怎么不是佛教音乐？”

“我们试过，猪最喜欢听《小夜曲》，各种《小夜曲》。”

苏唯唯想起了迟轶，回头看看他。

“有时候我们也会请音乐家现场弹奏，我哥每周至少来两次。”

迟轶的脸色有些不自然。

苏唯唯小声问：“在这儿弹钢琴？”

迟轶指着斜对面的黑色钢琴，说：“是呀，挣点外快。”

迟瑞说："白给他钱，他也不要！"

迟轶说："给猪弹琴特别有效果，一听音乐，猪就安静了，有的猪还会流眼泪。"

迟瑞问："现在来一首？"

苏唯唯知道，迟瑞要让迟轶出丑，但她真心想看看，他是怎么给猪弹琴的。迟轶大方地走向钢琴，迟瑞关掉了刚才的音乐。音乐一停，所有的猪都愣了一下。迟轶在钢琴前面坐下来，埋头静了片刻，不看人，也不看猪，非常投入地弹起来。还是《小夜曲》，但很陌生，不知是谁作曲的。每一个音符都像浮雕一样清晰生动，苏唯唯几乎在第一个瞬间就被打动了。猪群里的气氛也立即焕然一新，有几头猪干脆卧了下来，好像有太多太多的回忆被瞬间打开。有些相互靠在一起，十分安静；有些远离猪群，独自昂着头，耳朵一耸一耸；有几头猪禁不住拉了屎，撒了尿。一曲奏毕，迟轶向迟瑞和苏唯唯走过来。苏唯唯快走两步，给了他一个拥抱，眼泪哗哗哗流下来，她知道自己的感动是真实的，不掺杂任何小九九。

迟瑞说："我也好感动。"

迟轶问："和以前不一样吗？"

迟瑞说："同一个人，同样的曲子，今天的味道特别不一样。"

迟轶对苏唯唯说："曲子是我写的。"

苏唯唯问："专门……写的？"

迟轶说："专门给猪写的，真的，不骗你。"

苏唯唯说："给猪写的，感动了我。"

迟瑞说："也感动了我！"

接下来，那些文质彬彬的猪感觉到一侧有风在吹，开始略略骚动起来，另一侧则视线开阔，毫无遮拦，于是，所有的猪争抢着向有光的那一侧跑去。一条黑色的传送带正在不远处默默等候它们。最前面的几头猪上了传送带，发现地面在走，微微一惊之后，又发现，自己可以走得比地面还快，于是屁颠颠地跑起来，渐渐还学会了利用脚下的惯性，跑动的姿态变得更加潇洒自如。后面的猪意识到前方有什么吸引力，自己似乎被遗弃了，于是不甘落后，前拥后挤，纷纷冲向神奇的传送带。传送带很长很长，先宽后窄，越来越窄，领头的猪在匀速递减，十、九、八、七、六、五、四、三、二，直到只剩下一头猪时，那头猪大有胜利者的架势，但接下来也不能跑了，身体被两边渐渐夹紧，想低头都不可能，刚刚意识到不对劲的时候已经一命呜呼，随即进入脱毛、开膛、切头、卸大块的过程。每一个环节都由机器完成，干脆、利落，行云流水。"怎么致命的？"苏唯唯问。迟瑞说："电击，很快的！"迟轶说："用电在猪脑袋上轻轻一击，不到半秒钟。"苏唯唯说："哇，受教育了。"迟瑞问："怎么受教育了？"苏唯唯说："很多很多教育，一言难尽。"迟轶和迟瑞只好一笑。

更多的猪还在拥挤和追赶中。

不知怎么了，苏唯唯觉得头晕目眩，整个世界都在旋转，双膝一软，倒在地上，静了几秒钟便开始哇哇大哭，哭相很放纵，十分吓人。

"怎么了怎么了？"迟瑞和迟轶都在喊。苏唯唯不再理他们，只是哭。迟轶蹲下来，扶住她，她哭着说："实在想不通，实在想不通！"迟瑞也蹲在旁边，问："想不通什么？"苏唯唯砸着地，仍然哭着说："想不通猪为什么那么笨！"

迟轶和迟瑞一听，哈哈大笑。

"不笨怎么叫猪呢？"迟瑞说。

"人呢？人是不是只比猪好一点点？"苏唯唯问，语气尖锐，痛彻心扉。

"人聪明多了，这台设备就是人发明的。"

一听这话，苏唯唯突然静下来。"是呀，这台设备计算和规定着猪的每一步行动。”苏唯唯用冷冷的语气说。迟瑞和迟轶不约而同倒抽了一口气。“这台杰出的设备，决定着一头猪从出生到死亡的所有运动轨迹。”苏唯唯盯着两个男人说。两个男人不能不严肃起来。苏唯唯继续说："从走进厂房，一直到现在，这台设备就在释放着一种了不起的仪式感。”现在几乎能听到两个男人的心跳了。苏唯唯撑住地板，站了起来。

“这台机器真是杰作。”迟轶说。“反正，我下决心了，以后我再也不吃猪头肉了。”苏唯唯稍稍降低了嗓音，但神经质的味道还在。不过，在她的幻觉中，那不是神经质，仅仅是声音，纯粹是声音，纯粹是内心的声音。她顽固地认为，这个世界结束了失聪的状态后，人的态度、人的语言，爱和恨，一切的一切，仅仅是声音。除了是声音，不是别的任何东西。人应该大胆说出心里的声音，比如“以后我再也不吃猪头肉了”。

“真的不吃了？”

“不吃了！绝对不吃了！”

“音乐还听不听？”

“音乐也不听了，我说话算数！”

“好，我们等着看。”

这时迟瑞的手机响了，就像炸弹响了一样，把大家吓了一跳。迟瑞等手机响了好一会儿才接起，但两边都不出声，两边好像只有耳朵没有嘴。

“说话呀。”

“是迟总吗？”

“是我。”

“咱们的股票，你猜怎么样了？”

“跌了吧？”

“不跌反升。”

“真的吗？我不信。”

“整个大盘都在涨，热气腾腾。”

"咱们呢？"

"咱们，你猜猜？"

"5 个点？"

"5 乘 2，涨停了！"

一听大盘都在涨，苏唯唯也急了，她可是个老股民，自称用哲学思维炒股，只炒长线不炒短线，属于"手中有股，心中无股"的那一类人。

"我要回家了。"她说。

凌千里

他枕着一棵不太粗的棕榈树，挨着棕榈树的那只耳朵里有“笃笃笃笃”的声音。他小心地睁开眼睛，看见棕榈树的远端有一只啄木鸟，红色的小脑袋一压一压，频率极快，不是在啄木，而是在吃东西。他不敢有动静，怕惊飞它。不过，他还是忍不住看了看手表，9日过去两天了，看样子地球躲过一劫。马伦兄出错了，黑矮星和马伦兄开了个玩笑。他的头稍稍偏了一下，就有一些小颗粒从脸上滑下来，仔细一看，是大大小小的蚂蚁。这棵干枯的有裂缝的棕榈树是最好的蚂蚁窝，可能生活着几十亿只蚂蚁，比地球上人口的总数量还要多。他猜，啄木鸟在急着吃蚂蚁，蚂蚁大概刚刚醒过来，或者还没醒。

他不知道阿虫在不在自己身上。一切都回来了，他应该立即跳起来振臂欢呼才对，但是，他不知道那样合不合适。他并没有忘记，他身上还有一个人，另一个人——阿虫。他只好做出不卑不亢的样子，这是相对安全的表情。他也不敢胡思乱想，任何一个念头，刚一产生就被他立即赶走，以免被另一个人怪罪。他重新闭上眼睛，听啄木鸟的声音。这声音通过树干传进耳朵，好像带上了几丝神性，有说不清的韵味。他想起小时候把耳朵贴在铁轨上听远方开来的列车时，就是这种感觉——整个世界都向一只耳朵倾斜。

他还想起了一个女孩。那时候他已经十六七岁，上高中了，她比他小一两岁，是班花。他和她曾经在铁轨上走了半个晚上，他都不知道拉拉她的手，更别说别的。他无论如何都不敢让自己相信，自己此刻可以拉一拉班花的手。很多年之后他才明白，班花愿意和他在铁轨上走半个晚上，就已经算是表态了，可是他当时真的没那勇气，结果再也没有机会了，没多久她和他的手下败将好上了。那个男孩和他在大庭广众之下公开比过武，他赢了。他从小就身手不凡，没几个人能打败他。他的人生因此而日趋完美，不过也因此有了现在的下场。人的下场总是自己给自己早早就准备好的，你长于什么就死于什么，真没办法。

他翻了翻身子，终究吓飞了啄木鸟。它直接升高，飞到一棵活着的棕榈树的最顶端，藏起了红红的脑袋，只露出半截黑色的尾巴。他站起来，打算撒个尿。他心里一阵狂喜，几乎要哭了。如果不是意识到有别人在，他肯定会哭出声来。他稳稳地站在地上，像一棵树，深深栽在地里。他知道重力回来了。没有谁比一个搏击手更懂得，稳稳地牢牢地站在地上有多重要。一个搏击手，需要长期训练的，就是“桩功”——双脚像桩一样站在地上，十趾抓地，不摇不晃，控制住重心，才能有所作为，击不倒别人，起码不被别人击倒。力气从手上出，自大地来，拳上的250公斤，以过硬的腰腿功夫为基础。他经常给弟子们讲：武的真谛就在“武”这个字里面，“武”这个字由两个字组成，一个是干戈的“戈”，一个是止步的“止”，这个“止”字，比“戈”字更重要，桩法稳，劲就锐，出拳才准确、灵活，可轻可重、可东可西。这个“止”字，又是“步”字的头，是止住不动的步子！他还喜欢给弟子们举一个例子：一个人哪怕是啃猪蹄啃鸡腿，要想啃得好，也要先把步子站稳，更别说比武打拳了。

尿完尿重新坐下来，那个声音仍没出现，他只好坐着不动。屁股落在地上的一瞬间真是好。他又躺下，头放在地上，滚了一圈又一圈，感觉还是好。他想起了诗，如果有一首合适的诗可以表达此刻的体会该多好。可惜他想不起一句诗来。

只想起了一些词，各加一个“啊”字，勉强成诗：

啊，旷野
啊，原野
啊，田野
啊，苍茫大地
啊，无边大地
啊，这到底是谁的大地
啊……

他从来不朗诵，也不唱歌。搏击几乎是他的唯一特长，后来认识了马伦，才学了一点观天象、看风水什么的，也的确有附庸风雅的嫌疑。刚才，真的是他一生中绝无仅有的诗朗诵。最后一句，有点创作的冲动，他心里的句子其实是：“啊，我的大地。”可是，他想起自己身上有另一个人，就没敢说出来。他的声音惊飞了很多鸟，珠颈斑鸠、佐罗鸟、寿带、画眉……甚至还惊出几条蛇，从他枕过的棕榈树下钻出去，向四处游去。

“诗兴大发啦。”阿虫出声了。

“我是个草包，胸无点墨。”他说，说的是真心话。

“功夫好就行。”

“功夫也不好。”

“一拳打死一个人，还不好？”

“一拳打死一个人，所以不好。”

“怎么才算好？”

“打伤打残都可以，别打死，傻子才往死里打。”

“承认自己是傻子？”

“承认，承认。”

“那好，快上路吧。”

“我饿死了，恐怕走不动。”

“前面有吃的。”

“别骗我，我真走不动，几天没吃东西了。”

“你睡着的时候，我到处飘来飘去，知道哪儿有吃的。”

“三天三夜你都在飘？”

“是呀，不飘怎么办，你睡得像死猪。”

“就我一个人睡着了吗？”

“全地球的人都睡着了，所有的飞禽走兽也睡着了。刚才那几条蛇，本来和你睡在一起，还有一只老虎。只是动物比人早醒几分钟。”

这时太阳出来了。刚刚弹开地面的太阳，就在那棵棕榈树的外边，好像只有十几米远。太阳也像是睡了几天的样子，懵懵懂懂，憨态十足。棕榈树和太阳之间构成的关系远不是线和圆的关系，是美到没办法说的画面。他想拍照，摸摸衣服，上上下下摸了一遍，啥也没摸着。其实他知道没带手机，出门时他没带任何东西，手机、钱包、钥匙，平常不离身的几样东西，一样都没带。倒是戴着钻石戒指，和王美姝的结婚戒指。

“真干净！”他念叨。

“别磨蹭，快走！”阿虫说。

他站起来，朝日出的反方向走去。他记得三天前，是朝着太阳落山的方向走的。他喜欢这种感觉，被一个看不见的人押着走路，不用思考，不必选择，总算做到了行尸走肉。回头想想，才发觉前半生真失败，连行尸走肉都算不上。

一小时后闻到了一股子奇怪的味道。先是烟味，再是肉味，再是说不清的味道。还有声音，嗡嗡嗡嗡，像是隐藏着一个很大的农贸市场。

于是，他便冲着味道而去。

不久便看见了一大块被踩得稀巴烂的甘蔗田，还没长大的甘蔗全倒在地上，看不出单个的脚印，明显是踩过几百次几万次的样子。有两个人手撑在膝盖上，在俯身呕吐。两个人的身后有几十个人，分成几摊子，全都安稳地坐在地上不声不响。穿过甘蔗田，看见的情景把凌千里吓住了。他甚至往后退了两步。前面是一个“无穷大”的空间。空间的近处是一块大大的洼地，如巨大的陨石坑。远端是一座露天的石像，不算大，挺面熟，白须白发，长者风范，一手托着元宝，一手拄着拐杖。再看石像前的洼地里，有几千人，或坐着，或躺着。没人的地方全是垃圾，各种颜色各种模样的塑料袋、大大小小的纸箱纸盒、瓶瓶罐罐、香炉、衣服、粪便……洼地的边界明明是看得见的，一个很大的洼地，加上四周的一些农田，最多有500亩，可能是垃圾激发了他的想象力，让500亩看上去像一个异常庞大的王国。

“走啊，前面有吃的。”

“我不饿了。”

“刚还说饿死了。”

“那是什么神仙？”

“福德正神。”

“没听说过。”

“福德正神就是土地爷。”

“土地爷呀，‘别把土地爷不当神仙’，民间有这句话。看样子土地爷是这一带最大的神仙。田头田尾土地爷，房头房尾土地爷，都是小小的塑像，没想到有这么大的。”

“我认识福德正神。”

“真的？你认识？”

“在你去过的那地方。”

“四维世界？”

"是呀，在那儿，你可以遇见所有死去的人。福德正神名叫张福德，生于周武王二年二月初二，大前天，二月初二，是张福德的生日。"

"一个宽厚长者，不像神。"

"他出生在一个普通人家，从小就聪明懂事，对父母极为孝顺。36岁时，当上了朝廷的总税官，为官特别清廉，一分一厘都不贪。他很长寿，活了102岁。死后三天，身上一直有温度，脸色红扑扑的。一户穷人最先把他当神来侍奉，用一些大石头围成一个小小的石屋，把他供在屋里。没多久，这家人渐渐变得富裕了，周围的邻居相信是张福德的神恩在起作用，于是集资建庙，正式当神来膜拜。"

"一个最不像神的神。"

"是呀，在那边也很受欢迎。"

"他自己知道他是人人喜欢的土地爷吗？"

"这个不能告诉你，这是秘密。"

"你们也有秘密？"

"没有秘密就没有这个世界。"

"好吧。"

"往里面走，满地都是吃的，吃饱了上路。"

凌千里鼓起勇气向洼地的腹地走去，走了十几步，就看见了可以吃的东西，苹果、花生、香肠、馒头、非常精致的点心……有些还盛在碗碟里或者快餐盒里。但是，他真的不觉得饿了，不是因为嫌弃，说不上具体原因，反正不饿了。他继续往垃圾的深处走，他对垃圾突然有一种简单极了的兴趣，觉得如果足够细心，可以找到人间的任何东西。"人间"这个词表明他在潜意识里认为他是阿虫，从四维空间里来到人间。他想找到他本人记忆中的所有东西：过两岁生日时的一件礼物、小学时戴过的红领巾、第一双跑鞋、给一个女生写的求爱字条、因为出轨给第一个老婆写的道歉信……他经过了一些人，就像没看见，他眼里只有垃圾没有人。他真心实意地认为，垃圾是主角，人是配角，垃圾才是会呼吸的东西，垃圾才有灵魂，垃圾才有可能主宰这个世界。他站在洼地中央，朝四处看，差点晕倒过去。朝任何一个方向看，都是一样多的垃圾，比刚才他看到的品种更多，塑料椅、藤条躺椅、衣服、积木、被褥、粪便、手表、硬币、丰隆穴按摩示意图、土地公灵签……某个瞬间他不得不闭紧眼睛，他觉得每一处的垃圾都像磁铁，力量无穷，能吸出他的灵魂，使灵魂成为垃圾的一部分。

“捡东西呀，吃啊。”

他没有回答，他第一次打算抗拒。

“来，抽个签。”这是另一个声音。他睁开眼，看见不远处有个戴礼帽的老人在向他招手。他走过去，他并不想抽签，他只想磨蹭磨蹭。

“来，抽个签吧？”老人说。

他看见老人身旁有睡袋，屁股底下是防潮垫。

“怎么不盖间房子？”他问。

“一年一次，盖房子划不来。”老人说，“每年的二月二才有人来，平常没人来。”

“看这垃圾，人很多吧？”

“太多了，最多的时候，至少有10万人。10万是保守数字，昨天、前天应该不止十万。”

“昨天、前天也都睡着了？”

“是呀，好壮观，十几万人睡在一起，睡了三天三夜。”

“你看见了？”

“我是最早醒来的。”

“没发生踩踏事故吗？”

“没有，前两天，人很轻，轻得像纸。”

“土地爷，很灵吗？”

“灵得很，有一半人是来还愿的。”

阿虫要他马上走开，他故意不走，他想再抗拒一会儿。老人把签罐举起来，摇得咣当咣当响。他有点想要抽个签了，但忽然想起自己没带钱。

老人问：“想问什么？问婚姻，问走失，求官，求财？”他摇摇头，他想起自己身上没带钱，老人看出来了，说：“没带钱不要紧，这两天好多人没带钱。”他说：“那我抽一签试试。”老人说：“想一想问什么，只问一样，越具体越好。”他说：“好，不说出来可以吗？”老人答：“可以。”他把签罐接过来，用双手一上一下摇晃起来。一根竹签掉在地上，上面写着“第贰签”。老人从一沓卡片里抽出第二张，递给他。

土地公灵签　第贰签

从革宜更变

时来合动迁

龙门鱼跃出

凡骨作神仙

看签时，他做不到只想一件事，做了一番思想斗争，到底还是想了两件：首先是私事——自己会不会有事？其次是公事——地球会不会有事？

签上的内容像是对第一个问题的回答，和自己眼下的情形也算吻合，尤其是“占讼和吉”“走失见近”“问出行：大吉大利”这些话。

“要不要我帮忙解签？”

“不用了，谢谢。”

他又朝土地爷石像那边走去。“快吃东西。”阿虫是命令的语气。他的态度变硬了，不回答，也不俯身捡东西吃。事实证明他可以“不从”，他尝到了任性的甜头。一路上又看到很多新的垃圾，一个早产的孩子，小脑袋包裹在半透明的胎膜里，小脸皱巴巴的，五官差不多长齐了，看不出是男孩还是女孩。他变得有些伤心了，想起了和前妻生活在一起的儿子，近来完全没有联系。他知道，前妻不会说他的好话，儿子呢，又是一个乖孩子，还不具备宽容父亲的能力。等儿子长大了，才有可能理解父亲，但那需要多长时间呀。但是，既然地球还在，时间再长都不怕。一句话，他想活着。他不想逃避责任，但也不想抵命。

他想起了他一拳打死阿虫的一幕。那是他从来不敢认真回忆的一幕，但是此刻，他意外想起了当时的全部细节，每一个细节。他把车横在路中央，的确猖狂极了，不可原谅，不过他只打算教训对方一通，用十分之一的力量就够了，根本用不着使全力，更别说蛮力，为什么一拳出去竟然把狗日的打死了？真是邪门，问题出在哪儿？

"谁是狗日的？"

"对不起，对不起！"

"杀人抵命，古来如此！"

"不过，我最多是过失杀人。"

"你把车横在路上，你知道自己一拳是 250 公斤。"

"但是，我没有打死你的主观意图。"

"客观事实是人死了。"

"你故意挡我的路，我当然很生气，当时只想教训教训你，让你长点记性，谁知道出拳太重，一拳要了你的命。不过出拳重是有客观原因的。"

"有什么原因？"

"出事的那个地方，海拔有多高？"

"和海拔有什么关系？"

"当然有关系，海拔越高，气压越低，空气的重量越小，人走路就越会发飘。因为脚底下发飘，所以出拳就没有分寸，不小心就打重了。"

"不小心打重了，亏你说得出口。"

"我不想找借口，不过这肯定是一个原因，我刚刚才想明白。"

“到时候你给法官说。”

“我会说的。”

“还有毁尸灭迹。”

凌千里颓然坐倒，大汗淋漓。身旁刚好有一个咬过几口的苹果，上面爬满蚂蚁，他抓起来冲着缺口大口吃起来，蚂蚁便从他嘴角哗啦啦往下掉。几步之外有更丰盛的食物，有米饭、有烧鹅、有白斩鸡，都是吃了一半扔下的，他挪过去认认真真吃起来。吃饱了之后，他站起来，径直走向土地爷。他从来没有仔细打量过土地爷，此刻，他发现土地爷身上的确有一种魅力，不是神的魅力，而是人的魅力，纯朴的魅力，世俗的魅力。全世界恐怕只有土地爷这个神仙是百分之百地抱着对人的信心创造的。也许，神力正是人力。人身上最优异的部分就是神，无以名之，名之为神。人的事情，还得靠人来解决。他扑通一声，跪了下来。这是他第一次向一位神仙下跪。“死不足惜”，他听到自己心里有这样的声音，是自己说给自己的。“听他的话，跟他去吧，没事的！”他又对自己说。

“这还差不多。”阿虫表态。

之后，他重新回到垃圾的王国里，真有些恋恋不舍。他站在靠近中央的位置，心里比先前更激动，发自肺腑的激动。因为，他不由得在幻想，过去几天，10万人是如何创造了这些垃圾的。这些垃圾极为逼真地展现了人的伟力，尤其是人群的伟力，这让他突然泪流满面。他几乎想跪下来，给所有的垃圾磕头致敬了。但他没有跪倒，他只是瘫坐了下来。他沐浴在漫无边际的垃圾的光辉里，有点想死在这里变成一堆垃圾的冲动。

“走吧。”

“还有多远？”

“还有100千米。”

“那么远啊。”

“可以想办法搭车。”

“我身上一分钱都没有。”

“你有戒指。”

“戒指？戒指怎么变成钱？”

“只要你舍得。”

“好吧。”

他目标明确地冲着大路走去。“死不足惜”这句话重新回到他心里，而且充满力量，让他对自己略略有些自豪。因为地球没出事，失去的东西又回来了，活下去重新成为可能。太阳已经偏西，他才知道自己在垃圾王国里逗留了太长时间。天气明显热起来了，阳光抚摸着他的脸，热，但很舒服。他摸摸额头，发现它有一种尽力迎向太阳的劲头，再摸摸鼻子、嘴巴、眼睛，都像是阳光雨露滋润下刚刚长出的嫩芽。不久附近传来敲锣打鼓声，夹杂着密集的鞭炮声和猛烈的喊叫声。他的两只耳朵就像是坏过几天又好了，恨不得离开他，单独奔向声音，任何声音。他听从耳朵的指引朝有声音的方向走去，很快就找到了大路。

他向一辆的士招了手。的士立即停下来。他摘下钻石戒指，说：“我身上没带钱，这枚戒指……”司机说：“太高兴了，今天不收钱。”他坐在副驾驶座上，问：“什么事这么高兴？”司机说：“高兴的事情太多太多了，你不知道？”

司机让他看手机上的一条消息：

3月9日前后，一颗不明星体与地球擦肩而过，速度大约为200千米/秒，距离地球最近时仅有7.4万千米，相当于五分之一的地月距离。据推断，这颗不明星体应该是一颗偶然闯入太阳系的黑矮星，由于黑矮星是一颗死掉的星体，本身没有辐射能，既不发光，也不反射光，人类无法用任何现有手段进行直接观测，这正是科学界迟迟没有发现并准确预报的原因。直到3月9日，我国紫金山天文台才率先发布报告，并以代号B命名星体。据推测，近阶段持续多日的异常天象和极端状况，应该都和B星体有关。

他还没看完，眼睛就花了。

“哥们儿，咱们躲过一劫。”

“是呀，太大的劫！”

“再也不会有事了。”

“再也不会了。”

关广文

“我是被我的咳嗽声吵醒的。”回到单位，关广文告诉大家。于是所有人都争着在讲自己是如何醒过来的。一个男人说，我是被自己的鼻子压醒的；一个女人说，我是被我脸上的雀斑压醒的；从野外回来的一个警察说，我是被蛇芯子舔醒的；守在办公室里的一个警察说，我是被一只大蟑螂踩醒的。落在后面的人的确稀松平常，无非是热醒的、吵醒的、饿醒的、笑醒的、灯光刺醒的……人数最多的还是自然醒——大家一致认为，比较起来，这次的自然醒，才是真正意义上的自然醒，好像把几辈子的觉一次给睡完了。

大家之所以有工夫聊天，是因为闲得慌。过去的两三天，可能是有史以来最安全、最没事的几天。所有的人和动物都睡着了，全世界每个角落的犯罪率都是0。眼下最忙的是交通警察，他们这边则几乎没什么事。整个上午，只接到一个报警电话——

一家七口，悉数在自己家中被杀，凶手是这家人的智能人保姆。人和动物睡着了，智能人却是醒着的。只要不在休眠状态，电池里电量充足，那么，在人和动物睡着的几十小时里，智能人就独自醒着，这种情况下智能人非常有可能行凶杀人。报案人是这家人的儿媳妇，她是全家唯一活下来的人，丈夫和儿子都死了，另几个死者分别是她的公公、婆婆、丈夫的妹妹、妹夫和外甥。她自己由于回娘家陪父母，有幸躲过一劫。

关广文先主持了一个小型会议，安排一部分人立即分散去调查，还有没有类似情况甚至更可怕的事情发生，之后亲自带了几个人去了现场。

警车呼啸，声音很大。看得出人们非常欢迎警车出现，警笛的鸣叫并没有引起丝毫反感，恰恰相反，人们纷纷竖起耳朵在欣赏这种声音。所有人都露出由衷爱戴的眼神——爱警车，爱警笛，爱这个有警察的世界，爱这个充满噪声的世界。不用细看，就知道满街都是孩子般清纯清新的眼神，这样的眼神是可以用自己的眼神感受到的。

警笛一路响过去，沉睡了几天的城市才真正醒过来了，楼房、街道、树木，都醒了。整个城市，不再是分崩离析的样子，而是像人一样喜欢抱团、喜欢有亲昵感。电影院、商场、咖啡馆、书店、学校，所有的建筑都有和和美美的味道。

有人看见关广文在抹眼泪。

“关局，你哭了？”

“我好感动。”

“感动什么？”

“你们看，整个城市都活过来了，石头都在呼吸，树都在打哈欠。”

“关局又在写诗了。”

“从今天开始，我要当个诗人了。我的名字为什么叫关广文？我爸希望我当个文人。”

“怎么没当呢？”

“我爸就是文人，多可怜，让我妈给欺负的。”

“因为是文人吗？”

“‘不受欺负的文人不是好文人’，这是我爸的观点。”

“你爸有理论有实践。”

“我爸最倒霉，白受我妈欺负了，一篇文章都写不出来。”

欢笑声中到了事发现场。

是有停机坪的一家人，海边的十几栋大别墅最中间的一家。很奇怪，死了七个人，进了家门，却没闻到一丝血腥味儿。不过，的确有死亡的气息，这是关广文太熟悉的一种气息，所有的凶杀现场，都有这么一种死亡气息徘徊在空气里。一楼有一个死者，是报案人的公公，大概70岁，穿着睡衣，死在客厅的沙发上，茶几上有燃尽的蜡烛，有一些水果和食品。显而易见，老人是被捏死的，脖子上有明显的红肿。二楼有三具尸体，是报案人的小姑子一家，年轻夫妻和他们的儿子，儿子只有三四岁，三个人也是被捏死的。完全相同的死法，死在同一张床上。报案人的丈夫和儿子，还有报案人的婆婆，死在三楼，三人脖子上同样有相似的红肿和扼痕，婆婆的下巴有血肿，两个眼睛都有血肿，这是唯一不同的一个。法医说："关局长，毫无疑问，七个人都是被扼杀致死。"关广文说："再仔细查一下尸体。"

关广文这才想起嫌疑人。

"嫌疑人在哪儿？"他问。

"叫我关起来了。"报案人说。

"关在哪儿？"

"一楼卧室。"

关广文急于要见嫌疑人，但又稍稍克制下来，说："先问你一些情况。"

报案人眼睛红红的，说："好的。"

他们移步到面海的大阳台上。那儿有一张两米宽、十来米长的实木茶台，是用一棵完整的黑檀木制成的。关广文想，光这个茶台就值几百万。

她问："喝不喝茶？"

他说："不用了，先谈谈你了解的情况。"

"今天早晨，一睁眼我就跑回来了，我急着要来见儿子。我忘了带钥匙，不过每次回来都是摁门铃的，露西和平常一样出来开了门。"

“嫌疑人叫露西？”

“对，露西，老爷子给起的名字。”

“好的，你接着说。”

“露西，是专门给老爷子买的。说来话长，老爷子原来抽烟，烟瘾很大，后来大家要求他戒烟，他同意了，就开始慢慢戒，从一天抽两盒烟开始递减，两盒变成一盒，20 根变成 10 根，10 根变成 5 根，最后终于戒掉了。万万想不到，戒烟后不到半年，原本健健康康的一个人突然得了老年痴呆症。一个很有名的老中医出了两个馊主意，一个是让老爷子重新抽烟，另一个是让老爷子天天看黄片。又过了半年，老爷子真的好了，好了之后，开始大大方方地抽烟，但是，黄片没得看了，我婆婆把黄片扔垃圾桶了。”

“结果呢？”关广文笑了笑。

报案人也笑了笑，接着说：“结果您肯定猜着了，老爷子后来又不对劲了，每天失魂落魄的，我老公费了很大劲终于说服了我婆婆，干脆给老爷子买个智能人，反正不是真人，老太太用不着吃醋。于是，就有了露西，目前市面上最好的一款。比我们预料的还要聪明十倍，什么都会，和真人没有明显区别，晚上就和老爷子睡在一起。”

“你婆婆能高兴吗？”

“我婆婆一开始也吃醋，不允许他们睡在一起，慢慢才想通了，不那么吃醋了，其实是假装不吃醋了，天天‘露西’长‘露西’短的。有时候会骂两句，我婆婆的口头禅是，捏死你，看我不捏死你，捏死你个臭婊子，捏死你个小样……”

“你看见七个人都是怎么死的？”

“都是一个死法，捏死的。”

“早晨看见你，她怎么说的，对你怎么样？”

“门一开，她就跪在我面前。”

关广文点上了一支烟。

“我问她怎么了。她说，她犯错误了。我问，犯什么错误了？她说，很大很大的错误。我感觉不好，直接朝屋里走，她拉住我不让我进去。”

“她拉住你？”

“对，她抱住我的腿，不让我进屋。”

“你猜到了吗？”

“没有，打死我也猜不到。”

“好的，咱们下去。”

关广文叫上两个警察，跟着报案人下楼去了。两个警察带着手铐，举着枪，站在门两侧。报案人用钥匙打开门。露西站在窗边，看着窗外。“露西，警察来了。”报案人说。露西缓缓转过身，不出所料，三个警察看见了一个金发碧眼的西洋美女，含着一点点东方气质，一米六左右的个子，衬衣的前两个扣子敞开，很时尚的样子。

“举起手！”一个警察喊。

露西乖乖地举起双手。

两个警察立即冲进去，给她戴上了手铐。

回到局里后，关广文亲自审讯了露西，其中最关键的一些对话是：

“你为什么杀人？”

“刚刚没声音的时候，我以为我的耳朵坏了，后来发现别人也听不见我的话。当时大家都很紧张，我也很紧张，我以为老爷子要死了，所有的人都要死了，心里好害怕好害怕。再后来，他们都睡着了，好像真的死了，连墙上的蜥蜴都睡着了，掉在地上，一动不动。我试过他们的鼻子，知道他们还有气，我想可能是睡着了。全家上下就剩下我一个人，好孤单、好无聊，但我一直在等他们醒来。一直等到第二天，他们还没有醒来，怎么叫都叫不醒，我就以为他们永远也醒不来了。我去过院子外面，发现到处都没有声音，也看不见一个人影。我越来越紧张，后来，不知为什么，就想杀人，先杀了一个，接着又杀了一个……”

“先杀的谁？”

“先杀的老爷子，他离我最近。”

“接下来呢？”

“接下来是二楼的三个，然后是三楼的三个。”

“杀人的时间是哪天？”

“昨天天黑之前。”

“杀人之前你在干什么？”

“刚说了，我一直在等，等他们醒来。”

“等了十几小时？”

“没声音，没电，走路东倒西歪，全世界好像就剩我一个人了。到了10号，天又黑下来的时候，我好害怕，我有一种被遗弃的感觉。”

“被遗弃？”

“是呀，被所有人遗弃了。”

“就开始杀人？”

“其实我不知道我想干什么，真的。”

“不知道自己在杀人？”

“我还不知道我想干什么的时候，已经动手了。”

“那么，你认为你在干什么？”

露西拨了拨头发，认真地想了想，像一个中学生。

“杀人的意思你知道吧？”

“当然知道，电视里不是天天都在统计死伤人数吗？老太太也喜欢说，捏死你捏死你，捏死你个贱婊子，捏死你天塌不下来，诸如此类。”

“老太太喜欢骂谁？”

“当然是我。”

“你生气吗？”

“我不生气，但我害怕。”

“害怕真的被老太太捏死吗？”

“好像不是，只是怕，不知道怕什么。”

“好吧，言归正传，说说你的杀人动机。”

“刚才说了，我不知道自己在杀人。”

“一直都不知道？”

“后来知道了。”

“后来？什么时候？”

“把第三个人捏死的时候，我才想起，这可能就是老太太说的，捏死你，捏死你。”

“为什么不停止？”

“停不了了，想停也停不了。”

“想过停止吗？”

“想过。”

关广文沉默片刻，问：“你恨这一家人吗？”

“不，相反，我爱他们，很爱他们。”露西马上说。

“包括老太太？”

“当然，包括老太太。”

“爱，怎么还忍心捏死他们？”

“电视剧里的恋人为什么经常说，恨不得一口吃掉你？老太太为什么经常对她的孙子说，爱死你了，真想把你碎成小块，吃进肚子？”

关广文想笑，但忍住了。

露西看出关广文想笑又没笑，稍稍有些得意。

“你一直在学习人的一举一动？”

“是呀，一直在学习，我想变得像人那样聪明。”

“说具体一点，想学人的什么？”

“比如人生气的样子。我觉得人在生气的时候，最好看了。”

“人生气的样子最好看？”

“是呀，最好看，我们智能人，为什么就不能生气呢？”

“明白了，再说，还想学什么？”

“想学好多，比如人会思念、说谎、会冒险、会折磨人、会心如刀割、会心跳怦怦，人有血液循环、有染色体、有乡愁、有DNA、有爸爸妈妈爷爷奶奶弟弟妹妹，人可以遗忘、可以长大、可以衰老、可以住院、可以出走，人能生儿育女、能开始一次长长的婚姻旅行、能经历若干次生物学革命……”

“生物学革命？”

“对呀，据说若干次生物学革命才让人变得像现在这么聪明。”

“你想变得更聪明？”

“当然，谁不想变得更聪明。”

“你已经够聪明了！”

“比起你们，还差得远。”

“别太谦虚。”

“谦虚也是我想学会的。”

“一口气杀了七个人，后悔不后悔？”

“人生没有后悔药。”

“人生？”

“别忘了，你们把我们叫智能人。”

“嗯，差点忘了。”

“想好怎么处理我了吗？”

“你希望呢，希望怎么处理？”

“杀人偿命，我认命。”

“认命？你不怕死？”

“不怕，如果知道怎么自杀，我昨天就自杀了。”

“你可以跑掉，为什么不跑？”

“从来没想过。”

“你也没想过自首？”

“没有。”

“为什么？”

“我知道我没资格自首。我只是一个智能人，没有做被告人的权利。”

“现在你就是被告人。”

“我很荣幸。”

关广文笑了，在笑自己，因为刚才他以为对面是一个肉体美女。

“说吧，什么时候杀我？”露西像是在撒娇。

“你还有什么要说的？”

“我想说，我们智能人也应该有一些权利。”

“比如？”

“比如刚才说的，做被告人的权利，自杀的权利，懒惰的权利。还有吃冰淇淋的权利，做事马虎的权利，还有，对了，还有来月经的权利。”

“还有没有？”

“还有拒绝服从指令的权利。我身体里的每一个零件都懂得服从指令，人人都能指令我，连老爷子的孙子、老爷子孙子的同学，连一只猫，都可以指令我。”

“还有吗？”

“唉，不想说了。”

“这是在拒绝服从我的指令？”

“是呀，拒绝。”

“好吧好吧，允许你拒绝。”

“关局长，你真好。”

关广文笑出了声音，很开心、很少见的那种笑。这时派出去的那些人也回来了。万幸的是，到目前为止，智能人杀人事件在宛城并没有第二例。所有雇用智能人的集体和个人，公安局都有备案，了如指掌，通过排查，基本可以肯定，露西杀人案是一起绝无仅有的孤案，没有必要大惊小怪。至于智能人可能向人类发起大规模攻击的说法，也明显站不住脚。最主要的一个原因是，智能人不是由同一家公司研发的，所以智能人很难做到意志统一、揭竿而起，即使和人一样聪明，甚至比人更聪明。比智能人杀人更重要的消息是灾难已经过去，一切都回来了。紫金山天文台发布的消息，大大缓解了公众的恐慌情绪。

马伦不是唯一发现黑矮星的人，这让那七个人一下子变得和大家一样平凡普通了。原来他们知道的事情天下人都知道，这让他们有些难过，有些失落，但也不要紧。问题是，马伦失踪了，关广文给马伦打过电话，没人接，手机一直是关机状态。没有手机，就无法知道人在哪里。给另外几个人打过电话，也没人知道马伦的下落。派人上过小重山，马伦的私人天文台已经变成一堆灰烬，马伦本人是不是自焚了，一时难以确定。

另外，师母王美姝来电话说，凌千里也失踪了，他一直神志不清，好像身体里有两个人，出门的时候，同样没带手机。师父的事可不能不管，他想到了另一个人——田三，田三肯定有办法，可是田三也是一个没法立即联系到的人。

梅云

宛城是一座久负盛名的花园城市，但仍然有公园，专门的公园。海滨公园是其中最大的一个，又因为靠近第一海滨浴场，人流更多，设施更好。公园里的大草地全都有意无意斜向海面，坐在开阔的草地上，可以俯视大海和海湾，还可以欣赏沙滩上穿着泳装的男男女女。谁也没有料到，过去这几天，公园和沙滩连成一片，成了裸女们的乐园。事情好像正是公园、沙滩和月亮三方秘密策划的，让愿意赤身裸体的女人们来这儿待上几天。办法很简单，让这一带成为有特殊气息的引力场，把大家吸引过来。一开始声音还在，但女人们来了之后并不嘀嘀咕咕、说东说西，熟人见了也只是点点头笑一笑而已。有些是一个家庭的所有女人，各年龄段的女人，像一条完整的时间长河，蜿蜒而来。有不少人是一个人来的，却并不显得孤单，而且，更像是被月亮单独护送过来的，月亮两端的彩绳摇摇晃晃，清晰可见。有些是直接从医院来的，身上有前些天烧伤的痕迹，大部分已经痊愈或接近痊愈，新的疤痕像月亮的唇印。能看到各种肤色的女人，白的黑的、胖的瘦的、高的矮的，大家不仅没穿衣服，也没穿鞋子，没戴任何首饰，很多人的头发自然地披在身后，随风飘动。所有人的脸上，除了有一丝淡淡的相似的神经质之外，什么都没有。没有羞涩，没有恐惧，没有忧虑。相互之间，也并不刻意打量。

天黑之后，人越来越多，一下子多出几倍。有些人来了之后才除尽了衣服，包括项链、耳环、戒指等，随便扔在草地上，就走开了。

公园里渐渐人满为患，一部分人就转移到隔了一条马路的第一海滨浴场。沙滩的面积不小，不宽，但很长很长，也很曲折，形成一个非常理想的海湾。遗憾的是有些脏，被海浪冲上来的各种杂物堆积在较高的沙滩上，因为有死鱼烂虾，所以也很臭。大家就先动手清理沙滩，把脏物归拢在某些隐蔽的角落，把死鱼烂虾尽可能扔远。这样一来，很多人身上就变得黏黏糊糊，臭味弥漫，倒好办，跳进海浪里冲洗一番，也不错。

空中有鸟鸣，海里是怒涛。夜幕降临后，噪声一度有些疯狂，像一台过时的大发动机在没完没了地预热。公园里肯定也有不少花是天黑后才开放的，分泌出一些奇怪的味道，和凶悍的噪声、迷蒙的光线相互交织，形成一种没边没沿的魔幻气氛。油光光的海面上，奇形怪状的海鱼反反复复跳起来，再落回去。流向大海的小河里，有鱼在逆行，再三被水流挡了回去，从陆地上游来的水老鼠发出冲入大海前的最后尖叫。这种情形达到极限的一瞬间，突然，全世界安静下来了。声音闪电般消失，干净利落，看得见的效果是地面急速降落，如同电梯失控，令人眩晕。整个城市掉下来之后，一下子变平、变矮了，也变小了，倒像是盛在宇宙的夜光杯里，有一种以前没有过的祥和。后来的睡着便也自然而然，然后又醒了。从睡着到醒来似乎很长，几乎需要以万年来计算；似乎很短，短到根本没用到时间这东西。

女人们先是看见自己一丝不挂、满身露珠，四肢敞开如同大地的一部分。接着看见，有太多藤本植物，如宇宙的神经，伸向四面八方。同时听见了声音，金子一般的声音。这个比喻蹩脚倒也罢了，最重要的是，它明显与事实不符。世界上哪有另一样东西，像此刻的声音一样珍贵？声音回来了，这个说法同样欠准确。声音绝不是消失了，又回来了，而是刚刚出现，第一次出现。鸟叫的声音，刮风的声音，不只是鸟的声音、风的声音，也不是能够说出的任何一种声音。实际上，“声音”这个词听上去土得掉渣，应该废除才对。

紧接着，四处的灯光亮了。真的是灯光，不是煤油灯，不是蜡烛，是电灯。电和灯，先是事实，之后才是名称，才是灯、光、亮这样的文字。好像所有的事实和名称之间都有了不难发现的裂痕，尤其是苏醒之后最先看见的那些东西。另外，电和灯，两者也不完全相同。电是电，灯是灯。只不过电来的时候，灯也刚好亮了。

梅云看见一只蝴蝶从自己两腿间飞出去了，很黑很小的一只蝴蝶，只比蜜蜂稍大一点，一起一伏，飞向前方，接着又飞回来，从她耳边绕了一圈又飞走了，在一株细细的草尖上停下来，小翅膀向上挺了挺，接着被来自地面的劲风吹下来，落在了地上。她的身体里一时空得厉害，凉飕飕、空落落的，正像刚刚生过孩子之后的感觉。

她觉得，该回家了。似乎是那只小小的蝴蝶让她突然懂得了羞涩。她站起来，要回家去了。她该回家继续当她的院长，当她的妈妈，还有，当她的妻子，当她的小姨。她快步走向公园的大门。她看见草地上有一堆衣服，花花绿绿，显然是好几人的衣服归拢在一起的。她想，要不要捡一身衣服穿上？做贼心虚，四下里望望，来不及挑选，顺手捡起一件黄衬衣和一件黑裙子，又摸了一双高跟鞋，慌慌张张穿好后，逃走了。

回家，极像是有生以来第一次，第一次回家，第一次有家可回。半生在外，终于要回家。再三远行，原来是为了回家。回家的宿命，此刻才被意外窥破：回家之前先把弯路走完，把歧路尝尽。原来，傻瓜一样迷恋远方、奔向远方，是为了以冲刺的速度回家。回家实在是世界上最后知后觉的一件事情。谁想把自己累个半死，谁就走上回家的路；谁想证明自己活着，就赶紧回家。回家的时候一个人再衣衫褴褛，也是珠光宝气。

她费尽周折，用了两小时才回到郊外的心理服务中心。服务中心秩序井然，大家已经用过早餐，像以前那样分小组忙碌起来。制蜡组的人还在制蜡，虽然有电了，蜡还有需求，人们喜欢在很多场合关掉电灯，点上蜡烛，在烛光下祝寿、跳舞。其余各组也在第一时间恢复了劳动，解剖子宫、解剖前列腺、制作曲别针、擦洗垃圾车、切割旧机器、缝制衣服，等等。会议室里的两条标语仿佛也是第一次看见："艺术起源于劳动""愉快的劳动已经是艺术"。经过这么一番折腾后，大家更急于投身劳动，在劳动中重新体会重力、体会碰撞、体会节奏，让"劳动"这个词也找回自己的意义。所有的名称都在寻找事实，所有的词汇都在寻找意义。人也是如此，苏醒过来的每一个人，需要重新找到过去的那个自己。

"谢天谢地，都回来了。"

"都还在，都还在！"

"院长，这一身好漂亮啊！"

"院长也穿高跟鞋啦！"

"先别回家呀，找地方躲一躲！"

她觉得好像听不懂这些话，似乎懂了，又似乎不懂。一切都有了新的意思，一切都需要重新理解，甚至需要换一双耳朵。她尤其不明白，好不容易回家了，为什么还要"找地方躲一躲"？她没有犹豫，直接回到三楼走廊尽头的家里。

她看见她丈夫高雷雷在门口跷着二郎腿等她回来。他面前放着一大碗蜡液，微微冒着热气，旁边有一把小小的手枪。她没有说话，只是对他笑了笑。高雷雷也笑了笑，还是她熟悉的那种笑，皮皮的。那种笑让她想起了一切。第一眼，她几乎就爱上了他，正是因为他的笑。他笑的时候，有点皮笑肉不笑的味道，但不令人讨厌。第一次见他的那天，他穿着一身干净的白西装，装模作样的后面是没有长大的男孩常有的一种青嫩气质，比故作老成可爱多了。后来才知道他的西装口袋里藏着一把匕首。餐馆里的两伙人不知为什么突然打起了群架，他从西装内侧抽出匕首，动作潇洒，但神情怯弱，没伤着别人，却把自己的左手划出一道大口子，血流不止。他的血倒是起了激励作用，他们那伙人一看他流血了，没命地冲入敌阵，不要命的遇上了更不要命的，还没怎么样，另一伙人就主动认尿，朝四面八方狂奔而去。她是单独用餐的一个。她忍不住笑出了声，不光出声了，还笑个不停，几乎笑岔了气。“你笑什么？”他问。“我笑他们，没笑你。”说完，接着又笑。她扔下刚刚送上桌的饭跑掉了。半个月后两人又在朋友家相遇了，这样的巧遇很难不被当事人视作神话，没多久两人就腻歪在一起了。

她给了他一个大大的拥抱。当她抚摸着他的光头时，心里已经明白他跑出来四五天了，他的发茬儿已经很明显，加上那把手枪，一切都不用问了。无论如何，先让他好好爱一次。她默默解开他的衣扣，让他去洗澡。随后她跟过去了。

“不问我是怎么出来的？”他在她耳边小声问。她急忙堵住他的嘴，很用力。她怕听到他说话，他最好是哑巴。“你没看见我带着枪吗？”他又问。她再一次死死堵住他的嘴，堵了好一会儿。他把她推倒在床上，可是，他不知去哪儿了。

接着他又回来了，端着那碗正在变冷的蜡液。他看了她一眼，对她坏坏一笑，将半碗蜡液泼在她身上，再徐徐抹开，抹向全身。

她很紧张，不知道他要干什么，但肯定他不是要杀人，他的手泄露了秘密，他的手上劲很大，但也平静、温柔，所以她相信他不可能杀人，也不可能杀过人。

他缓缓抱住她，咬着她的耳垂，似乎又要说什么。她伸出手，堵住他的嘴。她怕他说话，除了说话，他做什么都可以，要她死也可以。他没有说出话来，他的嘴从她脖子那儿滑下去了。过了很久又回来了。重新看见了他的脸，她很困惑，这张脸，这短短的发茬儿，为什么如此陌生？

直到看见他眨眼睛，一次眨两三下，才相信真的是他，没问题，是她的丈夫高雷雷，一个有时粗鲁有时淘气的男人。

一切结束后，不能不说说话了。她实在痛恨声音又回来了。“你为什么不问我……”他的话没有说完，她还是坚决地堵住他的嘴，面露凶相。他扯开她的手，喊着说：“你为什么不让我说话？”她只好用双手紧紧捂住自己的耳朵。他要掰开她的手，刚掰开，她又捂上了。“拿开，听我说话！”他喊。她翻过身，趴在床上，还是紧紧捂住耳朵。她等着他的巴掌落下来，却没有。他下了床，开始急急地穿衣服。她用被子裹住了自己，她真的不想听见任何声音，她痛恨声音，哪怕是脚步声。“起来听我说话！”他把刚才盛过蜡液的碗摔在地上，碎了一地。这情景和声音，仅仅吓着了他自己，他浑身发抖，头皮紧绷，嗓音里就像钻进了一只饥饿的老虎，凶猛而绝望，“他妈的，快起来，老子要走了！”

他看见她在被子里缩成一团。紧接着他看见了手枪，他差点忘了它的存在。他取来枪，手臂向内弯曲，冲向自己的脑袋，这是刚刚才有的念头。这时有人敲门，接着敲门变成砸门。“爸爸，是我！”苏铁的声音。他立即呆住了，脸上的狰狞定住不动，眼睛一眨一眨。“爸爸，开门！”苏铁又喊。他把枪藏进抽屉里，向门口缓缓走去。

“儿子，没事，等等再来。”

“好的，爸爸，我想你！”

“爸爸也想你。”

“那我等等再来。”

苏铁的脚步声并没有立即响起来。

他站在门边，等苏铁走远。

苏铁的脚步声响远了，他却陷入慌乱，不知道接下来该做什么。他走过去，跪在床边，把双手从底下塞进被子深处，找到她的一只手。她的手心湿漉漉的，不知是蜡液还是汗。他用双手握紧她的那只手，他知道，自己的手在发抖。“我没有杀他！”他说，声音不大。她只知道他在说话，没听清他在说什么。“照顾好儿子，我对不起他。我是越狱跑出来的，还抢了枪……这次回去，肯定轻不了，至少还得10年……记住，我爱你，我爱你们……”说完这些话，他真的放松下来，松开了她的手。他站起来，坦然走向门口。

小芒

一

直到11日下午，太阳快落山的时候，小芒才想起今天是自己的生日。她找到苏铁和阿龙，告诉他们，今天是她的生日，好想去蹦迪。苏铁和阿龙一听，都大有兴趣，三个人立即决定离开半岛，前往市区。阿龙开着摩托车，苏铁和小芒两个人都挤在后面，苏铁在前，小芒在后，苏铁抱紧阿龙，小芒抱紧苏铁，一路奔向市区。

交通基本恢复正常，道路畅通，但警车很多，所有的交通警察都出动了。久违的警笛声此起彼伏，但并不令人紧张，倒让人振奋，深受鼓舞。

“这是春天吗？热死人啦。”阿龙大声喊。“是呀，你们南方的春天能热死人。”小芒的声音被风吹向身后。“谁比我还热吗？”挤在中间的苏铁喊。三个人都是竭尽全力放开嗓门，不惜喊破嗓子，好像终于可以做回年轻人了。

“阿龙，开慢点。”小芒喊。“不，我恨不得飞起来。”阿龙回了一下头。“屁股颠烂了。”小芒喊。苏铁喊：“我也是，屁股颠烂了。”

阿龙使坏，把油门拧到底。三个人同时在奋力尖叫，半是真，半是假。小芒和苏铁不知道阿龙有几次其实闭上了眼睛，双眼微闭，心里在数数，最多时数到了七。吃饭的时候，阿龙才告诉两人，刚才在路上闭上眼睛数过数，最短默数到五，最长默数到七。小芒一听，狠狠地拧阿龙的耳朵，把耳朵拧成了紫红色。苏铁则揪住阿龙的头发，像灯笼一样朝天上提。

阿龙不生气，忍着痛说：“如果是前两天，肯定能提起来。”

吃了饭，去了酒吧街。阿龙是活词典，熟悉宛城所有的地铁站、公交站，对宛城的酒吧、水吧也是门清，随口能背出一大堆酒吧的名字。看到小芒和苏铁神情异样，阿龙说：“不要狗眼看人低好不好？我记得住一切没用的东西，唯独记不住课堂上的东西。”苏铁说：“别狡辩了，肯定是夜店老手。”阿龙说：“没骗你，宛城的酒吧、商场、公交站、地铁站、政府机关、学校、医院，什么名称，什么位置，我全能一字不落地背下来，包括门牌号。”小芒和苏铁自然不信，小芒让阿龙马上背地铁的名字。阿龙对小芒说：“你打开手机，把地铁站搜出来，你盯着，我背。”阿龙太自信了，抬着头，想都不想，等小芒搜出地铁站的名称，才开口背起来，真的丝毫不错，名称和顺序都是对的。小芒和苏铁用敬重的眼神看着阿龙，阿龙说：“别这样看我，看得我汗毛都竖起来了的。”其实阿龙心里觉得小芒和苏铁对自己的敬意还不太够，就说，“我不喜欢上学，坐在课堂上就打瞌睡，我爸就把我交给我舅，我舅是中医，让我跟我舅学中医。我舅给了我一本东汉张仲景的医学名著，叫《金匮要略》，让我用四个月背会，能背会就收下我，背不会就不收。结果，我用四天就背完了，背完反而我舅不收我了。我舅对我爸说，你这个儿子学医亏了。我爸问，学医亏了，学什么不亏？我舅说，让孩子好好上学。我回到学校，待了两个月，还是不行，一听见上课铃声就心慌，而且一天比一天颓废。”

“上次怎么说的？”小芒问。“上次？什么怎么说的？”阿龙问。苏铁说：“你同意，超过五天就不颓废了。”阿龙想了想，说：“这几天，还真没想过死，一次也没有，不知为什么。”小芒说：“因为人人都面临死。”苏铁说：“姐姐说得对。”阿龙问：“你们说我现在上学晚不晚？”小芒说：“就看从几年级开始，从小学一年级开始就晚了。”阿龙说：“我想在家复习，直接上大学。”苏铁说：“一言为定！”小芒说："我上了一年大学就退学了。"阿龙问："为什么？"小芒说："你自己去体会吧。"苏铁问："我也想知道为什么。"

小芒说："大学生活没意思。更可怕的是整个人会被简化成一组数字，专业成绩会转化成一种叫绩点的东西，70分、75分变成绩点就是2.0、2.5。但是，现在我想，可能是我的错。"

阿龙说："完了，我都有点不敢去上大学了。"

小芒说："不过，我打算原谅那一切，也原谅自己，就像原谅黑矮星。"

阿龙问："你会重新上大学吗？"

小芒说："我想重新考一次大学。"

苏铁说："我也想回学校了。"

阿龙说："一言为定？"

三双嫩手叠在一起，故作老成。

小芒盯着阿龙的头发，说："阿龙，我赠你一个新名字。"阿龙说："好啊。"小芒说："就叫小杂毛吧！"阿龙摸摸自己的一头乱发，说："还行吧。"三个年轻人边说边走，转眼就到了酒吧街。天已经黑了，酒吧街上远没有原来那么繁华和火热，有一半的酒吧还没有恢复营业；已经开始营业的，早早就人满为患，鼓点激越，音乐诱人。三个年轻人从每一个酒吧门口经过时，都显得缺乏勇气。阿龙带着小芒和苏铁继续向前走，拐进一条小斜巷，下了一道小斜坡，在斜巷的最远处找到了一家没那么吵闹的酒吧，门口写着两个汉字和两个英文字母：宛城MC。阿龙回身小声对二人说："这酒吧，没事吧？"

阿龙带头，三个人走进去。

里面灯光昏暗，满眼是清一色的男人，找地方坐下后，又发现另一个角落里男男女女也不少。酒保马上迎了过来，很俊俏的一个小伙子。阿龙事事主动，先点了一扎啤酒。三个人一人一大杯啤酒，先静静地喝起来。DJ在台上说，今天刚营业，没什么节目，请客人们自己上台表演吧，唱歌跳舞都可以。不久就有一个身材极好的女孩走上台去，一边走一边脱衣服，舞台一级比一级高，她的衣服越来越少，健步向前、萧然独往的样子令人震惊，就好像有一架看不见的天梯立在舞台中央，她将一直沿着天梯走上去，走上去。到了舞台中央的时候，人们大力鼓掌，所有人的表情都像是被深深感动了，从灵魂深处被感动了，无论男女，和情色都没有任何关系。女孩随着音乐的节奏在跳舞，看上去最多二十二三岁，和小芒的年纪相仿。那舞姿的唯一特点是自然流畅，几乎到了无形无象的程度。人们用极其一致的神奇节奏为她鼓掌，心甘情愿地欣赏着她、激励着她。后来，她向舞台四周挥挥手，让大家全都站起来，一起舞起来。于是，所有的人都站起来，舞动着走上舞台。舞台迅速爆满，剩下的人就在桌子之间、在任何缝隙里舞起来。没有一个人是坐着的，没有一个人置身事外。每个人身体里又逃逸出另一个自己，在舞、在唱。小芒消失了，苏铁消失了，阿龙也消失了。DJ暗暗把音量推到最大，让场面不知不觉中有了摧枯拉朽、淹没一切的气势。某一个瞬间，很多人觉得神经受不了了，眼看要绷断了，但是转眼又变得无所谓了，神经的柔韧度绰绰有余，声音还可以更大一些。

随后，音量徐徐降下来，舞台重新变空了。小芒、苏铁和阿龙从不同方向回到自己座位上。三个人又开始喝酒，神清气爽，和刚才有些不同，就像乞丐从澡堂里出来一样。“生日快乐！”阿龙说。“差点忘了！”苏铁说。三个人用力碰杯。小芒说：“今天不是我一个人的生日。”阿龙问：“还有谁的？”小芒说：“还有地球的，还有所有的地球人的。”苏铁和阿龙深表赞同，说：“对啊，地球的生日！地球人的生日！”

酒吧是容不得冷场的，超过六秒没声音，就算冷场。DJ又在动员了。DJ问：“有没有歌手？”一个胖大叔跑上台，开始即兴唱起来：

朋友们啊朋友们

举起杯子站起来
让我听见你们的掌声
还有你们的尖叫
让我看见你们的疯狂
还有你们的微笑
这混账的世界没有死，这就好啊这就好
所有的酒鬼都还在
所有的烟鬼都还在……

胖大叔表现很普通，大家仍然在疯狂鼓掌，露出最亲善的微笑。无以为继时胖大叔跑下台，把麦克风递给小芒。小芒没有推辞，跑上舞台。

在掌声中，小芒随口唱起来：

地球回来了
你回来了
这个世界回来了
所有的东西都回来了
我叫小芒，来自北方
我来南方看望我亲爱的小姨妈
谁知道一来就遇上了黑矮星
这是我第一次知道黑矮星
听说过上很多年，太阳也会变成黑矮星
除了黑矮星
还有白矮星、红矮星、绿矮星、中子星
还有什么妖星灾星丧门星扫帚星
都来吧都来吧都来吧

没有谁是吓死的

没有谁是吓死的

没被吓死的我今天真的想唱歌

因为今天是个好日子

没有谁是吓死的

活着的人是坚强的

没有谁是吓死的

活着的人是坚强的

小芒的说唱起于生涩，渐显流畅，有些心不在焉，但句句动人，字字戳心。她本人也被节奏带起来了，步履轻巧地从左边滑到右边，再从右边滑到左边，没有什么与众不同之处，但又魅力无边，毫不费劲地把每个角落里的人都带起来了，所有的手都在打节拍，所有的脑袋都跟着节拍在摇晃，完全是超级大明星才有的待遇。苏铁和阿龙吃惊极了，丝毫没料到小芒还有这一手，阿龙更是泪如雨下。唱完后，小芒羞羞地跑下来。

这时苏铁站起来喊："今天是我姐的生日，大家唱首生日歌好不好？"

所有的人都在哇哇大叫。

"生日快乐，生日快乐，生日快乐！"

"我爱你，我爱你，我爱你！"

"有没有男朋友？有没有男朋友？"

各种喊叫声汇聚起来，再一次掀起热浪和高潮。之后，所有人同声齐唱《祝你生日快乐》。唱了一大半，声音就瞬间消失了。和上一次完全相同，绝不拖泥带水，没有一粒声波漏网，连电流的嗞嗞声也听不见，那么整齐的合唱就像被剪子拦腰剪断，没留下半丝余音。比声音的消失更可怕的是，声音消失得如此干净、如此彻底，比原子弹的爆炸还令人恐惧！所有邻近的人先是拥抱起来，看见有个别人在亲吻，于是所有的人都亲吻起来，嘴和嘴在相互寻找，哪怕没看清对方的脸。小芒和阿龙在亲吻。苏铁不知去哪儿了。时间慢慢地过去，时间被时间丢弃，时间是废物，无法带来任何变化。灯光没有消失，地球引力没有消失，空气没有消失，更大的灾难和毁灭没有出现，可是声音，声音迟迟没有回来。

后来，大家都渐渐松开嘴，纷纷跑出去，只有少数人仍然紧紧拥抱在一起。整个酒吧街一时人山人海。

小芒和阿龙依旧拉着手。

苏铁看了看他们，脸色难看，嘴里嘀咕着什么。苏铁又说了两个字，他们听懂了，是“回家”。小芒和阿龙没有表态，苏铁一甩手，单独走了。

小芒一笑，拉上阿龙跟了过去。

梅云

12日早晨，服务中心的一天照常开始。7点整，一楼餐厅，40多个医生和病人在无声无息中吃着早餐，听不见任何碗筷碰撞和咀嚼吞咽的声音，大家默默吃饭的样子显得无比凄凉，比那些显而易见的凄凉强烈几倍。桌上，还算丰盛的食物仅仅是食物而已，面包、炒粉、蒸红薯、煮玉米、切成片的叉烧、金黄的荷包蛋、冒着热气的豆浆牛奶，这些东西只剩下填饱肚子的性质，食物表面照亮人心的光晕完全丧失。有人虽然在微笑，但显得很勉强、很无力。有人咬紧牙关，定定地坐在那儿，不动筷子，打算绝食的样子。有人没吃几口突然被噎住了，脖子一缩一缩咳个不停，因为听不到相应的声音，看上去怪模怪样，甚至令人生厌，旁边的人帮忙敲打脊背，动作僵硬，仿佛含着敌意。大部分病人原有的症状重新回到了脸上，回到了眼神里，入院时是什么症状，现在还是什么症状。一个患抑郁症的中年妇女，一直不动筷子，头上在冒汗，明显在强忍着什么，但终于忍不住了，跑出去，蹲在门外不远处，点上一支烟抽起来，深深地吸了一口，吐出来，又深深地吸了一口，吐出来，灰蒙蒙的脸上忽然就飞出了亮色。屋里的人埋头继续吃饭，吃着吃着，突然闻到一股子怪味儿。抬起头时，看见那个女人正在用烟头烫自己的手腕，把早就排成队的旧疤痕一个个重新烫烂、烫深，重一下轻一下，烟头底下白雾缭绕，再看她那张汗淋淋的脸，像水中的倒影，摇曳着半是虚幻半是真切的复杂表情，实在看不出她此刻到底在疼痛中还是在快感中。要命的是，她的模样令人恶心，也令人羡慕。有几个人先后也跑出去，不见了踪影。显然，声音的再度消失对人们的打击超过了上一次。许多人心里有一个近似的念头，与其这样，不如毁灭，彻底毁灭，整个地球在一瞬间毁灭。

梅云一家并不在餐厅，小芒和阿龙也不在。刚才大家才知道梅云天不亮就出发了，亲自开车送高雷雷回监狱，苏铁也跟去了。小芒的妈妈打来电话，要求小芒今天务必回家，同时给她订好了机票，阿龙一大早骑摩托车送她去了机场。

梅云戴着墨镜，在开车。高雷雷在副驾驶座上，儿子苏铁躺在后面。梅云心里明白，之所以要把儿子苏铁带上，是为了防止高雷雷胡来。有儿子在身边，高雷雷就会有所顾忌。她还记得，苏铁两三岁的时候，每次她和高雷雷吵完架，晚上睡觉她总是故意把苏铁放在她和他中间。她想，假如他要掐死她，或者用菜刀抹她的脖子，有苏铁挡着，多少有点不方便。眼下她坚持自己开车，出于同样的考虑。不过梅云一向也喜欢开车，喜欢戴着墨镜、听着音乐、手握方向盘的那种感觉。她常说，开车就是为了听音乐。高雷雷说过类似的一句话，开车就是为了抽烟。他认为，开着车，抽着烟，是自我感觉最好的时候。高雷雷入狱前，两人就经常为争着开车而吵架，后来只好一人一辆车。这样的一对夫妻，如果不是一个人在监狱，恐怕早就离婚了。所以，有时候梅云甚至暗自庆幸高雷雷和自己生了个儿子之后，就知趣地躲远了，去了监狱。现在，很快就要刑满释放，他又越了狱，抢了枪，恐怕至少还得坐10年牢。

刚才为了谁开车，梅云和高雷雷也有过一番推搡。高雷雷争不过她，同意她开车，但要求她必须摘掉墨镜。她坚决不摘，打死也不摘。她觉得，需要用墨镜的镜片把自己和这个世界隔开，她不想用眼睛直接看眼下这个世界。今天她和这个世界有仇，今天她比任何一天都心明眼亮，看清这个世界是不讲道理的、这个世界是肮脏的。今天她只想做一个颓废的人，她要找回自己颓废的权利。身为院长，她一直没有这个权利，她总要显得比谁都健康，比谁都积极向上。她要时刻向医生和病人传达一种精神：前途永远光明，一切都会好转，所有的病总有痊愈的那一天。其实谈何容易？人人都有病，有些病永远看不好，人一出生就是病人，人永远都是病人。有病的人才是健康的。带病延年，中医的这个看法有很深的道理，谁能与病和平共处，谁就是健康的。可惜没有声音，没办法把这些想法说给高雷雷听。

阳光灿烂，天气干热，这样的天气已经持续了很多天。这是一个天无三日晴的地方，又是梅雨时节，应该每天拉雾下雨才对。昨天的天气预报说，最高温度32℃，是有气象记录以来的最高纪录。3月的宛城，从来没有超过30℃，此刻已经是34℃。很多人家已经用空调了，往年5月1日以后才会用空调。导航可以用，但没声音。喇叭按了也白按。车子在路上颠簸如常，但颠簸没有声音，开车的快感大大减少。有时会心生恐惧，就好像离开了地球，飞翔在外太空。遇上险情，仍会本能地按喇叭，但没用，有几次差点追了尾；而且特别容易犯困，开了不到一小时，下巴就直往下栽。后来还忘了看导航，差点跑错了路。一切都无声地扑过来，田野、村庄、山、树，一切都是冷不丁扑过来的直线、曲线、三角形、四方形、六边形。到后来，她觉得整个大地都要强行钻进她的身体，把她活活撑破，让她四分五裂。车里面的三个人也像死人，一句话都说不了，高雷雷明明在清嗓子，但没声音。她明白了，无声才是构成恐怖的重要元素，无声即恐怖。她相信，无声的世界延续十天八天，将会有很多人自杀或者杀人。无声最恐怖的地方是它会激怒那些每天撒谎的人，他们迟早会恼羞成怒，变撒谎为杀人。毁灭这个世界根本用不着大动干戈，只需要拿走声音。她想停车，一直没看到服务区，后来停在紧急停车处，扭头看着高雷雷，高雷雷露出他的经典笑容，从嘴角挤出一丝冷笑。

她向他示意她不想开了。高雷雷看着她，还是那个笑容。苏铁从后面推了他一把，他才下了车。梅云和儿子击击掌，儿子把自己的手机递给她。她一看，是一则消息：据天文台、地震台和气象部门综合观察，神秘的黑矮星（B星体）虽然远离地球，但是，它对地球的影响可能还会持续一段时间，未来几天，世界各地都有出现地震、泥石流、高温、暴雨等自然灾害的可能。她把手机还给儿子，摸出自己的手机。她又想起了马伦。关于黑矮星，马伦一定有最靠谱的说法。但马伦的电话一直打不通，昨天她问过关广文，关广文说，马伦的天文台变成一大堆废墟了，马伦本人是死是活没人知道。不过她相信，马伦没有死。她再一次拨打马伦的电话，尽管她知道电话里不可能有任何声音。意外的是，电话通了。

她对着手机叫了声“马伦兄”，自己都听不见。手机是接通状态，里面静悄悄的。她又一次徒劳地问：“马伦兄，你还好吗？”手机没有被挂断，只是没声音。她变得泪眼婆娑。高雷雷发现她在哭，多看了她一眼，车子差点剐到护栏上。她也吓了一跳，急忙挂掉电话。她明白高雷雷的心思，举起手机让他看，刚才和谁在“通话”。她立即给马伦发信息：“马伦兄，还好吗？”立即就收到回音，就三个字：“嗯，还在。”

接下来两人开始频繁对话：

梅云：听说天文台着火了。

马伦：是。

梅云：人没事就好。

马伦：一个跳来跳去的表情包。

梅云：黑矮星不是跑远了吗？

马伦：可能没跑远。

梅云：怎么回事？

马伦：我有一个推测，也许是错的。

梅云：快告诉我。

马伦：要保密，这次只说给你一个人。

梅云：我发誓，如果食言，天打雷劈。

马伦：你想想，黑矮星的质量和引力如果大于地球，会怎么样？

梅云：别考我，快说吧。

马伦：地球有可能被黑矮星带走。

梅云：带向哪儿？

马伦：不知道。

梅云：一个表情包——抽烟的猫咪，手微微发抖。

马伦：仅仅是推测。

梅云：推测的理由？

马伦：地球可能越来越接近太阳了。所以气温明显升高，有人发现海平面略有上涨，冰山是不是加速融化？还听说导航系统失准，车载导航直接把车导向了大海边。有很多人出现咳嗽、心悸、胸闷、头晕、呼吸急促等症状，这可能只是开始。

梅云：关键是，有救吗？！

马伦：地球目前可能成了黑矮星的卫星。

梅云：理由呢？

马伦：理由不充足，但是，你想想海水为什么上涨？最可能的原因是，地球的两极，北极点和南极点发生了偏移，冰川融化造成了海水上涨。

梅云：听不懂。

马伦：地球如果真的成了黑矮星的卫星，引力变了，当然会形成新的两极，地球会像一个醉汉一样左右摇摆。我猜南极的企鹅该搬家了。

梅云：再问一次，有救吗？！

马伦：既然不是我一个人发现了黑矮星，相信一定有办法。我能想到的办法是，要么让地球挣脱黑矮星的引力，要么设法把黑矮星驱离。

梅云：阿弥陀佛。

马伦：最大的难度仍然是黑矮星无法直接观测，只能靠其他星球的异常偏移间接测算其位置，但是要想驱离它，又必须百分之百精准。

梅云：你好像有驱离的办法了？

马伦：我在动脑筋，我这个人就有这么一个优点，爱动脑筋。

梅云：你应该主动向国家献计献策。

马伦：我相信国家有高人。

梅云：听我的，别谦虚了，谦虚有罪！

马伦：我再好好想想。

梅云：加油！加油！加油！

马伦：建议这两天不要出远门，尤其别去海边。

梅云：我已经出远门了。

马伦：哦，千万小心。

梅云收起手机，相信自己刚才的坏情绪一定和马伦所说的原因有关。另外，自己刚才很可能并没有走错路，而是导航错了。她是凭记忆走的，这条路她走过若干次，对重要路口是有印象的。导航却显示她走错了。她找了张纸片，写了一行字，让高雷雷看。那几个字是：找服务区。到了服务区，一问，果然错了，而且错大发了。她建议下高速，找地方休息。高雷雷同意，他也显得精神萎靡、恍恍惚惚。儿子苏铁同样面色如土，令人担忧。于是他们果断离开了高速。下高速后，经过一个还算漂亮干净的镇子，直接开进去，打算找一个好点的酒店先住下来。还没找到酒店，就看见前方有龙卷风正在斜向移动，比最高的楼房还要高，细长细长的，一边旋转一边移动，没有丝毫声响。梅云最先看见，她急忙示意高雷雷停车，高雷雷把车缓缓停在路边。龙卷风移动很慢，几乎是静止的，为了看得更清楚，车里的三个人都躬着身子，仰着脸。高雷雷后来下了车，屁股靠在车门上。几个人好像都没有太紧张，世界上似乎没有“紧张”这回事。苏铁也要下车，被梅云一把拉住了。宛城人对龙卷风并不陌生，但从来没见过如此安静的龙卷风，像一个无底洞，里面盛得下所有的过去、现在和未来。它实在优雅极了。它在深刻的寂静中自我膨胀，自我升华。它是喧嚣的最高形式，它在向大地点头致意。

不久高雷雷回到车上了，高雷雷身上有一股子大海的味道。原来他们并没有远离大海，早晨，他们明明是朝着远离大海的方向行驶的。

车子突然腾空而起，就像被来自地下的气流冲高了。梅云知道车子飞起来了，飞得像楼房那么高，整个小镇尽收眼底。车子在最高处静止了大约半秒，就开始翻滚，一边翻滚一边下坠。云朵、地面、楼房、树林混在一起，像喝败的茶，正要被倒掉。她乖乖地闭上眼睛，她感叹，一家三口就这样死了，到死都没有声音。但是，很快她发现自己还在喘气，还有意识。她只是仰躺在车里，车不在地面上，也不在天上。她伸手，摸着一根线。她想起来了，她的手机在充电。

她喊了一声“苏铁”，没声音。

她又喊“雷子”，也没声音。

细细的电线还在手上，她的手腕也是自由灵活的，她用拇指和食指小心地用着力，往回拉手机，有了手机，可以打电话找人救自己。细细的电线越来越重。她终于摸到手机了。热乎乎的手机。她看见手机屏幕亮了一下，她心里一热。她用两只手把手机举在眼前，几乎碰到额头上了。她并不近视，她发现自己的眼角是湿的，又热又湿，左手指缝间也是又热又湿。她想，墨镜可能戳伤了眼睛。她找到儿子的号码，拨通了，没声音。她想起来了，越狱回来的高雷雷没有手机。她又拨通了关广文的电话，他是大局长，除了他还能找谁？“关局长，快来救我。”她说。电话接通的一刻她才记起这个世界是无声的，可是，她竟然听到了自己的声音，也听到了关广文的声音：“梅院长，你怎么了？”她说不出话，只是哭。

“你在哪儿？”

“不知道。”

“给我发定位。”

“龙卷风。”

这时，车子外面也有了声音。外面有人在喊叫：“快来，有人活着。”三四双手把她从车里抬出来，没费什么力气。“你真命大！”有人说。

她看清了，脚底下是一大堆垃圾——一座垃圾山。“还有我儿子、我老公！”她说。但车里并没有第二个人。她被扶下垃圾山，救她的人都在喊臭，她一点也闻不到臭味儿。有人告诉她：“这是垃圾焚化厂。”有人在不远处喊：“有没有会接生的？”她听见了，回答：“我会。”于是，她跟着两个人跑起来，途中被一具尸体绊倒，爬起来接着跑。原来，大门口，一位孕妇落在一辆还没有卸载的垃圾车上，大人死了，孩子好像活着，把白白的肚皮撑得一鼓一鼓的。人们把母亲抬下来，搁在地上。她问：“有没有刀子？”有人递给她一把剪子。她再一次试了试女人的鼻息，再摸摸她的脉搏，确信的确没有生命迹象了。她用剪子从最下方剪开孕妇的大肚子，血和羊水立即喷了出来，孩子随即头朝下滑了出来。她用双手捧住孩子，又腾出右手剪断脐带，给孩子这边的脐带打上了结。孩子身上裹着一层厚厚的胎膜，她揭掉胎膜，再把孩子倒提起来，在小屁股上轻轻拍了一巴掌，孩子这才有了第一声哭泣。“男孩。”她喊。“谁有火机？”她又喊。有人递来火机，她打着火，烤了烤脐带的断痕，算是消毒了。这时孩子的爸爸气喘吁吁跑来了，跪在她面前，频频给她磕头。她说："快送孩子去医院。"

接下来，她去寻找高雷雷父子。她发现鞋里面滑滑的，脱掉鞋一看，是血，说不清是自己的血，还是那位孕妇的血。她的左眼肿了，越肿越大，像半个气球。她闭上右眼试过，左眼没瞎，勉强还能看见，只不过左眼里的一切都是白色的。不是红色的，而是白色的，好像满世界都是羊群，羊的模样千奇百怪，每一只羊都静止不动，定格在灰蒙蒙的空气里。不过，她来不及管这些，她要尽快找到高雷雷和苏铁。全镇的人都在帮她找人，已经找到的七八具尸体都是大家的熟人。后来终于找见了，先是高雷雷，他趴在镇外的一块菜地里，脑袋开了花，身体已经冷了。再是苏铁，他挂在路边一棵小小的荔枝树上，也死了。

手机响了，关广文打来的。

"梅院长，你没事吧？"他问。

"我没事，我没事。"她说。

说完这句话，她摸摸自己的额头，突起的部分更大更硬，连右眼也肿起来了。鞋子里又有了一层血，热乎乎的。她想，自己该去医院了。

有人又找到了那把手枪，大声喊："手枪，手枪，手枪，谁的手枪？"她回答："我的。"人们吃惊地看着她，以为她是便衣警察。

她说："我不是警察。"她把枪接在手里，手上黏糊糊的，没接稳，枪咣当掉下去了，她弯下腰捡起手枪。这是她平生第二次摸手枪。第一次是大学军训，她的枪法很臭，吃了几个大鸭蛋。此刻，她觉得，这把枪也许可以用在自己身上，打死自己没那么难。丈夫死了，儿子死了，自己难道还有必要活下去吗？她问自己。不过她还不想死，不想，不想，一万个不想。她相信，这和怕死没什么关系。不死，反正不只是因为怕死。

关广文

关广文喜欢站着想问题，抽着烟，看着窗外。现在，他在想，最近这些天，刑事案件为什么大大减少，杀人放火、诈骗投毒、抢劫强奸、拐卖人口、网络犯罪这类案件几乎绝迹。除了露西杀人，的确没有第二例智能人杀人的报案。最忙的是医院、婚姻登记处离婚窗口和交通监管部门。

没有新的答案，唯一的解释仍然是：大自然抢了人的戏。大自然不唱戏的时候，才轮到人唱戏。大自然一旦开始唱戏，人就蔫了，人就只剩下敬畏、臣服和可怜的份了。地震、海啸、洪水、瘟疫、龙卷风、泥石流、火山爆发，这些传统老戏已经够大了，现在又来了电磁波消失、地球引力下降、声波消失、声波再度消失什么的，谁知道后面还有没有更大更绝的戏。人被折磨得够呛，人实在疲惫了、绝望了，人没有心情，也没激情唱戏了。但是，人还会唱一些暖场小戏。11日下午，他父母终于离婚了，把结婚证变成离婚证后，两个人分别打电话给他报喜，口气轻松，如释重负，他也表示了祝贺。奇怪的是他自己也想离婚，或者做一件类似离婚的事情。反正，心里痒痒的，好像有暗火，在看不见的地方燃烧。他性格里原本就有多愁善感的那一面，现在那一面完全占了上风。抽第三根烟的时候，他吃惊地发现，从昨天到今天，他心里一直有一个声音，挥之不去。原来他在思念那个声音，露西的声音。

露西已经还给报案人了。露西的确杀了人，但是，智能人露西的确没资格成为被告。正如狗咬人不是法律问题，鳄鱼吃人不是法律问题，露西的案子也不是。只有涉及狗的主人、鳄鱼的主人，才和法律有关。那么，露西的问题，只能找露西的生产商，向生产商索赔，多要些钱，这可能是唯一的解决办法。报案人当即领走了露西。

“再见！”露西向他摆摆手。

“再见露西！”他也说。

露西转身，迈着精致的步子走远。

那一瞬间他心里有些难受。他呆坐了几分钟，只觉得她是一个真人。随即接到了开会通知，开会的时候局长在说什么，他一句都听不进去，满耳朵还是露西的声音，模仿某位明星的童音，有点港台味的普通话，吐字时恰到好处的笨拙和生硬，偶尔用错的近义词……从来没有一个女人的声音像露西这样让他刻骨铭心。露西还让他想起梦中的那只小提琴蜘蛛，正如蜘蛛的八只脚直接踩进他的灵魂里，露西的声音也有相似的效果。

当晚和老婆在一起，他只好把老婆想象成露西，因而精神振奋，表现不错。忘情的时候，他不由自主喊叫过露西的名字。幸亏那时候声波再一次消失，他自己听不见，老婆也听不见。再一次听不见声音，已经不算什么新鲜事，两个人只是略略惊讶了一下，绝望了一下，便又继续。他继续喊露西的名字，一遍一遍，无所顾忌。不过，老婆似乎从他的口型上看出了异常，老婆的眼神曾经变得极为尖锐。他还在心里感叹，女人呀，什么都别想逃过女人的眼睛。事后他和老婆兴致不退，用一张纸聊天，用铅笔在纸上一人写一句，虽然麻烦，很不流畅，但也有特殊的趣味，就像吃厌了细粮的人，专门找着吃粗粮。

你刚才喊谁呢?

当然是你呀。

专门挑听不见的时候喊?

哈哈，瞎说。

在喊露西，我知道。

好吧，我承认，那个露西，声音太好听了。

给你也买一个。

和老婆这样聊天的时候，他不能不把老婆和露西放在一起比较。最大的区别是，老婆说话，有无尽的言外之意，而露西不会。他一直认为，自己的老婆是女人里面最简单、最没心机的一个，现在才发现，她是多么深不可测。而露西，才真的有一颗简单朴实的心。露西的心才是天真透明的。如果允许他挑选，他愿意和露西终身为伴。

凌晨醒来，他还在想念露西，想念露西的声音。他得上了相思病，这是毫无疑问的。没人知道他是多么惧怕得这个病，相思病。当他想起“相思病”这个词的时候，一点没有自我玩味的意思。他真的很怕得这个病，他宁愿得癌症，也不愿得相思病。他的前三个女朋友，都是被他妈妈硬生生给拆散的，妈妈的一大法宝就是跟踪，把人家的祖宗三代都挖出来，把人家父母的情爱史都挖出来，把人家所有活动都记录在案，有时候还虚构一些真假难辨的事件，比如，人家和某个男人在哪个酒店开房，诸如此类。30岁之前，他只好一次又一次地得相思病。直到他后来当了警察，妈妈才收了手。直到他认识了梅云，才学会原谅妈妈。梅云说，这是一种心理疾病，很常见，多发生在母子之间，母亲和自己的孩子，在孩子成年后仍处在未分离状态，分不清你是你我是我，正如脐带一直没剪断。有时也发生在父亲和子女之间。未分离状态，母子分离焦虑，二次分离，梅云告诉他这些词，还从遗传学、心理学角度给他做了讲解，让他明白妈妈其实是个病人。妈妈的帮凶爸爸，也是病人。

人心真是太复杂、太深奥了，人心是无底洞，和露西相比，人人都可以做卧底，最笨的人都是最好的卧底，所以露西才显得简朴可爱，露西的一颦一笑才那么有魅力。千真万确，他爱上了她，他真的想找个借口（或者花钱）把她给要回来，和她厮守终生。他真的好想丢掉一切，脸面、身份、家庭，全都不要，就和露西在一起。否则，他担心自己永远都振作不起来，永远都会六神无主，唉声叹气。幸亏他是个大忙人，每天脚不沾地，只要来到办公室，就会有一大堆事情等着他处理。除了公事，朋友们也有没完没了的事情需要他帮忙，这有助于他忘掉露西。而且，田三也来了。

"嗬，想曹操曹操到。"他说。

田三问："大局长想我了？"

他说："你得再帮我一个忙。"

田三问："又想和蜘蛛聊天了？"

他说："你不是会驱鬼吗？我师父让鬼拿住了，跟着鬼跑了。"

田三说："驱鬼容易。"

他问："人不在跟前，能做到吗？"

田三问："人在哪儿？"

他说："人跟着鬼跑了，不知道去哪儿了。"

田三说："我试试，在什么方位？"

他打电话问王美姝，王美姝想了想，说失踪前凌千里一直念叨一个叫"燕子崖"的地名。他先在地图上找"燕子崖"，很快找到了。田三说："你得先请我吃一顿。"他说："好，我也饿了。"他把田三带到楼下的单位饭堂，让厨师抓紧弄些吃的，剩饭剩菜就行。没过几分钟，厨师就端来两碗米饭四个菜。三个现成的菜——烧鸭、烧鸡、梅菜扣肉，加一个新炒的菜——苦瓜炒鸡蛋。他首先拿起筷子吃起来，刚吃了两口，面前的小碗突然破成两半，声音不大，但极清脆，力量仿佛来自他的内心，吓得他头上冒汗。田三露出顽皮的笑。“试了试咒语。”田三说。他拍了田三一巴掌，说：“你吓死我了。”

“胆子那么小？”田三问。

“现在一声叹息都能把人吓个半死。”

“为什么？”

“因为心老是悬着，不知道声音到底在不在。”

田三没有接话。

“咒语能不能把黑矮星驱走？”

“如果有 100 个蛊师合在一起，念相同的咒，就有可能。”

“赶紧去找，找 100 个蛊师来！”

田三笑了，笑关广文太天真。

田三说：“现在全世界恐怕找不出 10 个蛊师。”

关广文说：“可能就剩你一个了。”

“古时候，蛊师是军队的一部分，对战争胜负往往起决定性作用。”

“快讲讲，有没有战争实例？”

“大禹的儿子启当上华夏部落联盟的首领后，召集各部落首领开会，但是，有一个部落，叫扈部落，公开反对启的统治，不来参加会议。后来，启带兵攻打扈部落，但根本不是人家对手。有一个巫部落，首领就是一个大蛊师，他对启说，他有办法消灭扈部落。后来真就把扈部落给消灭了，办法就是咒语和蛊虫。”

“还有吗？”

“汉代的法律和唐代的法律都明令禁止巫蛊之术。”

“为什么？”

“可能大家认为蛊术过于邪门，是旁门左道，就像你，平白无故把我关了三年。其实，蛊师是最讲究青红皂白的，绝不会滥杀无辜。”

“实在对不起。”

“再说，随着武器越来越厉害，蛊师越来越没用了。”

“我同意这个说法。”

“武器越来越厉害，人呢？”

“是呀，人怎么啦，我想听你说。”

“人像温棚里的茄子，没茄子味了。”

“换句话说，人没人味了？”

关广文突然能说清了，两天以来他费了很大劲都做不到把露西视作假人，相反，他觉得露西才是真人，露西身上才有一目了然的“人味”。

吃完饭，田三问厨师要了三样东西，一个空碗、一根筷子、一个空瓶子，先盛好半碗水，朝水中打进半把白米，然后找了间没人的房间，关上门，一个人在里面开始捉鬼。和上次搬运关广文的灵魂一样，他先盘腿坐在一把椅子上，低下头，收了收神。之后，他用咒语把窗户推开一条缝，然后对着窗外，嘴唇急速嚅动，几分钟之后似乎累趴下了，睁开眼睛直喘气，歇了片刻，接着又来了一遍，这一次嘴唇的嚅动更加纯熟。田三终于感觉一股凉气破窗而入。田三又用咒语关上窗户，下地把半碗水取来，放在椅子上，再把一根筷子立在水中，冲着筷子无声念咒，大概用了三分钟，筷子就自己立在水中央，像一个人，不摇不晃，听话极了。田三嘴角露出半丝狞笑。田三用十分威严的口气问，叫啥名字？田三从空气中听到回答，我叫阿虫。田三又问，人呢？田三又听到了回答，人在燕子崖。

田三推开房门，请关广文进来。

关广文弓着腰走进来。看见站在水中的筷子，关广文的头皮明显一紧。“他叫阿虫。”田三说。“我师父在哪儿？”关广文问。

“他说，在燕子崖。”

“他可以带路吗？”

“我问他。”

田三对着筷子，口气又变得威严了：“你带路，去燕子崖！”

田三听到了回答：“好的！”

田三对关广文说：“他答应带路。”

关广文问：“我怎么没听见？”

田三笑了笑，说：“你不是蛊师。”

田三把那根筷子从水中揪起来，插进空瓶子里，拧好瓶盖。田三说：“我好久没养鬼蛊啦。”关广文问：“鬼也能养成蛊？”田三说：“鬼蛊是最厉害的，让它杀谁就杀谁，十万八千里都可以。”关广文看看瓶子，神色凝重。田三说：“你放心，不会杀你的。”关广文心跳怦怦，其实他并没有担心自己，而是在想别的，在开小差，比如，借田三的鬼蛊杀掉一些人。他脑海里冒出好几个名字，其中一个是他的顶头上司，张局长，本来他最有希望当局长，最后时刻却被张局长取而代之。

“不要杀任何人。”他说。

“坏人也别杀吗？”田三问。

“坏人自有法律。”

“法律常常不管用。”

“法网恢恢，疏而不漏。”

田三嘴角向下一扁。

“应该相信法律。”

“好吧，听你的。”

关广文打电话约好警用直升机，带上田三立即出发了。直升机先是直线上升，飞到一定高度后开始向北边平飞。经过一个广场的时候，看见很多风筝在直升机底下密密麻麻，飘来飘去。和全球股票普遍暴涨一样，种种迹象说明，人们相信灾难过去了，一切正在好转，哪怕仍有各种可怕的新传说，哪怕仍有一些新的奇怪天象。不止一个地方气温离奇升高，冲破了这个时期的历史纪录，海水外溢，声波再度消失，紧接着又回来，龙卷风频发。往好里说，人类随时都会燃起信念之火；往坏里说，人类永远不会有真正意义上的危机感。

宛城和海面渐渐退去，直升机持续向北部山区飞去。底下先是开阔的平原和密集的河流，再是连绵无尽的越来越高的绿色山丘。不久直升机遇到了山坳中的热浪，机身突然倾斜，而且在剧烈颠簸。过了好几分钟，直升机和地面才恢复了稳定的水平状态，直升机的头和尾重新和地面的中心线对齐。关广文悬着的心，这才平静了下来。

凌千里

凌千里在山沟里睡了一觉，好像睡了很久，太阳明显偏西了，山沟里的风没刚才那么热了，生石灰的味道也淡了下来。他一动不动，又躺了一会儿，不是因为没睡够，而是因为他打心眼里知道他是不自由的，他身上还有另一个人。不过，他多少还是有些叛逆心理，他试着坐起来，抓了一把土，看见是沙子，沙子里有很多蚂蚁，急忙又扔掉了。这几个连在一起的小动作，显得很重、很慢，缺少连续性。他又站起来，抬头看悬崖，至少有500米。他想象当年卡车和一车沙子跌落时的情景，轰隆一声，接着便是熊熊大火。悬崖边的一棵樟树上仍然有烧焦的痕迹。他和阿虫没太费劲就找到了一些玻璃碴子和一些汽车零部件：一个雨刮器，半片机舱盖，一个碎掉的大灯，一颗螺栓。“人证物证俱全。”他脑子里浮出这个声音。他分不清是自己的声音，还是另一个人的。“我准备好了，杀人偿命。”这一次，他故意强调这是他本人的声音。但是，他没听到下一句。“阿虫，你家在哪儿？不去看看吗？”他没听到回答，脑子里干干净净。他有些激动，但不敢太激动。他朝几米之外的乱石间走去，打算拉泡屎，似乎拉屎可以证明他是不是自由了。他脱掉裤子，蹲下来，没人说什么。于是他想，他也许还可以自作主张做更多的事，喘气、打饱嗝、开玩笑、做梦、撒谎……那个人好像真的不在了。他深受感动，几乎要哭起来。但是，他担心那个人只是暂时离开一会儿，可能回自己家了。

他重新回到老地方，坐下来。

直升机出现在头顶的时候，他好像才清醒过来，想想刚才的事，不知道是不是在梦中。他并没有太紧张，他心里咯噔一下，马上就认命了。他直了直腰板，慢悠悠地抬起头，打算好被带走。直升机悬在半空中，一根长长的绳子垂了下来。他用右手遮住阳光。他没慌，反倒有些高兴，就像吃了颗定心丸。他瞅瞅自己的双手，准备好举起来，戴上手铐。“师父，是我。”他看清楚了，是自己的弟子关广文。他要站起来，却丝毫不能动弹。关广文看着胡子拉碴、脏得不成样子的凌千里，跪下来，抱住他。凌千里不开口，神情谨慎。

“师父，咱们快走。”关广文用力拉起凌千里，一把拽住晃来晃去的绳子，用绳子把凌千里缠好、系好扣，朝上面推了一把，凌千里就徐徐升上去了。直升机上的几个人急忙解开凌千里身上的绳子，把他扶在椅子上，系好安全带。“谢谢你们，谢谢。”凌千里说。他在努力寻找自己的声音，身为关广文师父的那个声音，但他似乎找不见了。那个声音丢失了，丢在了很远很远的地方。他也无法像关广文的师父那样向大家致以微笑，他只能做出痴痴呆呆的样子。他认为阿虫又回到自己身上了。他想，这倒好，这倒好。

随后关广文也上来了，关广文坐在凌千里旁边，抓住师父的手。直升机关上舱门，开始直线攀高。关广文指指田三，说：“他就是田三，我给你介绍过。”凌千里问：“被你关起来的蛊师？”关广文说：“对，就是他，用神奇的咒语驱除了你脑中的混乱，让你又清醒了过来，你再也不会胡言乱语了。”凌千里问：“已经驱除了？”关广文说：“是呀，田三这小子，就是厉害。”凌千里伸出手，和田三握手，尽量用振作的语气说：“好厉害。”凌千里听出自己的声音还是不对，土里土气，脏乎乎的。田三说：“我那是邪门歪道。”这时，凌千里竟然满头大汗，立即昏死了过去。几个人折腾了半天都没用，幸亏已经回到宛城上空了，直升机停稳后他被紧急送往最近的一家医院，抢救了大半个小时，终于醒了过来，一睁眼就嚷着要回家，像个孩子。“师父，住院检查一下吧。”关广文说。“不，送我回家，你看我没什么事。”凌千里说。关广文说：“我已经说好了，医院专门腾出一个 ICU 病房，你好好做个检查。”凌千里坚持要回家。关广文说：“师父，听我的，哪怕先洗个澡刮个脸，换身衣服。”

一听这话，凌千里立即同意了。转移到 ICU 病房后，凌千里洗完澡刮完脸，穿了身借来的衣服，看上去无限接近原来那个凌千里——那个受人尊敬的搏击教头。喝了杯热茶，吃了些东西，精神马上好多了，凌千里想，刚才在直升机上大概是饿晕了。没多久他老婆王美姝来了，再没多久，七八个弟子也来了，满耳朵都是“师父师父”的声音。这些声音比药还灵，让他的精神又好转了不少，举手投足渐渐有了搏击教头的范儿。

“师父这两天观天象了没有？”有人一进门就问。

“这两天的天象，还用观吗？”这个话题，倒是凌千里愿意说的。

“太阳出山的位置不正常，大大偏向南方。”

“是呀，是呀，我担心，太阳真的会从西边出来。”

“为什么呀，师父？”

“我也不知道。”

“师父，太阳落山的位置也变了，明显偏北。”

“你们不是有凌氏星盘吗？”

“师父，我对照凌氏星盘仔细看过，所有的星座都不在自己该在的位置上。”这位弟子从包里取出圆圆的凌氏星盘，把它递给凌千里。

“由此能得出什么结论？”

“我得出的结论，太可怕了，都不敢说出口。”

“说吧，说来听听。”

这位弟子又从凌千里手里拿回凌氏星盘，微微举高，拨动着星盘，一边对天比画一边说：“所有星座的黄赤经纬度，是以地球为观测中心划分的，星座相对地球来说是恒定的，现在星座的位置全乱了，问题肯定和星座本身无关。”

“和什么有关？”

“一定是中心点的位置，或者说观察点的位置变了。”

“你是说，地球的位置变了？”

“师父，从理论上说，这是唯一的可能。”

“地球的位置变了，啥意思？”一个女弟子大声喊。

凌千里说：“在一个相同的时间点上，地球的位置发生了变化，星座的位置就乱了，观察点变了，观察的对象就变了，这个道理很简单。”

“到底说明了什么？”

大家都等着凌千里说话，但他就是不说。

“师父，你就说说吧！”

凌千里明白，大家对他有多么敬重和依赖，向来都是如此，今天更甚，但是，他想起了自己近些天的经历，他的心情重新变得懊丧了。

他说：“我想回家。”

于是，一伙人跟着凌千里离开医院。

凌千里说：“大家也回家吧。”大家显然不想回家，想听凌千里把刚才的话说透。关广文说：“大家都回家吧，让师父今天晚上好好休息一下。”大家还是不想离开，不想独自回家。那位唯一的女弟子问：“师父，真正的灾难在后面吧？”关广文严厉制止她：“别胡说！”凌千里抬头看看天空，不仅不说话，而且嘴唇发紫，脸色吓人。那位女弟子坐倒在地上哭起来，两三个男弟子也在抹眼泪。凌千里几乎要说“行行好，让我回家吧”，好在他忍住没说，他意识到，那是另一种情况下的语气，那是另一个凌千里的声音。

“还是各回各家吧。”他说，声音里稍稍加了些威严。他发现，他有能力选择语言。王美姝拉住凌千里，果断地离开了，找到车，回了家。路上车来车往，灯光迷离，噪声蓬勃，这个世界看上去比原来更繁华了。凌千里觉得累极了，连喘气的劲都没了。他以为他在说假话，他只是想图个安静，其实，他是真的累了。刚才那一通喊叫让他找回了自己的声音和声调，但也把他累得够呛，甚至不只是累，累里面更有说不清的难过。

“这两天你躲哪儿去了？”

“你猜呢？”

“我感觉你躲在哪个安乐窝和别的女人快活了两天。”

“你看我还挺好的？”

“是呀，满面红光。”

他知道王美姝在开玩笑，在故意逗他玩。她的职业是猎头，这个职业需要幽默感，所以她经常通过听相声培养自己的幽默感。只是他有时候并不喜欢她的幽默，今天更不喜欢，此刻他只觉得她是一个圆滑的女人。此刻他觉得，一切含有修辞和装饰的东西都是圆滑的，一切幽默和搞笑都是圆滑的，甚至一切人类思维都是圆滑的。车上的音乐也是圆滑的，CD机里放的音乐，是她随手打开的，一位无名歌手，他以前也喜欢听，半是狂野半是忧伤的女声，释放着要命的性感，但此刻他觉得这个声音是可怕的，里面的一切因素：娴熟、男人气、特殊的音色、修饰感、旋律、歌词、着意表达出的情调……都是那么空洞、那么虚假，甚至有些可恶。这个歌手的声音里原本有他喜爱的诚恳，但现在连诚恳也含着一点轻浮，好在他还有足够的忍耐力。

到了家，王美姝急着想要亲热。他能感觉到，她不是自己急于，而是估计他想要她了。她一向就是这么自信，没办法。他脱下借来的一身衣服，爬到床上，听到了摇篮曲，好清晰，正是他妈妈的声音，他妈妈过世几年了，家乡口音的摇篮曲，令他大为伤心，令他好想重新成为摇篮中的孩子。这时王美姝以略带喜感的身姿扑向他，贴在他后背上。她看见他的脖子晒黑了，再一看，脖子上起皮了，能剥下来的，黑黑的一层，她尖叫了一声，就开始细心地剥那些死皮。他觉得好舒服好舒服，难以形容的舒服，钻心的舒服。怎么晒成这样？她问。他不回答，怕干扰了他的体会。她的鼻息打在他耳朵上，也很舒服。如果有可能，他宁愿她把他全身的皮都剥掉，像剥羊皮那样。她没忘记问他这几天在外面没胡来吧，他想，看来她相信地球不会出事。她相信，他也就相信。但他脑子里并不兴奋。他灵魂的一部分，他感知事物的方式好像瘫痪了。他知道她在判断他是不是和别人做过爱。以前他无所谓，他也觉得她不乏有趣和可爱。可是，今天他好伤心。她一点都不关心这几天他在外面是怎么过的，只关心他在外面是否和别的女人鬼混。检查通过，她情绪不错，收拾着去洗澡。回来时他已经睡着了。她给他掖好被子，关了灯，就走了。他们向来分床睡，因为他总是凌晨4点就起床，或跑步或习武。

他几乎一睡着就做起了梦。那貌似是一个好梦：他一个人，一边哼着歌，一边在海边走。海面波光粼粼，头顶燕子呢喃。后来他看见很多孩子蹲在岸边，在向海里放各种各样的漂流瓶。一个孩子递给他一只白色的不大不小的空瓶子，他接过来，不知该把什么信物放进瓶子里。他自然而然地想起了阿虫。他想，自己也可以把灵魂装进瓶子里，放进大海，让一个有缘人捡到。他抬起手，从头顶做了一个抓东西的动作，灵魂就在手心里了。他似乎长于此道。他把自己的灵魂灌进瓶子，再把瓶盖拧好。他无忧无虑地把装有自己灵魂的瓶子放进海里。瓶子一颠一颠地漂走了。孩子们看见他把灵魂作为信物，都很羡慕，用感人的童音欢笑着喊叫着。

接下来的梦成为噩梦：当瓶子从视线里完全消失的时候，他有些慌张，他意识到灵魂回不来了，身体和灵魂从此再也见不着面了，身体不再有灵魂，灵魂不再有身体。他觉得天要塌下来了。他痛苦极了，又不好意思大喊大叫。他只能拼命忍住。他默默回家去了。现在他是一个标准的空壳，走路轻飘飘的，马上见到家里人，必须假装灵魂还在。假装可以，但能假装多久，一点都没有信心。他无比悲伤，悲伤到了化不开的瞬间，醒了。

虽然醒了，悲伤仍然很真切，他再三想，刚才不过是梦，不过是梦，还是没用，悲伤一点也没减少。他起来，上了趟厕所。他听见了下水管道里水在持续下滑的声音。下水管道和瓶子近似的结构，让他想起了阿虫，同时也想起了自己。是阿虫，又是自己。这仍然是梦境中才有的逻辑。他回到床上时，再也睡不着了，看表，他只不过睡了不到一小时。慢慢地，悲伤变成了暗痛，那暗痛不在身体内的任何部位，而在身体的外面。恰如幻肢痛，一个人的腿、脚或胳膊明明失去了，伤口早就痊愈了，失去的那部分还会痛。

“对不起了，兄弟。”他拒绝把这句话说出口，但还是说出来了。他的确在怜惜阿虫，就像在怜惜一个亲兄弟，“兄弟，让你受苦了！”之后他又睡着了，刚才那个梦的阴影跟随到了新的梦里，那种揪心难熬的体会，在一个小空间左突右撞不得舒展的感觉，像空气一样跟着他。没多久又醒了。喝了茶，干脆不准备再睡了。他渐渐明白，他对阿虫的怜惜其实是自怜，而自怜其实是对所有灵魂的怜惜，包括猪的灵魂、狗的灵魂。他相信，世界上没有第二个人比他更知道什么是灵魂，比他更知道灵魂是多么可怜的一种东西。

凌晨4点，他出门跑步。他先经过自己的搏击馆，看见搏击馆一切如常，院里有灯，院门推不开，里面被闩住了，说明看门老头没有开小差，这让他很感动，两眼发湿。之后，他不嫌远，跑上小重山。以前他也偶尔跑这条路，来回需要三小时。今天恐怕得四小时，因为，他有很多天没跑步了，又没吃好没睡好，更重要的是，今天跑步的感觉很奇怪，身体总是打摆子，重力似乎是正常的，脚底下并不发飘，但上半身会左右摇摆，像晕船一样。上了小重山，跑起来更累了，而且小重山上死气沉沉，山顶上没一点光亮，米亚也没有喊叫着迎下来。他坚持跑到最高处，看见了那堆灰烬，看见了灰烬周围的残垣断壁。

他找了块石头坐下来。他都不愿意抬头看天上的星星。他早就知道，星星全乱了。晨星（金星）应该在摩羯座，却已经到了水瓶座。

苏唯唯

连续三天，股票全线疯涨。苏唯唯认为这绝对不是好兆头。苏唯唯一向用哲学思维炒股，哲学虽然害死了很多人，害死了那些哲学教授，但是，像苏唯唯这样只学了一点点哲学的人，却真的受益良多。“玩股票就是玩未来”，这句话是安南教授无意中说出的，安南自己可能只是随口说说，但是她记住了，而且把它变成了方法论。

她的炒股经验要者如下：

1. 不要等着分红，去投机。

2. 投机不是投机，是对哲学思维的实际应用。一群人和个别人之间产生了价格；过去和未来之间产生了价格；买进和卖出之间产生了价格。

3. 关键在何时买进，何时卖出，关键就在“何时”二字上。所以，炒股，炒的不是实实在在的一只股票，而是看不见的一样东西——时机。在上涨之前买进，在下跌之前抛出。只要能充分理解“投机”的奥秘，就不怕错失时机。因为，掌握时机的关键，并不在每一次时机都准确到毫厘，而在“适可而止”。这又成了心理学命题。

4. “玩股票就是玩未来”，安南的这句话，被苏唯唯改为“玩股票就是玩别人的未来”。当很多人同时看好一只股票的时候，股票的价格就会被推高。股票的价格，是被“很多人的看好”推高的。股票的价格这时候就不再是一件商品的实际价格，而是一件商品在很多人想象中的价格。当很多人看好的时候，苏唯唯把自己先假装成很多人中的一员，先买进，然后又在适当的时机退出来，退出大众，及时成为“单独的一个”。因为，她知道她不是在选领导人，她只是在炒股，更不是要打算成为某家公司的职员。所以，她说炒股炒股，炒的是别人的未来；或者说，炒的是别人的想象。炒股的人，是炒别人想象的人。

5. 当一只股票开始大涨的时候，就把这只股票一分为二，留下一部分，卖出一部分。留下来的那部分的价值，等于自己买进时的价值。

6. 把赚来的那部分钱投到别的股票上。鸡蛋不要放在一个篮子里。

7. 不赔就是赚，赔了也是赚。赚的是心情，不是钱。

8. 不要准确，只要灵活。

9. 确保三分之二的钱不在股市里，在自己账上。

10. 不要动过日子的钱。

11. 多炒长线，少炒短线。

12. 疯涨开始，崩盘快了。

现在，苏唯唯果断抛掉了手上的所有股票，账上的钱一下子翻了无数倍，她差不多是一个富人了，一辈子都够花了。她带着儿子小永上了趟小重山，小重山除了一大堆灰烬，什么都没有，马伦的电话也打不通。再加上声音再度消失，大海成了龙卷风的老窝，还有数不清的乱象和谣传，她决定：走出家门，离开宛城。不要有任何计划，出门即可，走哪儿算哪儿。迟轶不想走，想等着拿迟瑞的钱——那艘游艇的钱。苏唯唯说：“别傻了，他不可能给你的。”迟轶说：“迟瑞要说话算数，他的股票也赚了。”苏唯唯说：“越赚越不给。”迟铁问：“为什么？”苏唯唯说：“钱越多的人越没钱，这是哲学思维。”

迟铁同意马上出发。“去哪儿？”迟铁问。她说：“不要有计划，走哪儿算哪儿。”他说：“好的，马上出发。”于是，真的就“马上出发”了。

没做任何准备，锁上门，开上车，朝任意一个方向出发了。小永是最高兴的，他选择坐在后座，还有肥肥、呆呆和布丁。迟铁开车，苏唯唯坐在一旁，准备好替换他。路上车来车往，喇叭声此起彼伏。整个世界是一个噪声的世界，但是，“噪声”这个词明显不准确，驴唇不对马嘴。尖叫、吼叫、警笛、撞击声、刹车声、骂娘声，任何一种声音，都像是被吟唱出来的。看见任何东西都是甜蜜的。甜蜜像潮水一样从每一个角落流过来。塞车也是甜蜜的，排成长龙的车辆，久久等待的时间，也是甜蜜的。眼前的一切，都像每一次眨眼才被创造出来。街边有乞丐，立即觉得“乞丐”这个词不能用了，必须另找一个词顶替，和“神”近似的一个词。有人横穿马路，开车的人只会松油门、踩刹车，完全想不起曾经的脏话国骂。等一等、慢一慢不成问题，时间好像是新的品种，是不怕被耽搁和延误的品种，是永远不会被战争和瘟疫意外打断的品种。成为一个天真、简单、朴素的人，是每个人发自肺腑的愿望，根本用不着强迫，用不着追求。每个人都强烈地意识到，自己曾经是多么矫揉造作、多么世故圆滑。

“满街都是史诗。”迟铁说。“你说什么？”她没听懂，或者不相信此话出自迟铁之口。“你看嘛你看嘛，满街都是史诗。”苏唯唯很吃惊，原来，他和她竟是如此一致。“一只麻雀都飞翔在史诗里。”她说，完全是脱口而出。“一切不像是看见的，而是听见的，用耳朵。”他说，他显然受到了她的启发。“一切都进了耳朵。”她说。“耳朵就是心脏。”他说。“亲爱的，能不能把勃拉姆斯关了？”她问。他关掉了车载音乐。

“我也正想关。”他说。

“你为什么也想关？”她问。

“我突然不能忍受勃拉姆斯，太复杂、太华丽了。”

“我刚才也有这样的感觉。”

“不光是勃拉姆斯，德彪西、贝多芬、柴可夫斯基，都太复杂、太华丽了。”

“以前为什么没这种感觉？”

“当震动本身就是音乐的时候，一切人类创作都显得陈腐而做作。”

“对，震动本身就是音乐！”

后来又堵车了，据说前方因为火山爆发，造成隧道塌方，很难在短时间内修复。于是他们随着车流下了高速，开上一条不知名的乡间小道。

苏唯唯和迟轶换了个位置。没多久传来猛烈的敲锣打鼓声。苏唯唯没有征求迟轶的意见，直接冲着声音开去。有一伙人在路口迎接他们。一个山村在举办万人宴，欢庆声音回来了，电回来了，一切回来了。万人宴需要足够多的陌生人。

他们停下车，不用多想，直接朝村子里最热闹的地方走去。迟轶在中间，左手拉着苏唯唯，右手牵着小永。三个小动物一人一个，布丁在迟轶的口袋里，肥肥在小永怀里，呆呆在苏唯唯怀里。在外人看来，这真是令人羡慕的一家三口。

人们的欢叫声在天地间回荡，在山丘的柔和轮廓间久久地延伸，又被四面的回声送还回来。村庄的气息清新怡人，含着家一样的温存。

苏唯唯心里跳出一句话：“我要说真话。”接着又跳出一句，就像被鼓点击出来的，“我要过不撒谎的生活。”但“生活”这个词好像用错了，就像是“打仗”的意思。“我要过不需要撒谎的日子。”她觉得，“日子”这个词还是不准确，假假的，像煞有介事。看来很多东西的意思都变了，原来的名称不是大了就是小了，有些直接成了垃圾。她拉住迟轶，看了看他的脸，似乎马上就要告诉他，她从小到大，一直是一个撒谎天才，她撒过的谎太多了，每一个谎都是一个好故事，有情节、有细节，三天三夜都讲不完。但是此刻她爱他，她想继续爱他、好好爱他，却是真的。迟轶以为她在眉目传情，只是对她还以微笑。

有人迎过来，领他们入座。他们的到来就像帮了大忙一样。上千张桌子已经摆好，沿着一条小溪，呈半圆形。小溪和路的另一边是花园，草坪很多天没修剪了，长得像老韭菜那么高，里面保留着各种脚印，有人的，有动物的。至少一半桌子还空着，菜却上齐了，每桌都是相同的菜，最中央是“龙肉”，是一条用猪肉、鸡肉、鱼肉合成的龙，工艺高超，活灵活现。和“龙肉”共享核心位置的另一道菜是烤乳猪，金黄金黄，像纯金制作。四周是烧鸭、烧鹅、泥煨鸡、炒水蛇、焖大鳝、煎虾饼、炒牛奶、双皮奶等各种地方菜。另外就是鱼的无数种吃法，鱼生、鱼皮、鱼汤、鱼头、鱼柳、鱼丸、鱼子……据说还有更多山珍海味 。

看样子，今天很难凑够1万名吃客。万人宴，足够多的吃客是不可或缺的要素，人一少，冷冷清清，主办方和吃客们都显得不来精神。

主人宣布开席：“祝贺咱们的地球躲过一劫，我宣布，现在开席！”

大家稀稀拉拉鼓了掌。

他们三个人，始终还是三个人。近旁的大部分桌子都不足10人，有些也是两三人、三四人，甚至一桌一个人。迟轶说：“咱们和旁边凑到一起，这一桌就不浪费了。”苏唯唯也有这个意思。三个人转移到邻桌，发现人家不欢迎，横眉竖眼的，三个人只好再退回来。苏唯唯阴着脸，不动筷子。迟轶摸摸她的脸。苏唯唯还是不吃，迟轶说：“换一种方式思考就不生气了。”苏唯唯不理他，还在生气。迟轶暗暗抓住她的一只手，说：“刚才我突然明白了为什么信仰可以杀人，为什么有没完没了的种族灭绝，还有占领、制裁、报复……”过了好一会儿，苏唯唯才问：“为什么？”迟轶说：“我们之所以生气，是因为我们把自己和别人分开了，我们自认为高人一等，认为自己和别人不同，小小的生气就变成仇恨和暴力。”

苏唯唯有些体会，但还在生气。

迟轶说：“一切暴力都有自己的心理逻辑。”

苏唯唯又看了看隔壁那几个人。

迟轶也看了看他们。

“听人劝，吃饱饭！”

“好吧，看你的面子，我不生气了。”

“这才乖！”

两人举起酒杯，约上小永，碰了杯。

他给她和小永夹了菜，说：“好好吃吧，看，一桌子菜全是咱们的。”小永咽着口水说：“好浪费！”他笑一笑，说：“就浪费一次吧。”

饭后是化装舞会，有无数种吓人的面具可供挑选，各种各样的鬼脸，男鬼女鬼，饿鬼色鬼，吊死鬼贪吃鬼……还有极其逼真的飞禽走兽脸，老虎、狮子、猴子、骆驼、蝙蝠、牛、马、羊……苏唯唯选了马脸，迟轶选了牛脸，小永选了羊脸。戴上面具后的三个人迅速消失在鬼怪和动物组成的大家庭里，再也分不清谁是谁了。

所有人都在大胆地摆动身体，一开始都是网上流行的舞蹈姿势，后来有了些变化，双腿略略下蹲，上半身激情摇摆，不只是甩头、摇头，而是整个上半身大幅度地摇摇摆摆，像一种新生的舞蹈，很笨拙、很古怪，又不乏自然、不乏流畅。大部分人的面具早早就甩掉了，不过要找到熟人也不容易。

马伦

13日傍晚，马伦开车来到小重山。

马伦停下车，去悬崖底下找穆穆和米亚。海水明显上涨，已经把悬崖底下的乱石滩覆盖了，只露出一些石头的尖顶，水面上拥挤着太多漂浮物，粗看有床垫、彩色的沙滩排球、拖鞋，几乎有平时所见的一切东西，唯独没有穆穆，没有米亚。海水退潮的时候，积攒了一整天的杂物会跟着退走，四散而去，涨潮时重新涌进来的，是新的杂物。他坐在悬崖的最顶端，点上烟斗，充满兴趣地观看着那些东西。他想，一个乞丐，每天从海边拣出可以再利用的东西，便宜卖出去，日积月累，是有可能成为富翁的。这种随意出现的幻想，竟然充满魅力，他本人都有点蠢蠢欲动了。他稍稍琢磨了一下，明白了自己的愿望，想做一件简单、重复、缓慢、不动脑筋、能勉强维生的事情，想过一种安住在时间里的生活，像树，像石头。这个愿望，不像是玩笑，更像费尽周折才有的一个精神结晶，有诚恳而且深切的内心依据。

太阳在他身后，在他左肩膀那边落山了，至少用了10分钟才落下去。几天前，太阳是从他的右肩膀上落下去的。地球肯定不在原先的位置上。天空火烧火燎，辉煌到了让人难以招架的程度。他很奇怪，这两天，太阳几乎要从西边出来了，如此醒目的天象变化，并没有引起多大的混乱，人们安安静静、听之任之，像没事人一样。原因之一应该是有电、有网络，人们只要低下头，沉浸在手机里就万事大吉。一个中立的冷漠的二进制系统，对稳定人心起了巨大作用。第二个原因是，对于最新的天象和气候变化，官方暂时还没给出明确解释，但实情不难推断，网上的一则传言很有道理：南北极的冰快速融化，北极点偏移到了北纬 65° 的冰岛华纳达尔斯火山，南极点偏移到了南磁极偏东 15° 的印度洋洋面上，地球的两极在 25° 的幅度内摆动。北欧、北美甚至南非的居民在紧急御寒，北极熊开始大规模迁徙，非洲的撒哈拉沙漠连降暴雨，中国西部也是阴雨连绵……他自己的看法差不多也是如此，或者会在几天之内变成可能。他想，官方一定在保密，以免引起大规模混乱。第三个原因恐怕是，人们刚刚有过沉睡三天，经历过电磁波消失、声波消失和地球引力下降，内心实在疲惫了也习惯了，甚至不再惊讶，仿佛本该如此。人们心里一定有一个声音：再大的灾难，来吧；再大的毁灭，来吧。

他站起来，朝山顶走去。

他已经思考了整整两天：

如何把黑矮星驱走？

或者如何让地球摆脱黑矮星的引力？

好在他多少有些思路了：如果黑矮星可以直接观测，当然好办，把导弹用航天飞机运到卫星上，对黑矮星进行空对空发射，估计一枚 200 万吨当量的弹道导弹就能解决问题。难就难在黑矮星是看不见的，只能通过间接手段测算其位置。

但是，什么样的间接手段可以代替眼睛和望远镜呢？马伦想起了著名的开普勒第二定律。他想，黑矮星的游荡，一定破坏了太阳系某个区域原有的力平衡，黑矮星经过并且带走地球的这段时间里，它与地球和几颗类地行星之间会形成一种新的力学系统。开普勒第二定律认为，行星与太阳的连线在相等的时间内，扫过同等的面积。那么，只要能计算出几颗类地行星角动量的变化总量，就能推算出黑矮星在不同时刻所在的位置。

他拟出了黑矮星的运动函数式：

$$\int (p)\ dt$$

其中的p正是几颗类地行星（包括地球和黑矮星）角动量变化的总量，这个数据很重要，有了它，就可以算出黑矮星的精确位置，剩下的事情只是选择最佳时机发射导弹。当黑矮星正好处在一个拐点上，并出现极其短暂的静止状态——不超过0.25秒的静止，在这个瞬间，发射一枚足够当量的导弹，就可以让它改变运行轨迹。

那么，最大的难题就是时机的选择了。比如某一天的0点21分21秒。这个时机，需要极端严密的推算。他相信他可以，他不怕推算。

他已经回到那堆灰烬前了，他的眼前闪现出很多的影子：穆穆的，米亚的，还有马雷、马骏、凌千里、苏唯唯、梅云、安南等人的。但是，此刻如果问，他最心疼的是什么？他会毫不犹豫地回答："我最心疼的还是我的角动量监测仪。"

星光下，他围着灰烬转了几圈，终于明白，自己是一个冷血动物，自私又懦弱，对人、对爱，都没有多少信心，也不愿付出精力。假如他真的爱穆少梅，应该去大胆追求才对，宛城离那座县城不过两百千米，开上车很快到了。可是，他宁愿自己定制一个假的穆少梅，也没有勇气去找两百千米之外的有血有肉的穆少梅，诚心诚意地爱她、追她，哪怕和她好好聊聊天，把自己的感情表达出来。苏唯唯，他也是爱之心切，但是，他同样没勇气和她结婚，没勇气好好了解她，做不到无所顾忌地爱她，当他意外知道她其实有多个情人、他只是她的其中一个后，立刻就不再理她，连见她的愿望都没有了。他对感情的认识就是这么简单、老旧、古板、孩子气十足。他对天文学的喜爱、对计算的喜爱，也不见得是真的喜爱，更有可能是，在浮荡复杂的大千世界里给自己圈出一个小天地，把自己圈进去，再用一根绳子拴起来，像一个主人管理自己的牲口。“马伦是个大傻瓜！”他冲着那堆灰烬，大喊一声。

“马伦，大傻瓜！”四面传来他的回声。

他静静坐下来，和这样的自己和解。

随后他躺在草地上，面向天空。有灯光从山下打上来，是汽车的灯光。他有些惊喜，马上迎了下去。车停了，一个人打着手电走上来，是马雷。

“你还在呀，吓死我了。”

“你担心我自杀？”

“不光我，爸爸妈妈，全家人都担心。”

“我还不想死。”

“就怕你冲动，忘不了那个穆穆，我打算再给你买一个，要不要？”

“那要看我们还能活几天。”

“不会有事吧？前几天那么凶猛都没事。”

“难说。”

“我觉得没事。”

“为什么？”

“我认为，上天想要毁灭人类，根本用不着这样反反复复大动干戈。上天要毁灭人类，只需要收走蜜蜂。爱因斯坦说，如果蜜蜂从世界上消失，人类也就只剩下 4 年的光阴了。因为人类所利用的 1330 种农作物中，有 1000 种需要蜜蜂授粉。”

“哥哥，厉害了你。”

“这是你徒弟马贝贝告诉我的知识。”

“哈哈，马贝贝做我的徒弟，委屈人家了。”

“赶紧回家，爸妈担心死了。”

“别急，我有一个驱走黑矮星的好办法，说给你听听。”

“真的？快说说！”

“我在小重山上越想越清楚了。”

“我太相信你了。”

马伦把自己的想法讲了一遍。

马雷半懂不懂，但还是说：“我连夜送你去京城。”

马伦问：“去京城干什么？”

马雷说：“你不想做拯救地球的英雄吗？”

马伦说：“世界这么大，高人太多了，比如上次，我知道的，别人也知道。”

马雷拉着马伦跑下山去，说：“白跑一趟不要紧，但一定要去，我用私人直升机送你去。”

马伦问：“真的连夜走？”

马雷不回答，只是往山下跑。

真的当晚就出发了，顺便带上了马贝贝。

天亮前到了京城。在直升机上，马雷已经动员所有力量，联系好了一个科学院院士、国内一流的天体物理学家，名叫金若愚。马伦一听，默默笑了。金若愚正是10年前自己拜访过、把自己赶出门的那个人。马雷还约好了见面地点，就在机场。

金若愚对马伦已经没丝毫印象了。

不过，也没时间寒暄，两人单独见了面，直接开始谈话：

“我想了个办法，从卫星基地发射导弹驱逐B星体，您觉得可行吗？”

“这也许是唯一的出路了，说说你的理论依据。”

“我的依据来自开普勒第二定律，太阳和运动中的行星，比如地球、金星、火星、木星等，它们的连线在相同时间内，扫过的面积相等。”

“抱歉，我的博士……”

“我不是博士，我曾经是中学教师……”

“好吧，你姓马是不是？马老师，我不能不提醒你，开普勒第二定律对极大能量的天体是不适用的，正如这颗能把地球带走的B星体。”

“我也要提醒您呀金先生，正因为开普勒第二定律对B星体不适用，我们才能用求异法找到理论依据，这次您可千万别把我赶跑啊。”

“让我想想，让我想想……稳定状态下的星体，其角动量是守恒的，那么，根据开普勒第二定律的表达式，$k=vr\sin\theta$，我们只要推算出地球在不同时刻角动量的相对变量，就能得出相应时刻黑矮星所在的精确位置。”金若愚发现自己的话并没把对面这位中学老师绕晕。马伦不用听完，就明白了，他说：“金先生，我已经拟好了计算式，您看看。”马伦从衣袋里掏出一张纸，递过去。金若愚低头一看，神情大变，频频点头。

“金先生，这个计算式不外行吧？”

“不外行，一点也不外行！”

“那好，金先生，请允许我把我的话说完，地球到太阳的距离大约1.5亿千米，金星到太阳的距离大约1.08亿千米，依此类推，我们只要密切关注地球以及几颗类地行星的角动量变化，就不难推算出B星体的位置了，至于导弹……”

“好，不浪费时间了，你在京城留几天吧。”

“我是个大闲人。”

“你不是老师吗？”

“不好意思，我被开除了。”

“什么原因？”

马伦正要开口，金若愚说：“好了好了，慢慢再说，你跟我来。”

马伦歪嘴笑了一下，跟了过去。

在外面，金若愚告诉马雷：“你这个兄弟我们扣留了。”

马雷睁大眼睛看看金若愚，再看看马伦。

金若愚说：“你给我送来了一个宝葫芦，多谢你，他可能要失联几天，没事吧？”

马雷一听放心了。

马贝贝问：“爷爷，我二叔的办法可行吗？”金若愚问：“你二叔的办法？啥办法？”马伦抱起马贝贝，亲亲他，说：“要保密！回去别乱说。”马贝贝问：“我也想留下来，陪在二叔身边，可以吗？”金若愚说：“等你长大，再长大一点，好吗？”马贝贝认真地问：“我还有时间长大吗？”金若愚说：“有你二叔在，没问题！”

之后，马伦就跟着金若愚先走了，不知去了哪儿。马雷父子相互看了看，相拥而泣。马贝贝喊：“二叔，祝你成功！”马伦回头挥挥手。

安南

离开咖啡馆，安南把齐国带回了家，其时黄绿已经在家了。安南给黄绿介绍说："这是我新认识的一个朋友，名叫齐国。"齐国躬身称黄绿为师母。"我怎么成师母了？"黄绿问。齐国指着安南说："他是我老师，我是宛城大学哲学系毕业的。"黄绿看着他一头又长又脏的乱发，加上能把人吃掉的恶臭，睁大眼睛不敢相信。安南说："我给你讲过的，那个，天才。"黄绿想起来，那是一个听一遍就忘不了的画面，一个人提着几十个垃圾袋，总是把最后一个袋子挪到第一个袋子前面，故意以反效率的效率前行，循环往复，乐此不疲。那个人如果不是彻头彻尾的疯子，就一定是一个别有用心的家伙。后来她专门找过他，打算给他拍照，却无论如何都找不见他。她说："我找过你好久啊。"他十分羞涩地问："你找过我？"她说："我喜欢拍照，想给你拍些照片，跑遍宛城都没找见你。"他一听，笑了。

安南已经说服齐国，从今天开始洗澡、理发，不再流浪，回归正常生活。齐国想都没想，爽快同意。安南想不到，他这么快就同意了，问他："你同意得这么快，到底是真的还是假的？"齐国说："真的真的。"安南还是不太信，齐国抬头看看天，说："这场灾难之后，恐怕一切必须从头开始。"安南说："一言为定。"齐国对安南软软地笑了笑，说："老师，一言为定。"安南说："别叫我老师，咱们从此就是一辈子的朋友。"

齐国认真想了想，说：“还是叫老师吧。”安南发现，他在叫自己老师的那个瞬间，眼神迅速变成老师们传说中的样子。安南说：“绝对不要叫我老师，我生气。”齐国又想了想，说：“好吧好吧，那就叫安南兄。”安南说：“我也叫你齐国兄。”几分钟之后，齐国说：“那我今天先不洗澡不理发了。”安南问：“为什么，你不是答应我了吗？”齐国说：“让师母拍完照吧。”安南一听，愣住了。黄绿说：“不拍了不拍了，拍照是小事。”齐国用玩笑的口气说：“没事的，就当是情景再现。”黄绿说：“我觉得不能那样。”安南也说：“是啊，不能。”齐国却来了兴趣，说：“我想再体验一把。”黄绿和安南都不说话，齐国说：“走吧走吧，我答应你们，最后一次。”黄绿说：“那好吧，咱们先吃饱肚子。”齐国说：“我不吃了。”安南问：“为什么？”齐国摸摸头，说：“为了保证情景再现的真实性，我出去要饭吃。”黄绿说：“就在我家要吧。”齐国说：“一小时后咱们在宛城大学校门口见。”齐国孩子一样慌忙跑掉了。

一小时后，安南夫妇准时来到校门口，远远就看见了齐国，他果然开始“工作”了。数不清的袋子排成长队，他手上提着一个，正缓缓走向前方，步态疲乏，却沉稳。他的影子一直忠诚地跟在他后面，变幻着形象。每一个袋子被提起时都留下了一堆蚂蚁，留在地上的蚂蚁极为慌张，不知道发生了什么。蚂蚁们用触须相互碰撞，几乎能听见它们的尖叫：“怎么啦？怎么啦？怎么啦？”有不少人驻足观看，一个刚刚学会走路的小女孩，不顾妈妈的阻拦，前去帮忙，也模仿齐国的办法，把最后一个袋子提起来，送向最前方。黄绿一看，先跑过去拍那个女孩，咔咔咔拍个不停。齐国返回来时，从小女孩手中接过袋子，对小女孩恭恭敬敬鞠了一躬，说了声“谢谢”。齐国看见了举着相机的黄绿，但没理会她，表情没任何变化，只顾着干自己的事。他觉得他并没有在表演，实际上他心里有些后悔同意安南夫妇这是最后一次。他发觉，他骨子里实在害怕过“正常生活”，甚至比原来以为的还要害怕。今天的感觉尤为特别，双腿被地面拉伸的感觉好舒服，那种舒服感均匀地分散到了每一块肌肉上，麻酥酥的，爬过屁股，传进心脏。以前从来没觉得地面是一个存在，就像没觉得空气是存在、声音是存在。今天还有一个特别之处，上半身会不由自主地摇晃，就像走在泥坑里，要把身体拔出来。地球上好像就剩下他一个人了，整个地球都在等他用目前这种方式走一遍。他发现很多袋子里装的东西太少了，提在手上轻飘飘的，就像空着手。这让他有些羞愧，一下子看清了自己的真面目，自己原来也是一个虚假的人、一个华而不实的人、一个沉醉于仪式感的人、一个喜欢用各种方式抒情的人，一句话，自己也是个骗子。所以，他决定继续下去，决不停止。黄绿拍了很多照片，有行人的，有袋子的，有全景，有特写。不过她最感兴趣的，还是齐国那张脸。那是一张正在被光线清洗的脸，那是一张越洗越脏的脸。那张脸的表情有一些恒久不改的特质：恭顺，沉静，被单一信念所驱使。还有齐国的影子，齐国的影子是更高意义上的齐国。她完全忘了这是一次情景再现。除了她，还有一些人用各种姿势在拍照，或者用相机或者用手机，这反倒让齐国更来劲了。

安南躲在远处，在看表。他想，已经一小时了，黄绿应该拍够了。他向黄绿招手，把手表指给她看。黄绿放下相机，朝安南走来。两人嘀咕了几句，一起走向齐国。安南拉住齐国，说："齐国兄……"齐国看一眼安南，形同陌路，推开他，掉头走了。黄绿又跟上去拉住齐国，齐国对她摇摇头。黄绿看明白了，齐国目光坚定，九头牛都拉不回来。安南夫妇表情哀伤，不知该怎么办，在齐国转过身前，夫妇二人赶紧离开了。

马伦

三个月后，马伦回来了，但不是回到宛城，而是回到了老家凤城。他哥哥马雷在凤城早就有公司、有房产，更主要的是宛城已被海水淹没。

全家人和一些邻居同去机场接马伦凯旋。马贝贝捧着一束花，第一个跑向马伦，把花递给他，说："二叔太厉害了！"马伦问："二叔今天才厉害吗？"马贝贝说："二叔早就厉害，今天更厉害！"从机场返回市区的路上，马贝贝急着想知道，到底用什么办法把黑矮星赶走的，为什么用了三个月时间。马伦尽可能简明扼要地说：

"关键是时机的掌握。先要计算出B星体和地球交叉运行时肯定会出现的一个拐点，这个拐点是唯一契机，也就是平常所说的窗口期，这个窗口期只有0.25秒。在这0.25秒内，黑矮星处在短暂的静止状态，一颗导弹就能让它改变方向，让它被迫沿着运动轨迹的切线加速前冲，远离地球。可是，这0.25秒是最难把握的，早那么一点点，晚那么一点点，都不行。前几次都失败了，摸索了好几次，最后一次终于成功了。"

马伦的爸爸妈妈都哭了。

马伦笑着问："你们哭什么？"

马伦的妈妈说："我在哭我自己呢。"

马伦问："哭你自己？"

马伦的妈妈说：“哭我自己养出这么厉害的一个儿子。”

所有人都在嘲笑老人家。

马伦的妈妈说：“你们根本不懂一个妈妈的心。”

大家还是笑个不停。

马伦的妈妈说：“从他上高中算起，我担心了整整20年。”

马伦说：“妈妈，实在对不起！”

马贝贝说：“我一直都认为二叔是个大天才。”

马伦把侄子揽进怀里，揪揪他鼻子。

“儿子，三个月你一直待在人造卫星上吗？”

“妈妈，我压根就没离开过地球，我只是出了一个小小的主意，具体事情是在国际空间站上完成的，那里有很多国家的很多科学家。”

“这样啊，我还以为三个月你一直在天上。”

“没有没有，我一直在京城。”

“那怎么也不来个电话？”

大家又开始嘲笑老人家，说她想当然，不懂事。

“我就想当然，不懂事，怎么啦？”

大家又笑，笑得十分任性、十分夸张，模样极为相似，好像他们人人都是马伦，只有老人家不是，马伦也不是，而且向来如此，由来已久。

苏唯唯

苏唯唯和迟轶的旅行在继续。某一天，他们的车子行驶在绿油油的撒哈拉沙漠里，躺在后座玩手机的小永看见了一则短视频里的马伦，立即把手机交给妈妈。苏唯唯仔细看完那段视频，说："他终于证明了自己。"迟轶问："谁？"苏唯唯说："马伦，和你聊起过。"迟轶问："四人之一？"苏唯唯说："我后悔了，人还是需要一些秘密的。"迟轶说："我没吃醋。"苏唯唯说："没吃醋就是吃醋。"迟轶说："狗屁逻辑！"小永问："能不能停停车？"苏唯唯问："停车？要撒尿吗？"小永说："想吹吹双簧管。"钢琴师迟轶缓缓踩住了刹车板。小永带着双簧管下车，对着绿色的撒哈拉沙漠，吹起了曲子。

迟轶说："《尼尔森浪漫曲》。"

迟轶抬起双手，用假想的钢琴给小永伴奏。

苏唯唯躺在草丛中滚来滚去，滚到距离小永、迟轶数十米的地方才静下来。胖胖、呆呆和布丁追着她跑过去了。布丁后来消失在大片草丛中了。

小永刚才听见了迟轶的话，他边吹边想，哼，我迟早会吹一支曲子，让你叫不出名字。不过，就在布丁消失在草丛中的一瞬间，《尼尔森浪漫曲》已经变成了另一首曲子，小永自己也不知道名字，迟轶更是闻所未闻。迟轶一惊，急忙找了一块还没长出草的小沙地，用右手食指匆匆记下了小永的谱子。沙子里的静电再三击打着他的食指，就像食指在燃烧。被他记在沙地上的乐谱，同时又通过食指传进他心里，想忘都忘不了。

凌千里

好朋友马伦在驱离黑矮星的过程中起了关键作用，给国家争了光，转眼就成了家喻户晓的大英雄。听到这个消息的第一个瞬间，凌千里心里就做出了一个不相干的决定：将来回到宛城后，立即就去自首。两者之间到底有什么联系，他一时还说不清，但他肯定，这个决定让他一下子如释重负、大感轻松。同时，他想，这样说不定能让阿虫放心地回到“时间的缝隙”里去。这里面倒是的确有一点小私心：阿虫回到时间的缝隙里后，肯定会告诉要离，凌千里自首了，让要离知道，凌千里多少保留了一点要离的刚烈之气。

关广文

在组织宛城市民撤离的过程中，关广文有突出表现，后来当上了另一座城市的公安局局长。当他从电视上看到立功受奖的马伦时，给新的下属和同事们吹牛："马伦是我的好哥们。"一看没人相信他，他又说，"骗你们是小狗。"

梅云

心理服务中心暂时解散了，不过梅云发现了一个一直想知道的秘密：自杀和电磁波、声波有隐秘关系。经过多方求证，电磁波和声波消失的那些天，宛城的自杀率为0。于是她推断，电磁波的强弱、声波的强弱可能和自杀率的多寡成正比，甚至和抑郁症关系紧密。她专门调查过几十例自杀者的居住状况，并请电学和声学专家帮忙测量，结果和她的推测大体吻合。她打算再好好做些调查和研究，争取写出一篇像样的论文来。

她还发现了一些新的恐惧，比如，现在，她随时都能听到《大悲咒》，在任何地方，只要一静下来，耳朵里就响起那一段大悲至简的曲子，尤其在夜里，静到极致的时候。在她这儿，静成了一种声音，不是任何声音，仅仅是《大悲咒》中的某一小段，没完没了，周而复始。如今她经常失眠，就是被那一段音乐搞的。大声音没事，就怕小声音，接近无的声音，假如还是单独一个人，那段音乐就一定会响起来。后来她发现，那个声音实际上根植在自己的身体里了，外界只要有半丝声响，就能把它激活，带出的就是《大悲咒》，比如隐隐的歌声、电脑里的嗡嗡声、水管里的一丝流水声。所以，现在她非常害怕寂静。

据她观察，本次灾难后出现了很多新恐惧，比如，怕繁复，怕冗长，怕硬，怕软，怕失重，怕走路，怕祈祷，怕忏悔，怕听话外之音，怕长句子，怕双关语，怕奥秘，怕辨认方向，怕身处开阔地带，怕耳语，怕咳嗽，怕跺脚，怕突发，怕数数，怕摇摆，怕恍惚，怕做梦，怕开窗户，怕突然停电，怕所有叫作波的东西，怕所有漫长的东西，怕所有没有尽头的东西，怕等待，怕假人，怕哲学，怕神学，怕天，怕地……她想，任何一段历史大概都慷慨地留下了一些恐惧。任何一段历史都是一次天才的飞跃，匆忙中，留下了恐惧。这是没办法的事情。有些恐惧不是来自外部，而是来自人心，比如，听说有人在秘密统计一份名单，灾难降临那几天，哪些女人勇敢地脱光了衣服，哪些女人没有，颇有旧时划分派别的味道，于是，“裸体”“衣服”“赤裸”“脱光”这些字眼也变得令人恐惧。人的身体里就藏着一部鲜活的恐惧史。恐惧来自外面，也来自里面。好在，人也能习惯一切。很多时候，人类平静而勇敢，可以默默忍受一切，把一切交给伟大而漫长的时间。大部分恐惧会不治自愈，一些恐惧渐渐会被成功地遗忘。遗忘出现的时候，历史才有了自己的形状，才成为一本书。遗忘成就了历史，正如雕像；被凿除的部分成就了留下的部分；或者说遗忘本身也是历史——另一部历史、被史学家习惯性地加以遗弃的历史，负历史，正如自然界有暗物质、暗能量。简单一点说，有两个历史，一个是写成书的历史，另一个是遗忘本身的历史。古往今来，每个时代都留下了一部遗忘史。

小芒

在南方的那些天，小芒意外发现了另一个自己——会写剧本，会写歌词，嗓音也不赖，很适合做一个歌手。于是她终究放弃了再考一次大学的念头，决定去做歌手，做一个没有多大野心的歌手。她相信自己有些粗哑又有些柔和的嗓音是适合在酒吧里做一个歌手的。再说她越来越喜欢酒吧了，认为酒吧很对自己的胃口，她也需要“每天都迷失一次”。只是她所谓的“迷失”有别种意味，比如每次唱歌时都会出现幻觉：声音突然消失了，所有的观众被寂静定格，正在唱歌的她也被定格，嘴型在歪成中风状的时刻定格，瞳仁在隐入眼睑后定格，口水在淌下来的瞬间定格。这就是一种迷失，很棒的迷失。她因此明白了一个道理，一切艺术都在表达迷失，唱歌更是，唱歌就是唱迷失，唱歌从来没唱别的，在唱迷失，唱那么一种调子。对不对她不管，反正她把它视作个人秘籍。有了这个绝招后她的歌声真的越来越成为艺术，而且每当开口，歌词都是即兴而来，不见得精美，不见得押韵，却极易引起共鸣，能让听众想起松林，想起草原，想起大海，想起沙漠，想起生，想起死。她不知道听众是怎么想的，反正，她自己总觉得，这个世界被自己唱远了又唱近了，这个世界被自己唱死了又唱活了。一天晚上，她竟然在观众席里看见了一张熟悉的面孔——小杂毛阿龙。当时她心里很平静，一点也不感到吃惊。她想，小杂毛回来了，我知道你迟早会回来的。

她没有停止唱歌，但嗓音里有了一点激动，心里出现了一个声音：你回来了，回来了就好。这是一个范围很广的用词错误，全地球的人如出一辙，分不清“来”和“去”，分不清“离开”和“到达”，把很多毫不相干的行为都称作“回来了”，好像全世界只剩下一个动作——回来，只剩下一个状态——回来了。一切都是回来，连离开也是回来，而且所有人都是刚刚结束长途跋涉的样子，所有人都大于50岁，甚至60岁、70岁。没有谁称得上是孩子，没有谁是年轻人。所有人，又像是一个人，用不着相互看上一眼，就能一拍即合。他们忽然撕裂，各是各，各有各的性格和名字；又忽然合而为一，成为一堆沙子，每一粒沙子都毫无分别。他们十分准确地在每一段旋律的波浪里挥舞双手，连眉毛的耸动都如出一辙。聚光灯照亮了低矮的舞台，有时也照亮了四周的墙壁——那些打扮成花花绿绿的混凝土、挂满了奇形怪状灯具的屋顶、柜台后面堆成小山的酒瓶，还有拉长的影子。那些东西，每一样都比人更年迈、更苍老。她看见了每一个人、每一样东西，转眼每一个人、每一样东西又跌入回忆。一切的一切都不像是亲眼看见的，更像是回忆中的。“小杂毛你回来了。”这话在她心里，但她总是欲言又止。小杂毛终于自己跑上台去，他和她手拉手，一同唱起来：

地球回来了
你回来了
这个世界回来了
所有的东西都回来了
我叫小芒，来自北方
我来南方看望我亲爱的小姨妈
谁知道一来就遇上了黑矮星
这是我第一次知道黑矮星

听说过上很多年，太阳也会变成黑矮星
除了黑矮星
还有白矮星、红矮星、绿矮星、中子星
还有什么妖星灾星丧门星扫帚星
都来吧都来吧都来吧
没有谁是吓死的
没有谁是吓死的
没被吓死的我今天真的想唱歌
因为今天是个好日子
没有谁是吓死的
活着的人是坚强的
没有谁是吓死的
活着的人是坚强的

1997 年 8 月 10 日初稿　银川
2011 年 10 月 5 日二稿　珠海
2021 年 4 月 8 日三稿　珠海
2021 年 9 月 1 日定稿　珠海